사마쌍협

邪魔雙俠

사마쌍협 3

월인 新무협 판타지 소설

초판 1쇄 찍은 날 § 2002년 11월 8일
초판 1쇄 펴낸 날 § 2002년 11월 15일

지은이 § 월인
펴낸이 § 서경석

편집장 § 문혜영
편집책임 § 장상수
편집 § 박영주 · 김희정 · 권민정 · 이종민
마케팅 § 정필 · 강양원 · 김규진

펴낸곳 § 도서출판 청어람
등록번호 § 제1081-1-89호
등록일자 § 1999. 5. 31
어람번호 § 제2-0147호

주소 § 경기도 부천시 원미구 심곡1동 350-1 남성B/D 3F (우) 420-011
전화 § 032-656-4452 팩스 § 032-656-4453
http://www.chungeoram.com
E-mail § eoram99@chol.com

ⓒ 월인, 2002

값 7,500원

ISBN 89-5505-507-2 (SET)
ISBN 89-5505-510-2 04810

원인 新무협 판타지 3
정의형제(結義兄弟).
도서출판
청어람

사마쌍협

邪魔雙俠

◆ 제15장

낙양(洛陽)으로

낙양(洛陽)으로

히히히힝~

제일 앞에 선 말이 긴 울음소리와 함께 앞발을 번쩍 들어 질주를 멈추었다.

"말씀 좀 묻겠소."

앞으로 나온 중년인이 자운엽과 엄한필이 끄는 마차의 깃발을 보고 고개를 갸웃거리며 말했다.

"혹시 귀하들이 공차표행을 하는 금성표국의 사람들이오?"

중년인은 금성표국의 깃발을 보면서도 이해가 안 간다는 표정이었다.

공차표행이라면 빈 마차 한 대일 것이라 생각했는데 뒤로 늘어선 마차들은 열 대가 넘었으니 이상하게 생각할 만도 했다.

"그렇습니다만……."

자운엽이 찬찬히 중년인을 뜯어보며 말했다.

아무리 보아도 적의는 느껴지지 않았다. 불거진 태양혈과 잘 다듬어진 체격으로 고수의 기도를 내비쳤지만 이유없이 누구를 해칠 만한 기운은 풍기지 않았다. 그리고 뒤에 선 앳된 모습의 아가씨는 금성표국의 깃발을 보자 조바심을 내며 반가운 표정까지 지었다.

"그럼, 이 행렬에 여주와 여훈이… 아, 그러니까 금성표국의 자제 송여주와 송여훈이 대동한 것이 맞소?"

예상대로 그들은 금성표국과 안면이 있는 사람들이었다.

엄한필이 비로소 긴장을 풀며 편하게 앉았다.

"상관(上官) 아저씨!"

귀에 익은 목소리에 살짝 고개를 내밀어 바깥 동정을 살피던 송여주가 찢어질 듯 외치며 달려왔다.

"아저씨! 앙앙앙!"

달려오는 송여주를 보고 중년인이 훌쩍 말에서 뛰어내렸고 송여주가 중년인의 품으로 뛰어들며 울음을 터뜨렸다.

"이게 얼마 만이야? 오 년이 다 되어가는구나!"

한참을 오열하는 송여주의 어깨를 토닥거리던 중년인이 만감이 교차하는 눈빛으로 송여주를 내려다보았다.

"엉엉! 아저씨, 너무 야속해요!"

송여주가 중년인의 가슴을 두드리며 다시 울음을 터뜨렸다.

"미안하구나. 내 금성표국의 소식을 최근에서야 듣게 되었구나. 그리고 너희들이 공차표행을 떠났다는 소식을 듣고 부랴부랴 달려왔단다."

중년사내가 긴 한숨을 터뜨렸다.

"그래, 일산 형님은?"

송여주의 부친 송일산의 안부를 묻는 중년인의 얼굴에 한줄기 아픔이 지나갔다. 그 역시 부상을 당하고 반송장이 되어버린 송일산의 소식을 알고 있는 것이다.

"그동안 어디 계셨어요, 아저씨? 얼마나 찾았는지 아세요?"

"아주 먼 곳에 있었단다. 아주……. 그리고 얼마 전에 돌아왔단다."

중년인은 안타까운 눈빛으로 허공을 응시했다.

"그런데 저 사람들은?"

송여주가 중년인 뒤에 있는 사람들에게 눈길을 돌렸다.

"이리로 오면서 길을 물어보다 우연히 같이 오게 되었다. 저들도 너희 금성표국 마차를 찾는다고 하더구나."

중년인이 고개를 돌렸다.

"여주 언니, 맞군요!"

앳된 얼굴의 소녀가 조심스럽게 다가왔다.

"누구……?"

송여주가 소녀를 빤히 쳐다보며 기억을 더듬었다.

갈래머리를 등 뒤로 길게 내리고 왼쪽 머리 위에 예쁜 장신구를 한 토끼 같은 모습의 소녀가 볼에 살짝 우물을 만들며 미소를 지었다.

"그러고 보니……!"

장난스럽게 드러나는 덧니가 아스라이 옛 기억을 떠오르게 했다.

"사해표국의 막내딸, 주령(珠零)! 주령, 주령이 맞지?"

기억이 떠오른 송여주가 화들짝 놀라며 고함을 질렀다.

"언니, 정말 반가워요."

진주령도 팔짝팔짝 뛰며 송여주의 손을 잡았다.

"세상에! 그새 이렇게 컸구나. 이젠 처녀가 다 되었네."

그렇게 한참 동안 조우의 기쁨을 나눈 후 중년인과 진주령은 마차에 동승했고 진주령을 호위하고 온 젊은이 일곱 명은 자연스레 금성표국의 표사 역할을 하게 되었다.

동승한 중년인의 이름은 상관진걸(上官辰杰)이었고 송여주의 부친 송일산과는 의형제 사이였다.

무엇을 하는 사람인지는 과거에도 아는 바가 없었고 지금 역시 마찬가지였다. 이따금씩 급하게 짐을 챙겨 몇 년씩 보이지 않다가 돌아와서는 금성표국의 표두로서, 그리고 자신의 숙부로서 금성표국의 발전에 온 힘을 다하는 사람이었다. 가장 최근에 다시 훌쩍 짐을 싸 들고 떠난 것이 오 년 전이었고 오늘 다시 만난 것이다.

그가 무슨 일로 한 번씩 갑자기 어딘가로 떠나는지에 대해서는 부친 송일산에게도 밝히지 않는 비밀이었고 송일산 역시 그 부분만큼은 양보를 해주는 입장이었기에 송여주도 그 까닭은 알 길 없었다. 그렇지만 어린 기억 속에서부터 자신을 각별히 귀여워했고, 속없이 무등을 태워주고, 부모들 몰래 조그만 손에 동전을 쥐어준 부친만큼 깊은 정을 느낀 사람이다.

그가 어디론가 떠나지 않고 금성표국에 남아 있었더라면 금성표국이나 부친이 이런 꼴은 당하지 않았을 터인데 하는 야속함에 송여주는 한없이 눈물을 흘렸고 상관진걸 역시 가슴이 찢어지는 표정으로 한숨을 토해냈다.

"이제부터는 어떤 일이 있어도 그놈들을 내 손으로 요절내고 말 테다."

태울 듯이 활활 타오르는 상관진걸의 안광에 서교영도 송여주도 흠칫 놀랐지만 그것은 곧 한없는 안도감으로 자리를 잡았다.

금성표국의 이름을 지키기 위한 또 한 명의 든든한 조력자가 생긴 것이다.

상관진걸과 함께 동승한 또 한 명의 인물인 진주령은 낙양에 있는 사해표국의 막내딸이었다.

낙양의 사해표국은 현재 금성표국과 같은 처지로 보이지 않는 놈들의 마수에 세력의 대부분을 잃었지만 굴하지 않고 아직까지 간판을 내리지 않은 하남의 세 표국 중 하나이다.

이젠 송여주의 표국인 남양의 금성표국, 진주령의 부친이 운영하는 낙양의 사해표국, 그리고 개봉의 진흥표국(振興鏢局)이 그들이었다. 그 외 한때 하남성의 열 손가락 안에 드는 표국들은 보이지 않는 힘에 음으로 양으로 피해를 입고 간판을 내리거나 터전을 송두리째 빼앗기고 사라져 갔다.

사해표국 역시 금성표국보다는 조금 나은 입장이지만 하루하루 앞날을 예측하기 힘든 상황으로 치닫고 있던 중, 금성표국의 공차표행 소식을 듣고는 눈물을 흘린 사해표국주 진상곤(陳相昆)이 이젠 사해표국 무력의 절반인 일곱 명의 표사를 대동하고 진주령을 보내어 마중 나오게 한 것이다.

"어디로 진로를 잡았는지는 모르겠지만 아버지께서 언니를 꼭 모시고 오래요. 갈 수 있죠?"

진주령이 눈물이 글썽거리는 눈으로 송여주를 바라보았다. 동병상련의 정으로 둘은 서로를 쳐다볼 때마다 눈물을 흘렸다.

"그럼! 천 리 길을 돌아가는 한이 있더라도 가야지. 진 백부님 뵌 적도 오래되었으니 가서 인사를 올리고 맛있는 거 사달라고 떼를 써야지."

"그럼, 낙양으로 진로를 잡을 거야? 와~ 신난다!"

송여주의 말이 끝나자마자 서교영이 현재의 분위기와는 전혀 어울리지 않는 탄성을 질렀다.

"험! 험!"

상관진걸이 어이없는 표정으로 헛기침을 하자 뒤늦게 자신의 실수를 깨닫는 서교영이 어깨를 움츠리며 시선을 내렸다.

이렇게 해서 남양에서 정주(鄭州)로 곧장 가려던 금성표국의 공차표행은 서쪽으로 약간 진로를 바꿔 낙양의 사해표국을 일차 목적지로 삼게 되었다.

"이젠 그만들 제 갈 길로 가봅시다."

관도의 갈림길에서 엄한필이 진령표국의 표두 문한수를 보며 말하자 진령표국의 표사들 얼굴에 당혹감과 부러움이 번져 갔다.

처음 금성표국의 마차 두 대를 마수했을 때는 큰 범선을 탄 자신들이 금방이라도 뒤집힐 듯한 나룻배를 만난 기분이었는데 이제는 정반대의 입장이 되고 말았다.

초라하기 짝이 없던 나룻배는 실상은 자신들이 탄 범선 정도는 한 방이면 수장시킬 만한 커다란 대포를 숨기고 있었고 더욱이 자신들은 이젠 일급표사 아홉을 잃고 전력의 반 이상이 감소한 반면 금성표국은 얼핏 보아도 무시무시한 고수로 여겨지는 중년인과 자신들 못지않은 젊은 무사 일곱이 가세한 상황이 되었다. 그야말로 상전벽해(桑田碧海)의 형국이 된 것이다.

"자업자득으로 입은 피해이지만 우리와 함께했기 때문에 입은 피해이기도 하니 언젠가 진령표국이 도움을 청하면 한 번은 꼭 들어드리겠어요."

송여주가 약간은 동정 어린 눈빛으로 갈림길에 선 진령표국의 사람들을 보고 말했다.

“고맙소, 금성표국주! 그 말 깊이 새기겠소!”

표두만 뺀다면 유일하게 남은 일급표사 주홍기가 포권을 쥐었다.

“이랴!”

주홍기의 눈을 잠시 바라보고 그 말이 악의가 아니라는 것을 확인한 자운엽이 고삐를 세게 흔들며 마차를 출발시켰다.

짧은 순간이었지만 폐부를 훑는 듯한 자운엽의 시선을 대한 주홍기는 오장육부가 오그라드는 듯한 느낌을 받았다.

만약 자신이 깊이 새기겠다고 한 것이 원한이었다면 저자는 그것을 읽고 원한을 담는 그릇을 부숴 버리려 할 것 같았다. 설사 지금 당장은 아니더라도 오늘 밤이나 내일 밤, 어둠을 틈타…….

잠깐 마주한 눈빛이었지만 왠지 그런 느낌이 강하게 드는 눈빛이었다.

“휴…….”

주홍기가 멀어져 가는 자운엽의 뒷모습을 바라보며 긴 한숨을 내뿜었다.

진령표국의 표행 행렬과 헤어지고 객잔에 도착한 송여주 일행은 저녁을 시켜놓고 네 개의 탁자에 나누어 앉았다.

“그간의 사정은 대략 들었으니 난 다시 말을 돌려 금성표국으로 가 보아야 할 것 같구나.”

송여주와 마주 앉은 상관진걸이 조심스럽게 얘기를 꺼내었다.

먼 곳에서 중원으로 돌아와 금성표국의 소식과 함께 그 의질(義姪)들이 공차표행을 떠난다는 소식을 아울러 들었을 때는 너무 놀라 비명을 지를 뻔했다.

수백 명의 표사를 보유하고도 이기지 못한 엄청난 힘을 가진 음습한

무리들의 코앞을 빈 마차 한 대로 깃발을 흔들며 지나가겠다는 것은 기름을 지고 불 속으로 뛰어들어 가는 것보다 더 위험한 일이었다.

그래서 만사를 제쳐 놓고 그들을 쫓아와서 무사한 모습으로 조우한 것이고 객점까지 오는 동안 내내 공차표행을 포기할 것을 종용했지만 씨도 먹히지 않는 얘기가 되었다.

어릴 때부터 아들 여훈보다 더 당차고 영리한 아이이긴 했지만 이런 고집이 있을 줄은 몰랐다. 황소 열 마리가 와도 꿈쩍도 않을 것 같은 송여주의 고집에 상관진걸도 마침내 손을 들었다.

그로 인해 자신은 두 가지 일 중에 한 가지를 선택해야 하는 귀로에 서게 되었고, 아무래도 금성표국으로 먼저 달려가 의형인 송일산을 만나보는 것이 우선이었다. 그러다 보니 공차표행을 하는 송여주와 송여훈이 못내 걱정이 되어 마음이 복잡해졌다.

"숙부님 생각대로 하세요. 저도 아버님 걱정이 태산 같아 밤잠을 못 이루고 뒤척이는 불면의 밤 연속인데 숙부님께서 그래 주신다면 전 마음 놓고 표행을 할 수 있겠어요."

송여주가 한숨 덜었다는 표정으로 말했다.

"이 녀석아! 내 얘기는 그것이 아니다. 난 오히려 너희들이 몇 배 더 걱정이야. 그래서 최대한 빨리 다녀오겠다는 것이다. 그러니 너희들은 낙양의 사해표국으로 가서 기다리거라. 그럼 내 얼른 다녀와 너희들과 함께하겠다."

"아니에요, 숙부님. 저희들 걱정은 마세요. 저희들도 세 명의 표사를 대동하고 있어요. 그러니 숙부님께선 우리들이 돌아올 때까지 집을 지켜주세요."

송여주의 말이 끝나자 상관진걸의 눈에 의문이 떠올랐다.

"세 명?"

"그래요, 숙부님. 이 두 분 남자와 여기 교영 동생까지 셋이에요."

송여주가 상관진걸의 의문을 짐작하고 설명했다.

"이 아가씨까지 표사인 줄은 몰랐는데……."

상관진걸이 말꼬리를 흐렸다.

비록 칼은 그럴듯하게 한 자루 들었지만 낙양으로 간다는 말에 죽을지 살지도 모르고 좋아라 만세를 부르던 모습을 생각하니 영 미덥지가 않았다.

미덥지 않기는 두 명의 청년 역시 마찬가지였다.

표사의 질은 금액이 결정한다. 그런 면에서 현재 자신이 짐작하는 금성표국의 상태로 봐서는 삼급표사 두 명도 힘든 처지일 것이다. 아마도 두 청년은 노니 염불한다는 식으로 공짜 유람이나 할까 싶어 생각없이 따라 나온 것이리라…….

만약에 어둠 속에 도사린 그들이 한 번이라도 튀어나오면 걸음아 날 살려라 도망갈 것이고 송여주와 송여훈은 생명이 위태로워질 것이다. 상관진걸은 그것이 못내 걱정이었다.

그런 걱정은 상관진걸만이 아니었다.

똑같은 걱정을 하고 상관진걸의 심정을 읽은 진주령이 상관진걸을 보며 걱정을 덜어주었다.

"상관 대협께서는 당분간은 걱정 마시고 금성표국으로 다녀오세요. 우리 표국에서 나온 저분들은 어느 표사들보다 뛰어난 사람들입니다. 사해표국에 도착할 때까지 저희들이 여주 언니와 여훈 오라버니를 잘 보살펴 드릴게요."

진주령의 말은 들은 상관진걸이 다소 안심이 된다는 듯 고개를 끄덕이면서도 당부의 말을 잊지 않았다.

"사해표국에 도착하거든 내가 돌아올 때까지 푹 쉬도록 하거라. 절대로 경거망동해서는 안 된다!"

"저희들 걱정은 마시라니까요."

"휴우……."

송여주가 재차 상관진걸을 안심시켰지만 남이야 걱정을 하든 말든 부지런히 음식을 입에 넣고 있는 세 명의 금성표국 표사들을 보고 상관진걸은 걱정으로 다시 한숨이 새어 나왔다.

*　　　*　　　*

"정말 고집 센 늙은이군."

주재승(周材承)이 눈살을 찌푸렸다.

"겁이 없는 노인네입니다."

주재승과 탁자를 마주하고 앉은 청년도 고개를 저으며 질린다는 표정을 지었다.

"모든 수단을 동원했는데도 통하지 않는단 말이지?"

주재승이 탁자에 손가락을 톡톡 두드렸다. 그것을 본 청년의 표정이 약간 굳어졌다. 그가 손가락을 탁자에 두드리는 것은 극단적인 결정을 내릴 때 나타나는 습관이었다. 그런데 지금은 극단적인 행동을 자제해야 할 상황이다. 그건 윗선으로부터의 엄명이었다.

가랑비에 옷을 적시듯 소리없이 일을 처리하라던 윗선의 엄명을 어긴다면 대주(隊主) 주재승은 물론 목대민(木帶敏) 자신까지도 차후에 추궁받을 일이었다.

그런 면에 있어서 대주 주재승은 저돌적인 인물이었다. 표범처럼 끈질기게 기다리며 기회를 기다릴 줄도 아는 성격이다. 그러나 그 기다림이 수포로 돌아갔을 때 표범은 미련없이 물러서 다음 기회를 기다리지만 주재승은 절대로 그렇지 않았다. 이미 사정권 밖으로 빠져나간 먹잇감이지만 절대로 포기하지 않았고 위험 지역도 마다 않고 그 먹잇감을 쫓는 성격이었다. 한 번씩 그런 무모한 행동으로 인하여 그동안 쌓아두었던 공적을 스스로 무너뜨리는 일이 잦았다.

목대민은 주재승의 손가락 두드림이 끝나기 전에 대안을 제시해야 했다.

"염감의 셋째 아들이 잠시 출타한다는 소식이 있습니다. 그놈을 붙잡아 마지막 협상을 벌여보시는 게 어떨는지요?"

점점 빠른 박자로 움직이던 주재승의 손가락이 우뚝 멈추었다.

"아들?"

주재승의 검미가 꿈틀거렸다.

더없이 확실한 방법이긴 하지만 왠지 기분이 떨떠름하다.

늙은 노인네 하나 처치하기야 닭 모가지 비틀기보다 더 쉬운 일이지만 겉보기에 아무런 하자가 없이 일을 꾸미기가 어려운 것이다.

혹시라도 문제가 생겨 관의 조사가 있더라도 일상적으로 일어나는 마찰 정도 이상의 무력 행사는 절대로 피할 것, 불가항력적으로 그런 일이 일어났을 시는 완전 무결하게 증거를 없앨 것, 등등이 며칠 전 위로부터 내려온 엄명이었다.

"떡을 칠!"

주재승은 한소리 욕지거리를 내뱉었다.

이런 식의 은밀한 움직임은 도대체 성미에 맞지 않은 것이다.

힘이 없어서 상대의 약점을 노리는 상황이라면 기꺼이 목을 움츠리고 상대를 기다렸다가 방심한 허를 찔러 상대를 쓰러뜨릴 수 있다. 자신보다 몇 배나 더 강한 상대를 쓰러뜨릴 때의 그 기쁨은 여태까지의 모든 고초들을 말끔히 보상해 주는 것이다.

그러나 모처럼 파리 한 마리 잡아 죽이는 것보다 쉬운 일을 밖으로는 전혀 표시나지 않게 자연스레 처리하는 것은 도저히 적성에 맞지도 않고, 이해도 가지 않는 일이다.

"무슨 속셈들인지……."

주재승은 입맛을 다셨다.

요즘 들어 부쩍 요구가 많아지고 개개인의 행동에 대한 제약이 많아졌다. 그러다 보니 자연히 욕구 불만이 생기는 것이다.

"좋아, 자네에게 전적으로 일임할 테니 이번에는 자네 방식대로 한번 해보게."

주재승은 목대민을 보고 체념한 듯 소리쳤다. 성질 같아서는 오늘밤이라도 당장 쳐들어가 요절을 내고 싶었지만 각별히 주의하라는 당부가 전해진 지 닷새도 되지 않아 말썽을 부릴 수야 없는 일이다.

"그럼 죽엽청이라도 한잔 들고 계십시오. 내일 중으로 결과를 보고해 올리겠습니다."

"죽엽청?"

잔뜩 찌푸렸던 주재승의 얼굴에 처음으로 화색이 돌았다.

죽엽청은 그가 제일 좋아하는 술이다. 제대로 풀리지 않는 일에 골머리를 앓느라 며칠째 제대로 허리띠 풀고 마셔본 적이 없었다.

"오늘 같은 날은 죽엽청이 최고지!"

주재승이 혀로 입술을 빨았고, 빙긋 웃은 목대민이 고개를 숙이고 밖으로 나갔다.

'그놈들과 한패일까?'

진유택(陳柳澤)은 골목 하나를 돌아 나오며 신경을 곤두세웠다.

아주 은밀히 자신의 뒤를 따르는 한 인영의 기척을 느낀 것은 아주 우연이었다. 처음에는 누가 자신을 미행한다는 사실을 전혀 느끼지 못했다. 그만큼 자신을 따르는 인물의 미행이 교묘했던 것이다.

모퉁이를 하나 돌다가 우연히 자기그릇 가게 앞을 지나게 되었고 반질반질하게 윤이 나는 자기그릇에 자신의 모습과 함께 뒤쪽에서 아름드리 나무 옆으로 빨려 들어갈 듯 사라지는 그림자를 본 것이다.

그것은 자신에게 있어서는 행운이었고 자신을 미행하던 자에게는 불행일 것이다. 하필 모퉁이에 자기그릇 집이 있었고, 그 때문에 미행이 들켜 버린 것이다. 그렇지만 않았다면 실력으로는 결코 발각이 될 미행이 아니었다.

'저놈을 잡으면 모든 것이 풀려 나갈 것이다.'

진유택은 계속 일정한 속도로 걸음을 옮기며 호흡을 가다듬었다.

골목길을 벗어나 인적이 뜸한 외곽길에서 진유택이 빙글 신형을 돌려 섰다.

"눈치 챘었나?"

미행을 하던 사내가 여유로운 표정으로 다가왔다.

"날 미행하는 이유는?"

진유택이 딱딱 끊어 말했다.

"물론 자네에게 볼일이 좀 있어서지. 그런데 언제부터 내 존재를 느꼈나? 내 미행술이 이 정도밖에 되지 않나 생각하니 솔직히 실망감이

든다네. 내가 짐작하기엔 자네 수준으로는 절대로 내 미행을 눈치 채
지 못해야 하는데 말일세.”

“이 자식이?!”

진유택의 눈꼬리가 치켜 올라갔다.

자신과 비슷한 나이이거나 많아야 한두 살밖에 차이 안 나 보이는
놈이 마치 새까만 후배를 대하듯 하고 있다. 미행 솜씨로 봐서는 어느
정도 실력을 인정해 줄 수 있지만 아직 동년배에게 져본 적이 없는 자
신이었다. 그래서 어수선한 집안 분위기에도 불구하고 혼자 몸으로 볼
일을 보러 나온 것이다.

“날 미행한 목적이 뭐냐고 물었을 텐테?”

진유택이 날카롭게 쏘아보았지만 앞에 선 사내는 여전히 여유를 잃
지 않았다.

“뭐 그렇게 서두를 건 없네. 난 오늘 밤까지만 자네를 내 상관에게
데려가면 되니까.”

사내가 슬쩍 자신의 목적을 밝혔다.

“미친놈! 그리고 그놈은 또 누구냐?”

“이런, 이런! 큰일 날 소리. 행여 그분 앞에서는 그런 소리 하지 말
게. 성질이 불 같거든.”

“개소리 집어치워!”

진유택이 빙글거리는 사내의 면상을 향해 불시에 주먹을 찔러 넣었다.

위잉—

바람을 가르는 소리와 함께 허공을 한 바퀴 선회한 주먹이 다시 제
자리로 돌아왔다. 일체의 예고없이 내지른 일권을 사내는 가볍게 목을
젖히는 동작만으로 무위로 돌렸다.

"무서운 주먹이군! 하마터면 관자놀이가 함몰될 뻔했어."

사내가 짐짓 겁먹었다는 표정을 지었다.

"타앗!"

진유택이 이번에는 양팔을 교차로 내지르며 순식간에 몇 번의 주먹을 연속으로 내질렀다.

팡! 팡!

압축된 공기가 진유택이 내지른 주먹 끝에서 갑자기 터져 나가 작은 폭발음을 울렸지만 단 한 번도 인간의 살을 두드리는 타육음은 들리지 않았다.

상대는 빠른 신법과 교묘한 손놀림으로 진유택의 주먹을 피하거나 자신의 손목 옆으로 흘려 보냈다.

"느려, 너무 느려!"

사내는 계속해서 진유택의 주먹을 여유있게 피하며 진유택의 심기를 건드렸다.

'무슨 이런 괴물 같은 놈이 다 있나?'

진유택은 얼굴 가득 땀을 흘리며 사내를 공격했지만 주먹이 닿는 순간 사내의 몸은 흩어져 버렸고 결과적으로 자신의 주먹은 사내의 허상만을 공격한 셈이 되었다.

"대체 뭐 하는 놈이냐?"

몇 번의 공격이 무위로 돌아가자 잠시 공격을 멈춘 진유택이 사내를 쏘아보았다.

"지금쯤이면 충분히 짐작이 가고도 남는 일일 텐데, 그걸 꼭 확인해야 하나?"

"역시 네놈은 이제껏 우리 집안을 괴롭힌 놈들의 하수인이군."

진유택이 이빨을 갈았다.

이제껏 전면에 나서지 않고 장막 속에서 모든 흉계를 꾸미던 놈들이 드디어 양광 속에 얼굴을 드러낸 것이다. 그동안 당한 일들을 생각하니 가슴 밑바닥에서 주체할 수 없는 분노가 끓어올랐다.

평화로웠던 집안을 송두리째 뒤흔든 놈들의 하수인 한 놈을 마주한 이상 기필코 제압하여 데려가야 할 것이나 몇 번 나누어본 손속으로 보아 그건 불가능한 일일 것 같았다. 어쩌면 그 반대가 될 가능성이 높았다.

'하지만 결코 쉽게 당하지만은 않는다!'

진유택이 주먹을 말아 쥐었다.

"이, 죽일놈!"

쥐어짜는 듯한 소리와 함께 허공으로 훌쩍 뛰어오른 진유택이 원앙각(鴛鴦脚)을 펼쳐 사내의 면상으로 한꺼번에 여덟 번의 공격을 퍼부었다.

퍼버벅!

한 쌍의 원앙처럼 사이좋게 짝을 지어 앞서거니 뒤서거니 차고 나오는 진유택의 발길질에 사내가 일순 뒤로 밀리며 팔을 휘둘러 수비에만 급급했다.

"하앗!"

원앙각의 공격이 끝나고 바닥에 한 발이 닿음과 동시에 진유택의 신형이 곧장 아래로 숙여지며 마치 땅바닥에 비질을 하듯 오른쪽 다리를 길게 뻗어 사내의 하체를 쓸어갔다. 이른바 독각횡소(獨脚橫掃)의 수법이었다.

'걸렸다!'

신체의 최상단을 공격하다 갑자기 최하단을 공격하는 진유택의 수법에 사내가 급히 신형을 허공으로 뽑아 올렸지만 미처 빠져나가지 못한 발끝 부위가 진유택의 공격에 걸린 것이다.

비록 완벽한 타격이 아니고 몸체는 다 빠져나간 후 마지막 남은 꼬리만 건드린 형상이었지만 미세하나마 중심이 흐트러질 것이고, 그러한 틈은 숨 쉴 겨를도 없이 계속되는 치열한 접전에 있어서는 결정적인 기회가 된다.

"타아!"

한쪽 다리로 하방을 쓸어가던 그 회전력을 고스란히 실은 진유택이 공중제비를 돌며 왼쪽 발뒤꿈치로 중심이 흐트러진 사내의 명치를 향해 내리찍었다.

독각횡소에 이은 분광일퇴(分光一腿)의 강력한 연속 공격이었다.

짜악!

퍼억! 하는 타격음을 기대한 진유택의 귀에 양 손바닥이 마주치는 듯한 탁음이 들렸고, 그와 함께 발바닥 전체로부터 은은한 충격이 밀려들며 뒷꿈치로 내리찍던 자신의 다리가 밀려 나와 쿵! 하고 바닥에 엉덩방아를 찧고 말았다.

독각횡소의 수법에 발끝이 걸린 사내가 비틀거리며 중심을 잡으려 할 것을 미리 예상하고 그 예측 지점에 정확히 발뒤꿈치를 내리찍은 것이었다.

설사 명치가 아니더라도 가슴이나, 아니면 복부에 발끝이 찍힌 상대는 거품을 물고 쓰러져야 한다. 그러나 상황은 진유택의 예상과는 크게 어긋나 있었다.

진유택의 독각횡소에 발끝이 걸려 중심이 흐트러진 사내는 중심을 유지하려 비틀거리지 않고 그대로 바닥에 주저앉아 버렸다. 흐트러진 중심을 억지로 되찾으려 하다간 최소한 두어 걸음의 쓸데없는 동작을 낭비해야 하고, 그 순간 상대는 결정타를 찔러올 것이다.

그것을 예상한 사내는 흐트러진 중심을 바닥에 주저앉음으로써 유지시켰고 빙글 공중제비를 돌며 찍어 내리는 분광일퇴의 수법에 대항해 발뒷꿈치가 자신의 상체에 떨어져 내리기 전에 찰나의 순간 드러나는 발바닥에 일장을 날려 버린 것이다. 하지만 그의 그런 동작은 진유택의 발바닥을 공격하기보다는 반탄력으로 자신의 신형을 뒤로 빼는 데 역점을 두고 있었다.

아무리 장과 권에 조예가 깊다 하더라도 다리의 힘은 손의 힘에 비해 몇 배 이상 우위가 있다. 그리고 온 체중을 다하여 내리찍는 분광일퇴를 정면에서 손바닥으로 밀어 완벽히 멈추게 할 수는 없었다. 그런 것이 가능하려면 압도적인 내력의 차이가 있을 때이고, 더군다나 지금처럼 다리가 굳건하게 받쳐 주지 못하는 상태에서 손의 힘은 반감되기 마련이다.

사내는 그것을 파악하고 찰나의 순간 정면으로 보이는 진유택의 발바닥을 치고 그 반력으로 진유택의 퇴공 범위에서 벗어났고, 진유택은 신형이 밀리며 땅을 찍고는 바닥에 주저앉았다.

"하마터면 뼈도 못 추릴 뻔했군!"

사내가 바닥에 주저앉은 상태에서 자신의 가슴을 쓸었다.

"대단한 임기응변이군."

진유택 역시 똑같이 바닥에 주저앉은 모습으로 입술을 질끈 깨물었다.

사내는 자신보다 최소한 두어 수는 위였다.

"이름이 뭐냐?"

진유택은 은은히 저려오는 다리를 주무르며 사내에게 질문했다.

"추달화(推達華)."

"추달화?"

진유택이 잊지 않겠다는 듯이 되뇌었다.

"자자! 그럼 다시 시작해 보지. 자네의 절기는 마음껏 구경했으니 이젠 내 차례일세."

추달화는 성큼 일어서서 양다리를 벌리고 손가락을 구부렸다.

"응조권(鷹爪拳)인가?"

진유택이 추달화의 손 모양을 보고 자신의 짐작을 말했다.

"독수리만이 이런 손가락을 하는 것은 아니지. 난 독수리 정도는 양에 차지 않거든."

추달화가 싱긋 웃으며 손가락을 그대로 구부린 채 팔을 두어 번 크게 휘둘렀다.

휘리리릭―

슬쩍 휘두른 팔이 수많은 잔상을 남기며 추달화의 양 어깨에 커다란 날개가 펼쳐진 듯했다.

'고수!'

진유택은 간담이 서늘해져 옴을 느꼈다.

슬쩍 움직이는 것 같은 모습은 자신의 착각일 뿐이고 실상은 눈이 다 쫓지 못하여 잔상을 남길 만큼 빠르고 무수한 변화가 내포된 것이다.

이제껏 자신의 공격을 받아주고 바닥에 주저앉은 꼴을 보인 것은 여유의 소산이었으리라. 자신 또래의 사내와 한판 놀이를 벌이고 싶은 고독한 맹수의 치기였던 것이다.

'목숨을 걸어야 한다!'

진유택은 내심 긴장하며 천천히 몸을 일으켰다.

"어서 오게, 친구. 난 뼈대있는 가문의 자손을 존경하지."

추달화가 화사한 미소를 지으며 손짓했다.

　　　　　　＊　　　　　＊　　　　　＊

"뭐라구요? 셋째 오빠의 행적이 묘연하다니요?!"

송여주 일행을 인도하여 표국으로 돌아온 진주령은 집안에 일어난 변고에 데리고 온 일행을 식구들에게 소개시킬 겨를도 없이 비명을 질렀다.

"무슨 말인가요? 대체 무슨 일이 있었기에 셋째 오빠가 사라진 건가요?"

한쪽에서 멀뚱하게 서 있는 엄한필 등은 이러지도 저러지도 못하고 졸지에 불청객 못지않은 꼴이 되어버렸지만 사해표국의 분위기가 너무 심각했기에 눈치만 보고 서 있었다.

"어떻게 된 거냐니까? 왜 말이 없어요, 큰오빠?!"

진유택과 유난히 다정했던 진주령이 발작적으로 고함을 질렀다.

"글쎄… 아직 확실한 것은 모른다. 손님들이 올 것에 대비해 준비를 좀 한다고 아침 일찍 나갔는데 아직 무소식이구나. 어떻게든 점심 전에 와야 하는데 말이다."

사해표국의 장남 진유문(陳柳汶)이 걱정스런 얼굴로 답했다.

"셋째 오빠 어떡해! 왜 혼자 보냈어요? 사람이 없으면 큰오빠, 둘째 오빠라도 따라가 봐야 하는 것 아닌가요?"

진주령이 바닥에 주저앉아 울음을 터뜨렸다.

"우리 역시 놀고 있는 것은 아니지 않느냐. 그리고 아직은 확실한 것이 없으니 좀 더 기다려 보기로 하자. 우선 손님들부터 안내하거라. 큰 실례를 했구나."

둘째 진유현(陳柳鉉)이 송여주 등을 바라보며 달래자 진주령이 자신의 실수를 깨닫고 얼른 일어섰다.

"미안해요, 언니. 너무 기막힌 일이라 내가 잠시 실수를 했군요. 큰오빠, 둘째 오빠, 이분이 바로 금성표국의 여주 언니야. 그리고 여훈 오빠고… 오빠들도 기억이 날 테니 인사들 나눠요."

진주령의 소개로 금성표국 일행들과 인사가 나눠지고 송여주 일행은 다시 사해표국의 국주 진상곤을 만나러 안채로 들어갔다.

"우리 금성표국의 예전 상황과 거의 흡사하군요."

진상곤 국주를 만나 인사를 나누고 그간의 사해표국 사정을 들은 송여주가 입술을 깨물며 말했다.

"보이지 않게 아주 은밀히 행동하며 표국의 모든 업무를 마비되게 만들었지요. 그래도 끝까지 버티니까 무력을……."

송여주가 얼른 말을 멈추었다. 금성표국의 담을 넘은 자들과 그들을 베어넘겨 묻어버린 얘기는 비밀로 하기로 되어 있는 것이다.

"그렇다면 이곳 셋째 공자는 그들이 납치했을 가능성도 무시 못하겠군요."

송여주가 거의 확신에 가까운 표정을 했지만 표현은 훨씬 부드럽게 했다.

"무시 못할 정도가 아니라 거의 확정적이라 봐야 할 거예요. 셋째 오빠 무술 실력으로 봐서 누구에게 호락호락 당할 사람이 아니에요. 엄청난 힘을 숨기고 있는 사람들이 아니라면 절대로 그럴 수 없어요. 그리고 그런 힘이라면 그들이 분명해요."

진주령이 퉁퉁 부은 눈으로 야멸하게 말했다. 나이답지 않게 단호한 데가 있는 소녀였다. 그러니 여자의 몸으로 표사들을 대동하고 금성표국의 표차를 마중 나왔을 것이다.

'어째 마주치는 여자들마다 이런 여자들뿐인가?'

엄한필은 송여주와 서교영, 진주령을 슬쩍 쳐다보고는 한숨을 내쉬었다.

"왜 그래요?"

송여주가 그런 엄한필을 보며 얼굴을 돌렸다.

"아, 아니오. 그냥 가슴이 답답해서… 그보다 앞으로 어떡할지가 더 중요한 일이 아니겠소? 야, 나비, 네 생각은 어떠냐?"

엄한필이 시종 말없이 생각에 잠긴 자운엽의 어깨를 툭 건드렸다.

"표사 주제에 무슨 생각…… 그냥 시키는 대로 할 뿐이지."

자운엽이 슬쩍 대답을 회피했다.

"얘기해 봐요. 난 자 공자를 표사로 생각해 본 적이 없으니……."

송여주가 눈을 반짝이며 자운엽을 쳐다보았다. 여우의 머리와 표범의 발톱을 모두 가진 이 사람은 아마 상상도 못할 생각을 하고 있을 것이고 웬만해서는 속을 털어놓지 않을 것이다. 송여주는 그런 자운엽에게 정식으로 질문을 한 것이다.

"별 대책이 없지 않소? 그간의 사정을 보면 그들은 다른 곳과 마찬가지로 사해표국이 기반을 내놓고 물러가게 하려는 것인데, 술수를 써서 뒤흔들어도 완강히 버티니 물리적인 실력 행사를 시작한 것이겠지요. 그들이 진 공자를 데려간 게 확실하다면 아마 며칠 안에 반드시 연락이 올 테지요."

"그렇겠지? 역시 그들의 연락을 받고 그에 따라 대응하는 수밖에……."

엄한필도 고개를 끄덕이며 자운엽의 생각에 동조했다.

　물에 빠진 사람 지푸라기라도 잡는다는 심정으로 혹시나 하고 기대를 했던 진주령의 얼굴에 실망감이 번져 갔다. 그들의 얘기는 누구라도 생각할 수 있는 그런 얘기였다.

　"정말 표사다운 얘기군요."

　신경이 날카로워진 진주령이 엄청난 절제력을 발휘하여 표사 앞에 삼급이란 단어를 겨우 떼어냈다.

＊　　　＊　　　＊

　"잡아왔나?"

　주재승의 질문에 목대민이 빙긋 웃으며 고개를 숙였다.

　"혹시 수상한 꼬리 같은 건 물론 없었겠지?"

　주재승이 천려일실(千慮一失)을 경계하는 듯 확인을 했다.

　"그럴 정도라면 추달화가 아니지요!"

　목대민이 확신이 찬 소리로 답했다.

　"좋아, 그 녀석이라면 믿을 만하지!"

　주재승이 고개를 끄덕이고는 잠시 뭔가를 생각하는 듯 눈을 가늘게 떴다.

　"내일 당장 그 영감쟁이에게 연락해서 이번 일을 마무리 짓고 맹으로 돌아가자."

　"잘 알겠습니다."

　목대민의 확신에 찬 대답 소리가 실내에 울려 퍼졌다.

＊　　　＊　　　＊

진유택의 행방이 사라진 다음날 낙양의 사해표국에 아침 일찍 한 사람의 방문자가 있었다.

"뉘신지요?"

"국주를 만나고 싶소."

"이자가?"

사해표국의 대문을 지키는 장호량(張浩良)은 눈살을 찌푸렸다. 새파랗게 젊은 작가가 마치 친구를 부르듯 국주를 찾다니?

"용건을 말하시오!"

장호량은 의도적으로 대문 한복판을 가로막으며 사내를 똑바로 응시했다.

"글쎄요, 용건이라면 이 집 셋째 공자와 관련된 일인데 당신 선에서 처리할 수 있겠소?"

사내의 말을 들은 장호량의 얼굴이 새파랗게 질렸다.

이놈은 흉수 중 한 명인 것이다. 이제껏 보이지 않던 어둠 속에 가려진 놈들이 모습을 드러낸 것이다.

"기, 기다리시오!"

장호량은 허겁지겁 안채로 뛰어들었다.

곧 이어 사해표국의 식솔들이 모두 대문 앞으로 뛰어나와 포위하다시피 불의의 방문객 주위를 둘러쌌다.

"모두 비켜서라! 그리고 손님을 안으로 모셔라."

사해표국의 국주 진상곤이 안채에서 고함을 지르자 사내를 둘러섰던 표국의 식솔들이 물러났고, 사내는 조금도 위축되거나 주저함이 없이 안채로 걸음을 옮겼다.

“목대민이라 합니다.”

안채로 들어온 사내가 진상곤에게 고개를 숙였다.

“흐흠!”

진상곤이 앞에 선 목대민을 유심히 쳐다보았다.

단신으로 적진에 들어온 처지이건만 조금도 위축됨을 느낄 수 없었다. 잔잔하게 가라앉은 눈빛이나 흐트러지지 않고 착 가라앉은 호흡이 한 마리 대호를 마주한 듯했다.

아직 젊은 나이이건만 이 정도로 수련이 되어 있는 자들이었기에 수백 명 인원을 가진 표국임에도 속수무책으로 당했구나 하는 생각이 절로 들었다.

“앉게.”

진상곤이 목대민에게 자리를 권했다.

“감사합니다.”

목대민이 천천히 자리에 앉았다.

“그래, 내 셋째 놈 일로 찾아왔다고 했나?”

“그렇습니다.”

“내 셋째 놈은 어제 아침부터 행적이 묘연해졌다네. 그게 자네들과 관련이 있는 것인가?”

진상곤의 목소리가 억눌려 나왔다.

“국주님의 셋째 아드님께서 제가 모시는 분의 양아들을 때려서 사경을 헤매게 만들었습니다. 그래서 제가 모시는 분의 분노가 이만저만이 아닙니다. 차후 어떤 일이 벌어질지도 모를 일이지요. 전 제가 모시는 분이 엄청난 살행을 저지르고 살인마가 되어 쫓기는 일은 바라지 않습니다. 그래서 해결책을 찾아 이리로 오게 되었습니다.”

목대민의 말을 들은 진상곤은 일순 기가 막혀 말이 나오지 않았다.

이놈이 한 말의 내용으로 미루어보아 놈들은 아들을 납치하고는 방금 말한 바와 같은 죄를 뒤집어씌우려는 것이다. 말이야 자기 주인의 살행을 막고자 한다지만 이쪽에서 듣기에는 자신들의 목적을 이루지 못하면 무력을 사용하여 사해표국을 쓸어버리겠다는 뜻이다.

이자들의 능력이라면 자신들이 밝힌 대로 셋째가 사람을 때려 거의 죽여놓았다는 증거 또한 완벽하게 조작하였을 것이다. 이자들의 집요함과 능수능란함에 진상곤은 치가 떨려왔다. 그리고 무력감과 두려움이 구름처럼 전신을 덮어오는 듯했다.

많은 표사들이 모두 떠난다 해도 자식들만 있으면 두려울 것이 없을 듯한 기분이었는데 놈들은 자신의 가장 큰 믿음을 와르르 무너뜨리고 있는 것이다.

"허허!"

한참 동안이나 눈을 질끈 감고 한탄에 감겼던 진상곤이 허망한 웃음을 흘리며 눈을 떴다.

"그럼 자네가 가져온 해결책은 듣지 않아도 뻔하겠구먼. 사해표국의 모든 것을 자네들 손에 넘기면 내 자식 놈의 이번 행동을 불문에 부치겠다, 그 말이겠지?"

"합당한 가격에 이 할을 더 쳐 드리겠습니다."

목대민이 조금도 흔들림없는 눈빛으로 대답했다.

"이런 중대한 결정에 하루 정도의 시간 여유는 줄 수 있겠지?"

"물론입니다. 정확히 내일 이 시간에 전표를 들고 다시 오겠습니다. 국주께서는 사해표국 전반에 관한 매매 계약서를 작성해 두시지요. 혹시 모르는 일입니다만 내일이 지나면 제가 모시는 분의 양아들이 사망

할지도 모릅니다. 그때는 저로서도 손을 쓸 수 없는 일입니다. 그전에 모든 거래가 끝난다면 양아들이 죽든 살든 사해표국과는 상관없는 일이 될 것입니다.”

목대민은 한 치의 빈틈도 없이 다짐을 하고는 사해표국을 빠져나갔다. 멍하니 목대민의 뒷모습을 바라보는 진상곤의 얼굴에 체념의 빛이 드리워졌다.

“말도 안 돼요! 셋째 오빠는 그럴 사람이 아니에요!”

진주령이 부친의 설명을 듣는 도중 참지 못하고 고함을 질렀다.

“누가 그걸 몰라서 하는 소리냐? 그놈들의 능력으로 봐서는 모든 계략을 완벽하게 꾸며놓았을 것이다. 그리고 만약 내일이 지나도 우리가 버틴다면 그놈들 우두머리의 양아들이란 자를 죽여놓고는 관으로 넘기든지 할 것이다. 그리고는 또 다른 흉계를 꾸며서 우리 숨통을 조여올 것이다.”

첫째 아들 진유문이 침중한 표정으로 말했다.

“그럼 어쩌자는 건가요? 이대로 저들에게 굴복해 집을 그냥 내주라는 말인가요? 그래요! 내줘 버려요. 셋째 오빠가 중하지 집이 중요한가요? 우리 식구들이 모두 안전하다면 집이야 언제든 새로 구하면 되죠.”

진주령이 입술을 깨물며 분루를 흘렸다.

이제껏 갖은 흉계로 사해표국을 괴롭혔지만 이처럼 자신들의 얼굴을 드러내며 극단적인 방법을 쓰지는 않았는데, 이젠 그들도 한계에 온 모양이었다. 그만큼 앞으로는 위험하다는 말이다.

“그래, 그러자꾸나. 집이야 또 구하면 되지. 유택이 목숨만 하겠느냐.”

진상곤도 십 년은 더 늙어버린 듯한 모습으로 고개를 끄덕거렸다.

수십 년도 더 정들었던 자신들의 터전이지만 혈육의 목숨보다 더 중할 수는 없었다. 그간 모든 고초를 겪으며 버텨보았으나 어둠 속에 도사린 놈들의 힘은 상상할 수 없을 만큼 크고 음습했다. 이젠 더 이상 싸울 여력이 없었다. 진상곤의 눈에 두 줄기 눈물이 하염없이 흘렀다.

"일단 계약서는 작성해 두시지요."

침울한 분위기 속에서 아무런 감정이 담기지 않고 담담히 흘러나온 목소리에 모두들 눈을 동그랗게 뜨고 고개를 돌렸다.

목소리의 주인공은 금성표국의 남매를 호위하고 온 표사 중의 한 사람이었다.

가족의 중대사를 결정하는 일에 다른 사람이 낀다는 것은 내키지 않았는데, 거기다 더해 자신들과 동행하는 세 명의 표사까지 동참시키려는 송여주 남매의 행동이 도저히 이해가 가지 않았지만 하도 간곡히 부탁하여 같이 있게 되었다. 그런데 그중 한 명이 주제넘게 가족 중대사의 결정에 불쑥 끼어들다니?

진상곤을 비롯한 진유문 등 사해표국 모든 사람들의 눈살이 찌푸려졌다.

"계약서란 것은 넘겨주지 않는 이상 아무 소용이 없는 물건이지요. 일단 계약서는 놈들의 요구대로 빈틈없이 작성해서 보여주고 셋째 공자님을 넘겨받는 미끼로 쓰시지요."

"자네가 나설 자리가 아닐세!"

진유문이 노기 찬 목소리로 말했다.

"유문 오라버니! 저를 믿고 저 사람의 말을 끝까지 들어보기로 해요. 제발 부탁드립니다."

송여주가 정색을 하며 부탁하자 뭔가 말을 하려던 진유문이 길게 한 호흡을 내쉬고는 고개를 끄덕였다.

"아까 왔던 그자가 내일 다시 오면 그자의 요구대로 계약서를 작성하고, 그 계약서를 넘기는 것은 셋째 공자와 맞바꾸는 순간에 한다면 그들도 별 트집 없이 수긍할 것입니다."

"그 정도야 우리도 충분히 생각한 일일세!"

둘째 아들 진유현이 답답하다는 듯 소리쳤다.

"대신 그 자리에 저를 데려가 주십시오."

자운엽이 조금도 흐트러짐없이 담담히 말했다.

"정말 가관이군! 우리 집안의 운명이 달리고 내 동생의 생명이 달린 자리에 아무 상관 없는 자네를 왜 데려가야 하나? 그리고 자네만 데려가면 모든 게 해결되는 수라도 생긴단 말인가?"

진유문이 얼굴을 붉히며 언성을 높였다.

"우선은 그놈들 손에서 셋째 공자를 빼내는 것이 급선무입니다. 그런 연후라야 싸우더라도 마음 놓고 싸울 수가 있지요."

"더 이상 듣고 싶지 않네! 내일 유택이를 돌려받는 자리는 나와 유현이가 갈 것이네."

큰아들 진유문이 기분 나쁘다는 표정으로 잘라 말했다.

감히 삼급표사 놈 따위가 남의 집 제사에 감 놔라 배 놔라 하는 것이 당키나 한 말인가? 하는 표정이 역력히 나타났다.

"깨끗이 사해표국을 넘기실 생각이군요."

자운엽이 약간의 비웃음을 담은 목소리로 말했다.

"이런 건방진……!"

이번에는 둘째 진유현이 자운엽을 쏘아보다 입을 열었다.

"그놈들이 유택이를 데리고 나온다면 네 말대로 계약서를 주는 척하며 그놈들에게서 유택이를 빼앗을 생각이다. 아무리 생각해도 이대로 호락호락 우리 터전을 내어준다는 건 너무 억울해."

진유현이 이빨을 앙다물었다.

"그럼 세 분 공자님들이 모두 돌아오지 못할지도 모릅니다. 두 분 공자님만 가실 생각이라면 그냥 깨끗이 내어주고 오십시오. 그들은 공자님들 상대가 아닙니다."

자운엽의 말에 너무 어이가 없던지 진유문 형제는 얼굴이 붉으락푸르락하며 말을 멈추고 자운엽을 노려보고 있었다.

"이런 방자한 놈을 봤나! 남의 집 표사 따위가 감히 우리 가문의 일에 끼어들어 참을 수 없는 모욕을 준단 말인가? 요절이 나고 싶은 것이냐!"

마침내 국주 진상곤도 분노를 폭발시켰다.

"전 사실을 그대로 말한 것뿐입니다. 그리고 남의 일에 끼어드는 것은 저 역시도 절대적으로 싫어하는 일이지요. 하지만 제가 찾고 있는 놈들이기도 합니다. 그러니 제가 잠시 끼어들어 그놈들을 상대해 보고 싶습니다. 정 이해가 안 된다면 공동의 적을 맞아 잠시 연대를 맺는다고 생각하시든지요."

진상곤의 눈빛에 점점 강한 분노가 나타나기 시작했다.

기울어진 가문에서 겨우 구한 삼급표사인 줄 알았는데 하는 짓이 점점 가관으로 치닫고, 말의 내용 또한 이해 자체가 불가능한 것이었다. 그래서 진상곤은 자운엽 상대하기를 포기하고 송여주에게로 고개를 돌렸다.

"도대체 저자는 누구이더냐? 표사가 아니었느냐?"

진상곤이 엄중한 눈으로 송여주를 바라보았다.

"표사라는 신분으로 동행하긴 하지만 전 저 사람을 가족으로 생각하고 있어요. 그러니 백부님께서도 그렇게 대해주셨으면 해요."

송여주의 말에 사해표국의 식구들은 살쾡이를 피해 호랑이를 만난 표정을 지었다.

"백문이 불여일견이지요."

서로의 상반된 견해를 지워 버리려는 듯 자운엽이 탁자 위에 있는 화분에서 나뭇잎 하나를 떼어냈다.

"큰공자님께선 이 나뭇잎을 공중에 던져 바닥에 떨어질 때까지 몇 조각으로 자를 수 있겠는지요?"

자운엽의 질문에 진유문이 입술을 말아 올렸다.

"칼을 비교해 보자는 말인가?"

"난 그저 두 분 공자님으로는 그들과 맞설 수 없다는 내 말을 증명하려 할 뿐이오."

"좋아! 내 비록 절세의 고수는 못 되더라도 자네에겐 지지 않을 듯하네."

진유문이 자운엽의 손에 든 나뭇잎을 받아 들었다.

휘익!

공중으로 던진 나뭇잎이 눈 높이에 왔을 때 진유문의 칼이 춤을 추었고 한 개의 나뭇잎이 두 조각, 네 조각… 서른두 조각이 나며 바닥으로 떨어져 내렸다.

휘리릭―

서른두 조각의 나뭇잎이 바닥에 닿으려는 순간 자운엽의 연검이 은빛 광채를 내뿜으며 쭈욱 뻗어 나갔다.

파르르!

춤을 추며 앞으로만 뻗어 나가던 연검 끝이 어지럽게 몇 번 혀를 낼름거리는가 싶더니 땅에 떨어지기 직전의 나뭇잎 서른두 조각을 하나도 남김없이 꼬치를 꿰듯 꿰어 올렸다.

파앗!

자운엽의 손목이 미세하게 움직이자 연검이 출렁하고 큰 파도를 하나 일으켰고 칼끝에 꿰어진 서른두 조각 나뭇잎이 허공에 비산했다.

파르르르—

비산한 나뭇잎이 눈앞 어림으로 떨어져 내리는 순간 요동하는 나비의 날갯짓을 담은 혈접난무의 초식이 보는 이의 눈을 현혹시키며 어지럽게 펼쳐졌다. 그와 동시에 서른두 조각의 나뭇잎이 연검이 일으키는 날갯짓에 잘려져 셀 수 없이 많은 조각이 되어 눈가루처럼 날아 내렸다.

눈 깜짝할 짧은 순간에 일어난 일이었기에 보는 사람 모두 아직 상황을 완전히 파악하지 못하고 우두커니 허공에 흩날리는 나뭇잎 조각만 쳐다보았다.

'그새 나비가 스무 마리는 더 늘어났군.'

엄한필만이 바닥에 떨어진 나뭇잎 조각을 세며 입맛을 다셨다.

"허락을 해주지 않더라도 난 그놈들을 쫓아가야 할 사정이 있습니다. 그땐 철저히 내 방식대로 그놈들을 상대할 것이고, 내 개인적인 목적을 수행할 뿐 귀 표국의 공자들이 무얼 하든 상관 않겠습니다. 이유 없이 남의 일에 끼어드는 건 질색이니까요."

자운엽이 수운검을 말아 품속에 넣고는 등을 돌렸다.

"우, 우리가 공자의 제의를 받아들인다면……."

진상곤이 황급히 소리쳤다.

"그땐 전 우리 국주님의 엄명에 따라 귀 표국 셋째 공자를 구하는 데

최선을 다해야 되겠지요. 그 다음으로 여유가 있으면 내 개인적인 일
도 처리할 것이고……."

자운엽이 손목에 내려앉은 나뭇잎 조각들을 털어내며 실내를 빠져
나갔다.

"우와! 저게 도대체 몇 조각이야? 서른두 조각은 훨씬 넘는 것 같지?
그렇지, 언니?"

쥐 죽은 듯한 실내에서 서교영이 과장된 목소리로 고함을 질렀다.

"서른두 조각?"

진유문이 자른 서른두 조각도 헤아릴 능력이 없는 송여주가 무슨 말
이냐는 표정으로 서교영을 쳐다보았다. 아무리 작게 쳐줘도 서른두 조
각이란 말은 이해가 되지 않았기 때문이다.

서교영이 그런 송여주를 보고 킥! 하고 웃으며 밖으로 나갔고 엄한
필도 송여주 남매를 이끌고 자리를 떴다.

"……."

"사람 보는 눈이 어두워 유택이를 잃을 뻔했구나……."

금성표국 일행들이 모두 빠져나가고 사해표국의 사람들만 남은 실
내에서 진상곤이 탄식을 하듯 나직이 중얼거렸다.

"우리 측에서는 내 큰아들과 호위무사 한 명을 보내겠소. 그리고 계
약서는 내 셋째 아들을 인도받는 즉시 건네주겠소."

다음날 정해진 시간에 어김없이 목대민이 나타났고 진상곤은 목대
민이 원하는 대로 한 자도 틀리지 않게 계약서를 작성했다. 그런 진상
곤을 보며 목대민은 흡족한 표정을 짓다가 계약을 이행하러 보내는 두
명을 보고는 더욱 흡족한 표정을 지었다.

"하하! 큰 표국을 경영하셨던 분이라 역시 통이 크시군요. 아무리 그래도 단 두 사람만 보내는 것은 너무 우리를 믿는 것이 아니신지요?"

"어차피 당신들은 아주 합법적인 세력 확장이 목적이 아니던가? 당신들 힘이라면 우리 표국 정도는 한 식경 내에 쓸어버릴 수 있을 듯한데도 이렇게 복잡한 절차를 요구하는 것을 보면 그런 생각이 드네. 뭔가 큰 목적이 있어 절대로 책잡힐 일을 하지 않으려고 하는 것 같다는. 그러니 약속 또한 철저히 지키겠지."

진상곤의 말에 목대민의 눈빛이 찰나지간 기광을 발했지만 이내 평소의 표정으로 돌아왔다.

"글쎄요, 그것까지야 나 같은 심부름꾼은 알 수 없는 일이고, 국주님 예상대로 계약을 철저히 이행하겠다는 것은 약속드리지요."

목대민이 빙긋 웃으며 고개를 숙이고는 자리에서 일어섰다.

"따라오시죠."

목대민을 따라 진유문과 자운엽이 사해표국을 나서자 사해표국의 식구들은 모두 송여주를 비롯한 금성표국 일행들에게로 눈이 모여졌다.

"걱정 마세요, 백부님. 그 사람 칼 솜씨는 어제 직접 목격하셨잖아요."

송여주가 확신에 찬 목소리로 진상곤을 안심시켰다.

"우리도 따라가 봐야 하지 않을까요?"

서교영이 목대민을 따라가는 두 사람을 보며 엄한필 옆에서 속삭였다.

"저 자식이 우리보고는 허튼짓 말고 이곳을 철저히 지키라고 신신당부했으니 그게 좋을 것 같아. 아마 상대를 안심시키고 허를 찌를 모양이니 우린 이곳 경계나 철저히 서자구."

엄한필의 말에 서교영도 고개를 끄덕이고 주위를 두리번거렸다.

◆ 제16장

사혜표국의 혈전

사해표국의 혈전

“크아악!”

마지막으로 여덟 번째의 비명이 아련히 들려왔다.

뒤에 따르던 여덟 명이 모두 죽었을 것이다. 그 괴물의 발톱에 할퀸다면 절대로 살아날 수가 없다.

그놈은 한 마리 괴물이었다.

피 냄새를 맡고 피를 쫓아 미친 듯이 달려오는 악몽 속의 괴물!

어깨에서 흘러내린 피 냄새를 따라 그놈은 바람처럼 자신들을 쫓아왔고 자신을 보호하느라 철저하게 뒤를 막아주던 여덟 명의 충직한 부하들이 모두 그놈의 발톱에 심장이 뚫린 채 고혼이 되었을 것이다.

‘얼마만큼 뒤처져 있을까?’

입이 바짝 마르며 타는 듯한 열기가 목을 타고 넘어왔다.

바짝 마른 침을 억지로 삼키자 울대가 찢어지는 듯 아파왔다.

　모두 죽었을 것이 틀림없는 여덟 명의 부하는 결코 쉬운 상대들이 아닐 것인데…….

　그 요괴는 너무 쉽게 부하들을 처치하고 뒤를 쫓아왔다.

　부하들이 한 명, 한 명 희생되며 벌어준 시간으로 어느 정도 거리를 벌렸다. 그렇지만 그 간격은 점점 더 좁아졌다. 마지막 부하가 지르는 소리는 백여 장 정도밖에 떨어지지 않은 것 같았다. 요괴의 추적 속도는 자신의 경공보다 훨씬 빠른 것이었다.

　파아앗!

　온 힘을 다하여 경공을 펼쳤다.

　죽는 한이 있더라도 이 비밀은 전하고 죽어야 했다.

　조금만, 조금만 더 가면 장원이 보일 것이다. 장원이 보이는 곳이면 품속의 신호탄으로 신호를 보낼 수 있을 것이고 동료들이 구원의 손길을 뻗칠 것이다.

　그러면 아무리 포악한 요괴라도 처치할 수 있다.

　방심이 부른 화근이었다.

　아니다! 절대로 방심하지는 않았다. 호랑이가 토끼를 사냥함에 있어서도 최선을 다하듯 자신은 필요 이상의 준비를 했었다.

　자신과 여덟 명의 수하들이면 구파일방은 무리겠지만 오대세가 중 한곳과 싸운다 하더라도 반 시진은 버틸 자신이 있었다. 그만큼 완벽한 준비를 하고 갔는데 그런 요괴를 만날 줄 몰랐다.

　순식간에 두 명의 심장을 꺼내고 자신의 어깨마저 찢어발기는 요괴의 공격에 변변한 대항 한번 해보지 못하고 줄행랑을 치고 있는 것이다.

　죽기를 각오하고 싸울 수도 있었지만 한 명은 살아남아 장원에 연락을 해야 하고 그것은 자신의 몫이었다.

아직은 요괴의 발자국 소리가 들리지 않는다.

마지막 남은 부하에게 상처를 입는 것일까?

아니면 좀 전의 처참한 비명 소리가 요괴의 것이 아닐까?

천부당만부당한 상상이다.

'살았다!

저 멀리 장원이 보인다.

이젠 신호탄만 터뜨리면 된다.

"저곳이 본거지인가?"

"으아악!"

요괴였다!

어쩐지 추적의 기색이 느껴지지 않는다 했더니 앞을 가로막고 서 있었다.

너무 놀라 신호탄마저 놓친 목대민이 공포에 젖은 눈빛으로 자운엽을 바라보았다.

"너, 넌 대체 누구냐?!"

"보시다시피 호위를 맡은 표사지."

자운엽이 빙글거리며 답했다.

"이젠 네가 내 질문에 답할 차례다. 저곳이 본거지인가?"

목대민이 고개를 설레설레 흔들었다.

자운엽이 피식 웃었다.

"맞는 것 같군. 그럼 이제 품속에 든 계약서를 주실까? 애초에 그건 강제로 행해진 계약이니 무효로 해야지. 그게 공평하지 않나?"

자운엽이 손을 내밀었다.

목대민은 한 발 뒤로 물러서며 지형을 살폈다. 한 번만 더 도주에 성공하면 장원까지 갈 수 있는 거리였다.

파앗!

자운엽의 연검이 목대민의 목을 찔러왔다.

찰나의 망설임도 없는 잔인한 칼질이었다. 그런 망설임없는 칼부림에 자신의 부하들이 기선을 제압당하고 추풍낙엽처럼 쓰러진 것이다. 그렇지 않았다면 최소한 자신들 수중에 있는 인질을 약속 위반의 대가로 죽여 버릴 수는 있었을 것이다. 하지만 이놈은 생각지도 못한 상황에서 순간의 틈을 노려 벼락처럼 칼을 휘둘러 인질을 빼내고 자신들을 도륙해 왔다. 그건 정녕 인질 구출 전문가다운 솜씨였다.

파파파!

목대민은 반사적으로 칼을 휘둘러 낭창거리며 날아드는 칼을 막았다.

휘릭!

날아들던 칼날이 어지럽게 휘어졌다. 그리고 휘어지는 칼날에서 수많은 나비의 날개가 팔랑거리며 목을 향해 날아들었다.

파악!

어깨 어림으로 불에 지진 듯한 느낌이 전해져 왔다.

'대체 이건 무슨 검법인가?'

어디가 칼날이고 어디가 칼끝인지 구별이 가지 않았다.

잘라오는 칼날 속에 찔러오는 칼끝이 있었고, 찔러오는 칼끝 속에 잘라오는 칼날이 있었다.

휘이익—

다시 한 번 미친 듯이 칼을 휘둘러 그물처럼 검망(劍網)을 만들었다.

슈슈슈슉—

뱀의 혓바닥처럼 소름 끼치는 칼날이 그물망의 빈 곳만을 골라 찔러

들었다.

"으으윽!"

양쪽 허리와 갈비뼈 어림에서 피가 솟구쳐 올랐다.

'대체?'

다시 한 번 불신으로 두 눈이 부릅떠졌다.

자신이 익힌 칼 역시 현란하기 짝이 없는 환검(幻劍)이었다. 그런 칼이 이처럼 속수무책으로 당할 날이 올 것이라고는 생각지 못했다.

목대민의 얼굴에 천천히 죽음의 공포감이 어려졌다.

숨 쉴 틈 없이 날아드는 칼이 점점 더 서두르고 있었다. 아마도 최대한 빨리 자신의 목을 베고 뭔가 다른 일을 하려는 의도를 느낄 수 있었다.

"끄으윽!"

수운검에 목을 꿰뚫린 목대민이 불신 가득한 눈을 부릅뜨며 천천히 무릎을 꿇었다.

그 순간에도 목대민의 표정은 어떻게 자신의 목이 꿰뚫렸는지 이해가 안 간다는 뜻을 내비치고 있었다.

마지막으로 목대민을 처치하고 잠시 주변을 살피던 자운엽은 쓰러진 목대민의 품속에서 계약서를 꺼냈다. 그리고 자신의 품속에서 목대민으로부터 받은 한 개의 봉서를 꺼내어 내용물을 확인했다.

"금화 일만 냥이라! 평생 돈 걱정은 안 해도 되겠군."

자운엽은 사해표국의 인수 대금으로 목대민이 가져온 전표를 보고 입술을 말았다. 그리고 두 개의 봉서를 품속에 넣었다.

파앗!

최대한 빠른 시간 안에 시신에 낙엽과 나뭇가지를 덮어 감쪽같이 위장해 놓은 자운엽이 눈을 들어 목대민이 기를 쓰고 도달하려 하던 본거지를 다시 한 번 확인하고 달려왔던 방향으로 신형을 날렸다.

"왜 이렇게 늦은 거야?"

사해표국으로 급히 달려온 자운엽을 보고 엄한필이 빙긋 웃으며 말했다.

"두 분 공자들은 무사히 도착했겠지?"

자운엽이 안채 쪽을 바라보며 되물었다.

"들어가 봐, 그렇지 않아도 기다리고 있으니."

자운엽은 고개를 끄덕이고 사해표국의 안채로 바쁘게 걸음을 옮겼다.

"고맙네, 공자. 은혜를 어떻게 갚아야 할시……."

사해표국 가족들이 모인 자리에서 진상곤이 진심으로 감사의 표시를 했다.

"표사로서의 밥값을 다한 것뿐입니다."

자운엽은 짤막하게 답하며 주변을 두리번거렸다.

"여주가 자네를 친동생으로 생각하고 나보고도 그렇게 대해달라고 했으니 이젠 자네를 여주나 여훈이와 똑같이 대하겠네. 그동안 우리는 자네를 그냥 삼급표사 정도로만 생각했다네. 섭섭한 점이 있더라도 용서하게."

"그보다도 셋째 공자는?"

자운엽은 초조한 기색으로 진상곤의 얼굴을 바라보았다.

놈들로부터 셋째 공자를 빼앗다시피 넘겨받은 즉시 그놈들을 척살하기 시작했고, 또 도망가는 놈들은 추적하였으므로 셋째 공자 진유택의 최종 안전까지는 확인 못했기에 그것이 우선적으로 궁금했다. 별일 없다면 집에까지 무사히 왔겠지만 워낙 철저한 무리들이었기에 어떤

암계가 있을지도 모르는 일이다.

"잠시 진맥을 하고 있으니 곧 만날 수 있을 것이네."

큰아들 진유문이 부드러운 음성으로 말했다.

"혹시 중독의 흔적이나 그런 것들은 없었습니까?"

"중독이라니?"

"만일의 경우를 말합니다. 저 같으면 그렇게 했을 테니까요."

자운엽의 말을 들은 사해표국 식구들이 대번 표정이 굳어지며 자운엽의 얼굴을 바라보았다.

미처 생각 못한 일이었지만 충분히 가능성있는 얘기였다. 이제껏 사해표국이 거의 쓰러질 때까지도 꼬리를 잡을 수 없을 만큼 철저하고 용의주도한 놈들이었으니 어떤 짓을 했을지도 모르는 일이었다.

"어서 가서 중독에 대해서도 세세히 살펴보거라!"

진상곤이 서둘러 명령을 내리자 진유문과 진유현이 급히 실내를 벗어났다.

"다행히 중독의 흔적은 없습니다."

둘째 아들 진유현이 밝은 표정으로 소리를 질렀다.

"이건 되찾아왔습니다."

긴장을 풀지 않고 있던 자운엽이 진유택의 안전을 확인하고는 안심한 표정으로 품속에서 사해표국의 모든 것을 넘긴다고 적힌 계약서를 진상곤에게 내밀었다.

"오, 이런!"

진상곤이 떨리는 손으로 계약서를 받았다.

아들의 생환에 정신이 팔려 전 재산의 양도 각서인 계약서를 잊고 있었던 것이다. 봉서에 든 계약서를 꺼내어 확인한 진상곤이 휴! 하고 한숨을 쉬고는 자운엽을 다시 쳐다보았다.

어둠 속에서 모습을 드러내지 않다 최초로 모습을 드러내고 찾아온 목대민이란 청년의 기도는 결코 범상하지가 않았다. 조금도 흔들리지 않던 여유로운 모습과 가라앉은 눈빛은 자신이 상대한다 하더라도 이길 자신이 없을 만큼 당당함을 엿보였다. 그런데 그런 자들을 단신으로 쫓아가 문서를 빼앗아온 이 청년의 능력은 얼마나 되는 것일까? 쉽게 짐작이 가지 않았다.

만약 이 젊은이가 목대민이란 젊은이와 바뀌어 적이 되었더라면 그의 말대로 아들을 돌려주더라도 은밀히 중독을 시킨 상태로 돌려줄 것이고, 그렇다면 계약서를 넘겨주었다고 해서 자유로울 것이 아니었다. 소름 끼치는 일이었지만 상황은 정반대로 저 젊은이가 같은 편이다.

진상곤이 다시 한숨을 내쉬었다.

"아까 그놈은?"

"다시 볼 일은 없을 겁니다. 하지만 더 무서운 놈들이 나타날 것입니다. 그러니 앞으로 바깥출입을 삼가하시고 놈들과의 결전에 대비해야 할 것입니다."

자운엽이 당부를 하자 진상곤이 고개를 끄덕였다.

"내 각별히 신경 쓸 테니 그때까진 자네들이 도와주게."

진상곤이 간절한 눈빛으로 자운엽을 쳐다보았고 자운엽이 보일 듯 말 듯 고개를 숙이고는 등을 돌렸다.

"잠깐만요!"

안채를 빠져나와 바삐 걸어가는 자운엽의 등 뒤에서 진주령이 자운엽을 불렀다. 등을 돌린 자운엽이 진주령과 마주했다.

"그동안 죄송했어요."

진주령이 머뭇거리며 입을 열었다.

"무슨 말이오?"

자운엽이 서두르는 듯한 표정으로 답했다. 뭔가 급히 처리해야 할 일이 있는 듯한 눈치였지만 진주령 역시 한시라도 빨리 사과를 하고 싶었다.

"그동안 별 볼일 없는 하급 표사라 생각하고 함부로 대한 것 같아요. 그 점 사과드려요."

진주령이 잔뜩 긴장한 눈빛으로 자운엽을 쳐다보았다.

"그야 뭐… 사실이 그런 걸 어쩌겠소. 솔직히 난 이번 표행이 처음이니 애송이라 해도 할 말 없고, 숙식만 제공받고 보수 한 푼 못 받는 처지이니 하급 표사란 말도 틀린 데가 없지요."

급수 따윈 신경 쓸 것 없다는 듯 자운엽이 빠르게 말하고는 엄한필 등이 있는 숙소 쪽으로 고개를 돌렸다. 어서 그쪽으로 가고 싶어하는 기색이 역력했다.

"그리고 셋째 오빠를 구해준 은혜 평생 갚지 못할 거예요!"

자운엽으로부터 그동안의 홀대에 대한 매서운 보복을 당하지나 않을까 긴장했던 진주령은 자운엽이 그런 것은 전혀 신경 쓰지 않는 듯하자 밝은 표정으로 사과에 이어 고마움의 뜻도 전했다.

"소저의 집안일이 아니더라도 난 그놈들과 싸웠을 것이오. 그보다 어쩌면 나로 인해 지금 당장부터라도 사해표국이 훨씬 더 위험해질 수가 있소."

"그때는 도와주시지 않을 건가요?"

진주령이 입술을 깨물며 말했다.

"돕는 데는 한계가 있는 것이오. 혼자서 수십 명을 한꺼번에 상대할 수도 없는 노릇이고, 제아무리 돕는 사람이 힘을 다한다 해도 결국 그는 제삼자일 뿐 당사자일 수는 없소. 죽음을 두려워하지 않고 본인들 스스로가 싸울 마음이 없다면 도울 사람 천 명이 있어도 소용없는 법입니다. 그런 면에서 우리 국주는 보기 드문 여장부지요. 우리가 만류했을 때 내가 참가하지 않는 한 아무 소용 없다며 죽음을 무릅쓰고 따라 나왔으니까요. 그런 마음가짐이라면 하늘도 스스로 도울 것이오.”

그 말을 남기고 자운엽은 달리듯이 일행이 있는 숙소로 향했다.

‘저게 무슨 삼급표사야?’

자운엽이 사라진 방향을 바라보는 진주령의 눈이 별처럼 반짝거렸다.

“설마 오늘 밤 안에 무슨 일이 있으려고?”

엄한필이 자운엽의 설명을 듣고 고개를 저었다.

“그놈들은 이제껏 아주 은밀하게 움직이는 놈들이었어. 그런데 모습을 드러내고 이곳 사해표국의 셋째 아들을 납치할 정도로 손을 쓰는 것을 보면 최후의 수단을 써서라도 자신들의 목적을 매듭 지으려 하는 것이지. 그런 상황에서 협상을 하러 간 부하들이 행방불명되어 버렸다면 즉각적인 공격으로 나올 가능성이 커.”

자운엽이 신중한 표정으로 자신의 심중을 밝혔다.

“아무리 그래도 상황 판단이 되지 않는 상태에서 바로 총공격을 한다는 건 무리가 아닐까?”

서교영도 수긍이 가지 않는다는 표정으로 고개를 저었다.

“내 생각도 그런데요. 우선 사라진 부하들의 행적을 수색하는 것이 급선무라 생각하고 한두 명이 은밀히 동정을 살피러 오지 않을까요?”

송여훈도 끼어들어 반대의 의견을 나타냈다. 송여주 역시도 말을 하지 않았지만 자운엽을 쳐다보는 표정에는 불신의 빛이 역력했다.

이제껏 빈틈없는 두뇌 회전을 하는 사람이었지만 아무래도 이번에는 좀 지나친 감이 있는 것이다.

"자 공자, 오늘 저녁 당장 그놈들이 쳐들어온다는 건 무리가 있지 않을까요? 오늘 저녁은 저쪽에서도 어찌 된 일인지 우왕좌왕하며 사태를 파악하기에도 정신이 없을 것 아닌가요? 그러니 오늘 저녁은 좀 편하게 쉬도록 해요. 낮에 고생이 많았을 텐테……."

송여주가 친동생을 걱정하는 듯한 표정으로 자운엽을 바라보았다.

그런 송여주의 눈빛을 받은 자운엽이 잠시 주춤하다가는 다시 표정을 다잡아갔다.

'저놈에게도 약점이 있군.'

짧은 순간이었지만 주춤거리는 자운엽의 모습을 본 엄한필이 피식 웃음을 흘렸다.

"분명히 놈들은 오늘 밤 늦게 이곳으로 쳐들어올 거요. 그러니 함정을 파놓고 기다려 그놈들을 궤멸시키는 작전을 짜는 게 좋을 것 같소."

자운엽이 단호하게 말했다.

"이유나 알자."

엄한필이 날카로운 눈빛으로 자운엽을 쏘아보았다.

"이유?"

"네놈이 그렇게 확신하는 이유 말이다. 그래야 우리도 수긍을 하고 함정을 파든 그물을 치든 확실히 할 수 있을 것 아니야?"

엄한필이 이유를 캐물었지만 자운엽의 표정은 조금도 변하지 않았다.

"그건 일을 꾸미기 나름이야. 하지만 오늘 밤 늦게 그놈들이 이곳으로 쳐들어오는 것은 확실해. 그러니 시간 낭비하지 말고 함정을 파도

록 해. 그게 이곳의 손실을 줄이면서 그놈들을 처리하는 최선의 방법
이야."

"이거야 원!"

자운엽이 워낙 강경한 태도로 나오자 엄한필은 뭔가 있구나 싶었지
만 이유를 알 수 없어 답답해하는 표정이 되었다.

"분명히 그렇게 될 테니까 오늘 자정까지 함정이나 엄폐물 등을 설
치할 계획을 짜도록 해. 그래야만 이길 수 있어. 아무래도 숫자로는 이
쪽이 훨씬 적을 테니까 말이야."

자운엽이 다시 한 번 확신을 시키자 오늘 밤 정말 그자들이 쳐들어
온다는 생각에 모두들 긴장한 눈빛으로 자운엽을 바라보았다.

"좋아! 네놈 하는 짓이 이제껏 틀린 적이 없었으니까 믿기로 하지.
사매는 지필묵을 준비해. 대략적인 그림을 그려보게."

엄한필이 결심을 한 듯 서두르기 시작했다.

"우리끼리만 이런다고 될 일이 아니잖아요. 이 집 주인과 식구들도
같이 움직여야 될 일이 아닌가요?"

서교영이 자운엽과 엄한필을 번갈아 보며 볼멘소리로 말했다.

그녀로서는 언제나 사형 엄한필이 자운엽에게 끌려 다니는 게 불만
인 것이다.

"알아! 그건 저놈이 이곳 국주에게 한마디만 하면 될 일이야. 이젠
사해표국 식구들은 저놈 말이라면 팥으로 메주를 쓴다고 해도 믿을 거
니까. 그러니 우린 먼저 나름대로 계획을 좀 짜봐야지."

"팥으로 메주 만드는 걸 믿기는 사형도 마찬가지네요, 뭘."

서교영이 뚱하게 한마디 하고는 엄한필의 눈길을 피해 얼른 밖으로
나갔다.

＊　　　＊　　　＊

"이런 찢어 죽일 놈들을 봤나!"

한 장의 서찰을 읽고 탁자를 친 주재승이 급히 밖을 보고 고함을 질렀다.

"누구 밖에 없느냐?!"

"무슨 일이신지요?"

한 젊은이가 심상찮은 주재승의 표정을 보고 놀란 눈으로 물었다.

"이 서찰을 전한 놈은 어디 있느냐, 당장 데려오너라!"

주재승의 질문에 사내가 급히 밖으로 나갔다가 다시 들어왔다.

"어린 소년이 누군가의 부탁을 받고 전했다고 합니다. 그리고 그 아이도 어디론가 가버린 모양인데… 그놈을 잡아올까요?"

"됐다! 그래 봐야 아무 소용이 없는 일이겠지."

냉정을 많이 되찾은 주재승이 좀 전보다는 많이 누그러진 소리로 말했다.

"무슨 서찰인지요?"

청년이 조금 머뭇거리며 주재승이 내려놓은 서찰에 눈길을 돌렸다.

"직접 읽어보거라."

주재승이 청년에게 서찰을 건네주었다.

서찰의 발신지는 사해표국으로 내용은 협상을 하러 온 귀측의 사람들을 우리가 생포하여 붙잡고 있으니 이번에는 귀측에서 내일까지 황금 이만 냥을 더 준비해 오면 귀측 젊은이들을 돌려주겠다는 글이었다.

"이런 찢어 죽일 놈들!"

서찰을 읽은 청년도 주재승과 똑같은 소리를 지르다 얼른 고개를 숙였다.

"죄송합니다, 각주(閣主)님! 너무 흥분하여……."

"어떻게 생각하나, 이 서찰을?"

주재승이 청년의 의향을 물었다.

"도저히 납득이 가지 않는군요. 목 대주(隊主)님이 어떤 분인데 그깟 다 허물어져 가는 표국의 포로가 된단 말입니까? 그리고 같이 간 청기대(靑旗隊) 여덟 명도 함께 잡혔다는 것은… 도저히……."

그러다 청년은 다시 고개를 갸웃거렸다.

"그렇지만 놈들이 우리 거처를 알고 이곳으로 서찰을 보낸 것을 보면 어느 정도는 인정할 수밖에 없는 일이기도……."

청년이 여러 번 고갯짓했다.

"밖에 나가 있는 인원을 모두 불러들여라. 그리고 오늘 밤 어둠이 짙어지면 여긴 최소 인원만 남기고 모두 사해표국을 습격하여 끝장을 낸다."

흥분한 주재승이 이젠 더 이상 참지 못하겠다는 듯 이성을 잃고 말았다.

주재승의 지시를 받은 청년은 뭔가 할 말이 있는 듯했지만 자신으로서는 목대민처럼 흥분한 주재승을 말릴 만한 위치가 되지 못했기에 입을 굳게 다물며 밖으로 나갔다.

삼경을 넘은 시각, 장원의 대문이 열리며 수십 명의 인영들이 은밀히 빠져나가고 얼마 더 지나자 한 인영이 스쳐 가는 바람인 양 장원 옆 큰 소나무 위로 야조처럼 빠르게 날아올랐다.

검은 옷에 검은 복면을 한 인영의 움직임은 너무도 표홀하고 은밀하여 누가 손가락질로 가르쳐 준다 해도 쉽게 알아차리지 못할 만큼 주변 지형과 어둠에 조화되어 있었다.

'주변으로 보초가 일곱, 어둠 속에 웅크리고 있군.'

소나무 가지 사이에서 양팔을 벌리고 선 자운엽이 장원 안의 동정을 살폈다. 가지와 가지 사이에 팔다리를 벌리고 꼼짝 않고 서 있자 자운엽의 몸은 소나무 가지처럼 은신이 되었다.

휘익—

한줄기 바람이 불어오는 틈을 타 가볍게 몸을 날린 자운엽의 신형이 후문 쪽 어둠 속으로 쏘아졌다.

사각.

아주 미약한 소리와 함께 보초 한 명의 영혼이 영문도 모른 채 육신을 떠났다. 그렇게 일각의 시간이 지나자 장원의 사방 건물과 담벽 사이의 공간에 살아 있는 사람은 자운엽뿐이었다.

"꽤나 넓은 곳이군."

건물 안으로 들어간 자운엽은 복면을 벗고 주위를 살피며 오히려 태연하게 걸음을 옮겼다.

세 개의 방 앞을 지났지만 아직 인기척은 느끼지 못했다.

다섯 개의 방을 지나자 마주 오는 인영이 보였고 기둥 그림자 쪽에 최대한 얼굴을 들이민 채 태연히 걸어오는 자운엽의 걸음걸이에 마주 오는 인영은 조금도 경계의 기운을 드러내지 않았다

거의 지나칠 정도가 되었을 때 뭔가 이상함을 느꼈던지 마주 오는 사내는 흠칫 걸음을 멈추고 자운엽의 얼굴을 보고는 놀란 표정을 지었다.

파앗!

자운엽이 팔목에 말아 쥐고 있던 연검을 빛살처럼 뿌렸다.

"끄륵!"

목을 꿰뚫린 사내가 가래 끓는 소리를 내며 무너졌다.

'살기!'

순간 등 뒤에서 강한 살기를 느낀 자운엽은 닫혀 있는 방문을 박차고 그대로 실내로 뛰어들었다.

좁은 복도에서 적의 공격을 피해 오히려 적의 안방으로 뛰어든 상황이었다. 다행히 실내에는 아무도 없었지만 집주인이 서 있는 것이 문제인 것이다.

"누구냐, 네놈은?"

주재승이 자운엽에게 질문을 던졌다.

"이 집 주인이시오?"

더 이상 적이 없다는 것을 확인한 자운엽이 여유를 가지고 반문했다.

"이런 불나방 같은 놈을 보았나!"

일순 말문이 막혔던 주재승이 고함을 쳤다.

이곳이 어디라고 숨어들어 부하 한 명까지 다 죽인단 말인가? 그렇지 않아도 혼란스런 심사에 불을 지른 격이 되었다.

주재승이 주먹을 불끈 쥐었다.

"누군지 알 필요까진 없고, 여긴 뭣 하러 왔느냐?"

주재승이 다시 질문했다.

"몇 가지 물어보고 싶은 것이 있어 왔소."

자운엽이 유들거리며 답하자 주재승이 기도 안 차다는 표정으로 자운엽을 쏘아보았다.

"어린 놈이 너무 일찍 묘자리를 파는구나. 죽기 전에 한 가지 질문은 받아주겠다. 질문해 보아라."

"설수연이란 이름을 알고 있소?"

"설수연?"

주재승의 입이 한참 동안 다물어지지 않았다.

"이런 미친놈을 봤나. 겨우 계집 이름 하나 알아내고자 이곳으로 뛰어들고 살인까지 한단 말인가? 정신이 어떻게 된 놈인 모양이구나. 하지만 이곳으로 뛰어든 이상 살아 나갈 생각은 말아야 한다."

주재승은 품속에서 섭선(摺扇)을 꺼내 들려다 머리를 흔들고는 도로 집어넣었다. 이런 애송이 한 놈 상대하는 데 애병에 피를 묻힐 필요까지는 없는 것이다. 그냥 사혈 몇 군데만 점해서 명줄을 끊어놓으면 될 일이다.

휘익―

주재승이 손가락을 구부려 곧장 자운엽의 목을 노렸다. 다른 일로도 머리가 어지러운 판에 제정신이 아닌 애송이 놈까지 상대하며 길게 신경 쓰고 싶지는 않은 것이다.

"엇!"

공격을 하던 주재승이 불식간에 소리를 질렀다.

한 번의 공격으로 끝장이 날 것이라 생각했는데 애송이의 신형이 핑그르 한 바퀴 돌아 공격권을 빠져나갔다.

목을 젖힌다거나 상체만으로 공격을 피하려 했다면 연속으로 이어지는 공격으로 인하여 어떻게든 목덜미가 붙잡혀 목뼈가 부러져 나갔을 것이다. 그런데 이놈은 그것을 예상이나 한 듯이 빠르게 발을 움직여 확실히 공격권을 벗어난 것이다.

"한 가닥 믿는 곳이 있는 놈이었군."

주재승이 손가락 뼈마디를 우두둑 꺾었다.

"아직 질문에는 대답을 하지 않은 걸로 아는데, 아니오?"

"그 따위 질문에는 답할 필요를 느끼지 않는다. 그러나 진정한 목적을 밝힌다면 고통없이 죽여줄 수는 있다."

주재승이 다시 공격 자세를 잡았다.

"어차피 그 이름까지 당신이 알고 있으리라고는 생각지 않았소. 그럴수록 그녀가 안전하다는 얘기도 되고… 그렇다면 혹시 야율사한이란 이름은 알고 있소?"

자운엽의 질문에 주재승이 흠칫 놀라며 시선을 고정시켰다.

공격을 막 취하려다 굳은 듯이 서 있는 주재승의 행동에서 그 무엇보다 강한 긍정의 표현이 나타났다.

"네, 네놈이 그 이름을 어떻게 아느냐?"

주재승이 공격 자세를 풀고는 자운엽의 눈을 똑바로 쳐다보았다.

야율사한이란 이름을 어찌 모르겠는가? 자신은 일개 각주에 불과하지만 야율사한이란 이름은 맹의 네 개 기둥 중 한 개인 현무당의 당주이다.

나이는 자신의 아들뻘밖에 되지 않지만 적통의 피를 이어받아 태어날 때부터 모든 이의 관심과 배려 속에 이십 대 초반에 절정고수가 되고, 또 맹의 현무당주가 된 사람이 바로 야율사한이었다. 그리고 언젠가 있을 승천을 기다리며 깊은 물속에서 좀처럼 머리를 밖으로 드러내지 않는 인물이기도 하다.

그런데 이놈의 입에서 그 이름이 튀어나오다니?

이놈은 계집이나 하나 찾으러 이곳을 스며든 가벼운 놈은 결코 아니었다. 목대민 청기대주의 실종에도 관계가 있는 놈이다.

"그렇다면?"

주재승의 뇌리에 강한 경종이 울렸다.

저녁에 괴서찰을 보내어 이곳의 인원을 분산시킨 놈이 바로 이놈인 것이다. 그 생각이 맞다면 사해표국으로 쳐들어간 인원들도 위험하다.

마음이 급해왔다.

"이놈!"

주재승이 서둘러 품속에서 섭선을 꺼내 들었다. 이것저것 따질 때가 아닌 것이다. 어서 이놈을 쳐죽이고 사해표국으로 달려가야 한다.

쉬이익—

섭선이 활짝 펴지자 부챗살 끝이 이빨을 드러내며 자운엽의 목을 잘라갔고 자운엽이 어지럽게 보법을 밟으며 주재승의 공격을 피했다.

나비의 검을 익히며 자연스레 나비의 움직임을 쫓아 사뿐히 움직이던 몸놀림과 몇 번의 실전에서 유심히 보고 익힌 몸놀림이 고스란히 보법에 담겨 현란하게 펼쳐졌다.

돌아설 듯하다 어느새 다가오고, 다가올 듯하다 멀어져 가는 움직임에 주재승의 섭선은 번번이 빈 허공만을 갈랐다.

"어린 놈이 대체?"

주재승의 눈빛이 당혹감으로 물들었다. 자신의 절기인 폭풍금선(暴風金扇)의 제일초식, 십육변이 모두 무위로 돌아갔다.

날 때부터 무공을 익혔다 하더라도 이놈은 겨우 이십 년 정도의 수련밖에 되지 않을 것이거늘 두 배 이상의 수련을 거친 자신의 공격을 단 한 순간도 부딪치지 않고 모조리 피해낸다 말인가?

주재승의 눈매가 가늘어졌다.

아주 특별한 경우를 제외하고는 무공 실력은 그 수련 기간에 비례하기 마련이다.

초식의 현란함과 정교함을 몸에 익히고 수없는 반복을 통하여 호흡과 진기의 흐름이 초식 속에 녹아들어 무의식 중에 일체가 되는 혼연일체의 상태로 승화되는 경지는 대부분의 경우 그 수련 기간에 비례할 수밖에 없다. 수많은 반복과 피땀 어린 훈련 속에 그런 결과가 나타나는 것이다.

그러나 아주 드물게는 그런 기준을 무시하는 인간들이 있게 마련이다.

'설마 이 애송이 놈이 그런 부류의 인간이란 말인가?'

주재승은 다시 한 번 눈을 부릅뜨고 자운엽을 쳐다보았다.

자신의 전기를 털끝 하나 다치지 않고 모두 피해내고는 호흡 하나 흐트러지지 않고 서 있는 이놈은 일반적인 기준의 평가를 벗어난 놈일 가능성이 높았다.

정말로 이놈이 일반적인 틀을 벗어난 아주 특별한 경우에 해당하는 놈이라면 이젠 겉모습만의 평가는 모조리 집어치워야 한다. 어쩌면 자신의 생명을 끊어놓을지도 모르는 무서운 적을 맞이하는 자세로 싸움에 임해야 한다.

촤악!

주재승이 다시 섭선을 펼쳐 들고 폭풍금선의 마지막 초식인 풍뢰살선(風賴殺扇)의 초식을 펼치려 서서히 공력을 돋워 올렸다.

"끝까지 약속은 안 지킬 생각인 모양이오?"

자운엽이 집요하게 자신의 질문을 확인했다.

"계집의 이름은 모른다. 하지만 야육사한이란 이름은 내가 속한 곳의 사대당주 중 한 사람이다. 더 이상은 알려고 하지 마라."

주재승이 한 사람의 동등한 적으로 자운엽을 대하기 시작했다.

"그 정도면 싸울 이유는 충분하군요. 당신을 해치우고 난 후 이곳의 서류들을 챙긴다면 더 많은 것도 알 수 있겠지?"

자운엽이 수운검을 들어 올렸다.

"물론 가능하겠지. 그러나 그건 날 죽인다는 쉽지 않은 전제 조건이 따라야지."

파파팡!

파파팡!

주재승이 천천히 부채를 흔들었고 공력이 주입된 부채에서 뿜어져 나오는 압축된 공기가 주변의 대기와 부딪쳐 작은 폭발음을 터뜨렸다.

"차앗!"

주재승이 섭선을 쭈욱 내뻗으며 폭풍 속으로 섭선을 밀어 넣었다.

파아앙―

쉬이익!

폭음과 함께 섭선에서 뿜어져 나오는 새파란 빛이 자운엽의 목을 향해 날아들었다. 내공을 주입하여 새파랗게 날이 선 부챗살이 빠르게 쏘아져 나가 마치 한줄기 새파란 빛이 쏘아지는 것과 같아 보였다.

차차창!

자운엽은 수운검을 어지럽게 흔들며 주재승의 섭선에 대응해 갔다. 수운검은 춤을 추며 섭선의 옆면을 연속으로 다섯 차례나 때리고 나서야 거두어졌다.

연한 부챗살과 그보다 더 연한 듯 하늘거리는 연검의 충돌이었지만 그 격돌 속에는 어떤 단단한 강철의 부딪침보다 더한 격렬함이 있었다.

"차아!"

이번에도 공격이 무위로 돌아가자 주재승의 신형이 한 바퀴 급격하게 회전했고, 그 회전력을 고스란히 담은 금선이 그대로 자운엽의 가슴을 베어왔다.

파앗!

주춤 흔들리는 자운엽의 상채를 향해 시퍼렇게 날이 선 부챗살이 섬전처럼 할퀴고 지나가자 자운엽의 상의가 가로로 길게 찢어졌다. 그리고 그 사이로 가는 선혈이 내비쳤다.

'위험했다!'

자운엽은 머리끝이 하늘로 곤두서는 느낌이 들었다. 흔들리는 신형을 추스르는 동작이 조금만 더 늦었다면 갈비뼈가 드러날 순간이었다.

매번의 공격마다 먼저 부채에서 뿜어져 나오는 강력한 폭풍이 신형을 흐트리게 하고 그 다음으로 시퍼렇게 날이 선 부챗살이 이빨을 드러냈다.

이번에도 똑같이 회전하며 잠시 뒤로 돌아갔던 부채가 보이는 순간 엄청난 압력으로 폭풍이 밀려들었다. 그 폭풍에 잠시 신형이 흔들리는 사이 아찔한 순간을 맞은 것이다.

'그렇다면!'

자운엽은 천천히 호흡을 가다듬고 태음토납경의 호흡 중 세 번째 호흡인 바위의 호흡으로 내력을 끌어올려 자신의 몸을 만 근 바위처럼 지면에 고정시켰다.

퍼퍼펑!

강한 회전력이 가미되어 이제껏 뿜어져 나온 폭풍보다 몇 배는 더 강력한 폭풍이 다시 한 번 자운엽의 몸을 강타했고 당연히 흔들린 상체 속에 틈이 생길 순간을 예상하고 그 틈 속으로 섭선을 찔러 넣던 주재승의 눈이 크게 뜨여졌다.

섭선에서 뿜어져 나온 폭풍에 조금도 신형이 흔들리지 않고 바위처럼 꼼짝 않고 지면에 버티고 선 자운엽의 손에서 뻗어져 나온 연검이 섭선보다 한 발 앞서 자신의 가슴을 관통하고 있었다.

"크으윽!"

주재승이 믿기지 않는 눈빛으로 자신의 가슴을 쳐다보았다.

화살처럼 강하게 가슴을 관통하던 연검이 어느새 면사처럼 흐느적거리며 자신의 심장을 빠져나가고 있었다.

파아악―

연이어 주재승의 심장에서 선혈이 터져 나왔다.

"어, 어떻게 이런?"

아직도 섭선을 굳게 움켜쥔 주재승이 서서히 굳어오는 몸을 비척거리더니 남은 한 손으로 가슴을 움켜쥐며 불신의 눈을 떴다.

"내 칼이 조금 빨랐을 뿐 그 이상도 그 이하도 없소."

자운엽이 침착하게 말했다.

"새파란 애송이에게… 내가, 내가… 이렇게……."

주재승의 손이 허공을 움켜쥐려 안간힘을 썼다.

"난 애송이일지 몰라도 내 칼은 결코 애송이가 아니오. 당신은 그것을 간과했소."

쿵!

아직도 불신의 눈을 감지 못한 주재승이 방바닥에 쓰러졌다.

'작은 부채 하나가 이런 무서운 살수를 뿜어낼 줄이야!'

자운엽은 길게 그어진 자신의 가슴과 주재승이 들고 있는 섭선을 번갈아 쳐다보다가 얼른 고개를 들었다.

"본거지는 소탕되었으니 이젠 사해표국으로 달려가야겠다. 도선생과 천둥벌거숭이가 잘해야 할 텐데… 숫자가 너무 많아……."

급히 이것저것 서류를 챙긴 자운엽은 신형을 날려 사해표국으로 치달렸다.

"사매, 어서 저쪽을 좀 도와줘!"

"사형도 참! 내 몸이 열 개라도 된단 말예요?"

서교영이 투정 섞인 고함 소리를 지르며 날아드는 칼을 쳐냈다.

쨍! 쨍강!

채챙!

"으흑!"

사방에서 병기 부딪치는 소리와 함께 사해표국은 아수라장이 되어 있었다.

자운엽의 예상대로 새벽녘에 근 서른 명가량의 괴한들이 사해표국의 담을 넘었고 엄한필과 함께 대기하고 있던 사해표국의 사람들이 설치한 그물과 화살 등에 의해서 열 명 정도는 싸우지도 않고 저승길로 보내 버렸다. 그리고 나머지 스무 명 정도는 자신들 손으로 처치해야 했지만 이곳은 엄한필과 서교영 외에는 그들을 능가할 수 있는 실력을 지닌 사람이 한 사람도 없었다.

처음 몇 번 칼을 맞대고 서로를 탐색하자 금세 상황이 판단되었고 놈들은 엄한필과 서교영 쪽을 피하고 되도록 약한 쪽을 먼저 처리해 나갔다.

순식간에 사해표국에 몇 남지 않은 표사들이 쓰러지고 세 명의 아들들과 사해표국주 진상곤이 그들을 직접 맞는 형국이 되었다.

"사매, 여기는 내게 맡기고 어서 저들과 합류해!"

엄한필이 다시 한 번 고함을 질렀다.

각각 몇 명을 베어넘겼지만 아직도 처음 담을 넘어온 숫자의 반 이상의 놈들이 싸움을 벌이고 있었다. 그리고 남은 이들은 결코 범상한 칼 솜씨를 지닌 자들이 아니었다.

특히 엄한필과 서교영을 막고 있는 자들은 고수라 불러도 손색이 없었다. 그중 동료들이 위기에 처할 때마다 어지럽게 손을 흔들어 수세에서 공세로 돌려놓는 적수공권의 사내는 막연한 고수의 수준을 한참 뛰어넘는 고수였다.

"사형 혼자서는 힘들어요. 조금만 더 버텨주면 이놈들은 끝낼 수 있어요."

서교영이 지독한 쾌검으로 한 사내의 팔을 잘라냈다.

"크윽!"

허공에 떠오른 팔이 땅에 떨어지며 그대로 칼을 잡고 펄떡거렸다.

"끝까지 가면 이놈들쯤이야 다 도륙할 수 있겠지만 그러기 전에 이 표국 식솔들이 모두 죽어! 그러니 어서 가!"

엄한필이 이젠 악을 쓰며 서교영을 채근했다.

"조심해요, 사형!"

서교영이 훌쩍 신형을 날려 포위망을 빠져나오며 백척간두의 위기에 몰린 사해표국 식구들에게로 날아 내렸다.

"어딜!"

서교영을 쫓아 칼을 휘두르려던 사내에게로 엄한필의 도가 무지막지한 파공성을 내며 떨어져 내렸고 사내가 대경을 하며 뒤로 물러섰다.

"차앗!"

물러서는 사내를 향해 여세를 몰아 칼을 휘두르는 엄한필의 측면에서 수많은 잔영을 남긴 손 그림자 하나가 허리께로 쓸어들었다.

'번번이 이놈 때문에 제대로 싸우지를 못하겠군!'

엄한필은 급히 도를 회수하며 허리로 날아드는 손 그림자에 대항했다.

따당!

쇳소리가 나며 사내의 손이 엄한필의 도를 비스듬히 쳐내며 순식간에 사라졌다. 그와 함께 한 명의 목을 딸 수 있는 기회가 고스란히 무산되고 말았다.

"빌어먹을!"

욕지거리를 내뱉은 엄한필이 자신의 옆구리를 공격했던 사내를 쳐다보았다. 자신과 비슷한 정도의 나이밖에 안 돼 보이는 놈이었지만 공수의 움직임 속에 웅장한 힘이 서려 있었고, 맺고 끊는 손가락의 무서움이 강철 갈고리를 무색케 했다.

"일 대 일이라면 좋은 승부 하나를 만들 수 있겠건만 상황이 여의치 못하군."

엄한필이 입맛을 다셨다.

사내 역시 자신의 공격을 한 번도 성사시키지 못할 만큼 엄중한 도세를 펼치는 엄한필을 보며 눈빛이 심하게 흔들렸다.

이곳 사해표국의 셋째 아들 진유택을 납치하고 오늘은 이곳을 쓸어버릴 명령을 받고 단숨에 달려온 추달화는 뜻밖의 강적에 내심 신음성을 흘리고 있었다.

주재승의 권유에 의해 서른 명도 넘는 인원을 이끌고 왔지만 그들은 표위망의 역할만 충분히 해주면 될 뿐 사해표국 안에 몇 남지 않은 표사들과 식솔들은 자신 한 명으로도 충분하리라 여겼다. 그러나 그 생각은 이곳의 담을 넘는 순간부터 빗나가기 시작했다.

담을 넘자마자 미리 기다리고 있던 그물망에 걸려 허둥대는 사이 화살이 날아들었다. 전혀 예상치 못한 상황에서 열 명도 넘는 부하들이 힘도 한차례 써보지도 못하고 비명횡사했고, 방심을 떨쳐 내고 몇 가지 더 설치 함정을 뛰어넘어 장원 중앙으로 들어섰을 때 조용히 서 있는 일남일녀의 기도는 가슴을 철렁하게 만들었다.

왠지 저들 둘이면 자신을 포함한 남은 부하 스물여 명으로도 힘들겠다는 생각이 들었다. 이후 그들의 무지막지한 도와 쾌검에 부하 예닐곱을 더 잃고 나자 자신의 짐작이 맞아떨어짐을 느꼈다.

일단 이놈들의 처지는 뒤로 미루고 사해표국의 식구들 목숨부터 확실히 끊어주어야겠다는 생각에 이놈들을 적절히 묶어놓고 남은 인원으로 사해표국 식구들을 처 나가게 만들었지만 이놈들은 생각보다 더 고수였다.

맹의 총단에서 투입된 고수로서 특별한 경우에 한해서만 주재승 각주의 명령을 받을 뿐 그 외는 구속을 받지 않는, 맹이 직접 파견한 추달화는 각주 주재승도 한 수 접어주는 처지였는데 자신의 감각을 굳어버리게 할 만한 고수 두 명을 이곳에서 만나리라고는 생각지 않았다.

"모두 비켜라. 이놈은 나 혼자 상대하겠다."

추달화가 나직히 으르렁거리자 옆에 있던 사내들이 뒤로 비켜났다.

"그렇다면 고맙지!"

엄한필이 이빨을 드러내며 웃었다. 그러나 그 웃음도 잠시!

"어라? 그게 아닌데!"

뒤로 빠졌던 놈들이 득달같이 서교영과 사해표국 식솔들이 있는 곳으로 달려갔다.

"이런 죽일 놈들!"

엄한필이 신형을 돌려 그쪽으로 달려가려 했지만 마음뿐, 몸은 어느새 젖혀드는 추달호의 갈퀴손을 막아가고 있었다.

쨍!

강철도와 손가락이 마주쳤는데 맑은 쇳소리가 울려 퍼졌다.

휘익!

마음이 급한 엄한필은 그 맑은 음향을 감상할 여유가 없었다.

어서 이놈을 제압해야 열 명도 넘는 인원에게 둘러싸인 서교영과 표국 식구들을 도울 수 있는 것이다.

사매 서교영이야 전혀 걱정할 것이 없었지만 문제는 표국 식솔들이었다. 그들을 보호하려다 보면 허점이 생길 것이고, 그사이로 날아드는 칼을 동시에 막으려면 아무리 쾌검의 달인인 사매라도 위험한 지경에 처할 것이다.

땅땅땅!

추달호의 손가락에 부딪친 엄한필의 도가 다시 쇳소리를 내었다.

"대단한 조법이군."

엄한필이 눈을 가늘게 떴다.

자신없는 상대는 아니었지만 일초지적은 아니었다. 몇십 합은 더 싸워야 제압이 가능할 것 같은데 그전에 서교영과 표국 식구들의 안위가 염려스러웠다. 그것이 엄한필의 심기를 계속해서 어지럽혔다.

"교활하기까지 한 놈이로군!"

엄한필이 신음성을 내뱉었다.

자신의 조급한 마음을 아는지 이놈은 결코 서두르지 않았다.

결국 마음 급한 엄한필이 다시 선제공격으로 나섰다.

휘익—

휘익!

손 그림자와 칼 그림자가 수없이 교차했다.

'됐다!'

엄한필이 얼핏 승기를 잡았다.

무지막지하게 휘두른 도에 추달화의 용조권(龍爪拳)이 차츰 밀리기 시작했다.

"이런!"

추달화가 믿을 수 없다는 표정으로 엄한필을 바라보았다.

"으윽!"

순간 서교영이 싸우고 있는 측방에서 비명 소리가 들리며 사해표국의 둘째 아들 진유현이 바닥에 쓰러졌다.

"빌어먹을!"

엄한필이 추달화와의 승부를 포기하고 우측으로 신형을 날렸다.

"아직은 끝나지 않았다!"

추달호가 휘익 신형을 날려 엄한필을 막아섰다.

"지겨운 놈!"

엄힌필이 다시 한 번 도를 휘둘렀다.

바위라도 쪼갤 듯한 거력이 담긴 도가 추달화의 어깨를 향해 쇄도해 들자 추달화가 대응(大鷹)이 날개를 펼치듯 양팔을 들어 올리고는 엄한필의 도를 손등으로 쳐서 비스듬히 흘리고, 그 상태로 스르르 주저앉으며 한 손으로 엄한필의 옆구리를 찍어왔다.

추달화의 손등에 검신을 부딪치고 옆으로 비켜나던 도를 급히 회수한 엄한필이 재차 추달호의 목을 쳐 나갔다.

추달화가 도세를 감당하지 못하고 손을 멈추려는 순간 서교영의 비명 소리가 들렸고 자연히 엄한필의 도격이 무디어졌다.

"안 돼!"

쓰러진 사해표국의 둘째 아들 진유현의 목으로 한 명의 칼이 떨어지는 것을 본 서교영이 급히 신형을 날려 공격을 저지시켰지만 그로 인해 신경이 분산된 엄한필의 옆구리가 추달화의 손가락에 찍혀 나갔다.

"이런 망할 놈이?!"

엄한필의 옆구리에서 피가 튀었다.

서로 다급한 상황 속에서 비켜 맞았기에 그 정도였지 제대로 손가락에 찍혔다면 옆구리 살점은 물론 내장 한 조각까지 같이 뜯겨 나갈 뻔한 무서운 조법이었다.

"이럴 줄 알았으면 개방의 거지새끼들이라도 좀 끌어 모을걸."

엄한필이 후회했지만 시간적으로 그럴 여유도 없었다.

득달같이 달려온 자운엽이 오늘 밤 늦게나 내일 새벽에는 틀림없이 놈들의 공격이 있으리라 말했고, 그때부터 함정을 파고 매복을 시키고 정신없이 예까지 온 것이다.

"그렇게 정확히 예상했으면 대책 한두 가지 정도는 세워주고 갔어야지, 이런 지경을 맡겨놓고 제 놈 한 몸만 빠져?"

엄한필이 인상을 썼다.

살점이 뜯겨져 나간 허리에서 통증이 몰려왔고 그로 인해 운기에 미세한 방해가 있었다. 이 상태에서 계속 힘을 쓰면 피가 더 터져 나올 것이고 시간을 끌어 이로울 게 하나도 없었다.

'속전속결이다.'

엄한필이 엄중히 눈빛을 굳히며 칼을 들어 올렸다.

"네놈이 이렇게 반가울 때도 있군!"

칼을 들어 올린 엄한필의 귓가로 서교영의 밝은 목소리가 들렸다.

"언제 나타난 거야, 저놈은?"

상황을 파악한 엄한필이 칼을 내리며 씨익 웃었다.

서교영과 사해표국 식구들이 갇힌 포위망 속에 자운엽이 나타난 것이다.

"이젠 지혈도 하고 좀 여유있게 싸워볼까?

엄한필의 태도가 갑자기 돌변하자 추달화가 어리둥절한 눈으로 주변을 살폈다.

별로 달라진 게 없었다.

다시 한 번 시선을 집중하자 저쪽 싸움터에 한 명의 청년이 더 늘었다.

'아들이 하나 더 있었던가?'

추달화가 머리를 갸웃거렸지만 이내 시선을 돌렸다.

어찌 됐든 승기를 잡았으니 서서히 몰아치면 가볍지 않은 상처를 입은 이놈을 제압할 수 있을 것이다.

추달화가 양팔을 어지럽게 흔들었다.

"다른 곳에 신경 쓰지만 않는다면 네놈쯤은 시간문제일 뿐이다."

엄한필이 안면 가득 미소를 띠고 칼을 들어 올렸다.

비스듬히 비껴 쥔 엄한필의 칼이 훨씬 더 무거워 보였다.

"오너라, 교활한 여우 같은 놈! 이제 신나게 놀아보자."

휘익—

쉬익—

허공을 가르는 소리가 들리고 엄한필의 칼과 추달화의 팔이 춤을 추었다.

"이젠 수비에만 급급했던 분풀이를 좀 할까?"

자운엽의 가세로 인해 한숨 돌린 서교영의 눈매가 날카로워졌다.

평생을 갈고닦은 쾌검을 조금 전처럼 제대로 써먹지 못하고 수비만 해보긴 처음인 그녀로서는 분기가 머리끝까지 차 올랐다.

"차앗!"

서교영이 득달같이 쾌검을 펼쳤고 주춤하던 사내가 가슴이 갈라지며 뒤로 나자빠졌다.

"쳐라!"

낯선 방문객으로 잠시 멈추어졌던 공격이 다시 시작되었다.

차르륵!

연검이 춤을 추며 사방으로 날갯짓을 했다.

"어흑!"

빈틈을 노려 공격하고 들어오던 사내 하나가 사해표국 식구들 사이로 교묘히 휘어져 들어온 연검에 복부를 찔리고는 비명을 내지르고 쓰러졌다.

차르르!

차르르!

방향을 종잡을 수 없는 연검의 공세에 포위망을 좁히던 사내들이 급급히 흩어져 뒤로 물러났다.

마치 칼끝에 눈이라도 달린 듯이 팔랑거리며 다가오는 연검은 살모사의 독니만큼이나 위협적이었다.

옆의 동료가 휘두른 칼을 막아가는 듯하다 어느새 옆구리로 파고들어 온 연검을 막다 보면 연검은 검신을 타고 심장을 향해 젖혀들었다.

"크윽!"

서교영은 서교영대로 일체의 수비는 무시한 채 쾌속무비한 검을 뿌

렸다. 독기를 피워 올린 서교영의 쾌검과 예측 불허한 자운엽의 연검
에 추달화와 같이 온 사내들이 순식간에 짚단처럼 쓰러지고 이제 다섯
명밖에 남지 않았다.

이젠 오히려 서교영과 자운엽이 다섯을 포위하여 공격권 안에 가두
고 한 사람, 한 사람 사냥을 하는 형국이 되었다. 그와 함께 죽음 직전
에 이르렀던 사해표국의 식구들은 서둘러 옆으로 물러나 하복부에 자
상을 입은 둘째 아들 진유현을 돌보며 분주히 움직였다.

"타앗!"

"타!"

다시 몇 개의 기합 소리가 들리며 서교영의 칼이 번쩍 빛을 발하자
그 칼날에 한 사내의 옆구리가 갈라졌고, 자운엽의 검 역시 영활하게
움직이며 급소를 노리고 들었다.

"자넨 스스로나 제대로 돌보는 게 어떤가?"

상황이 역전되어 이젠 추달화가 부하들을 신경 쓰느라 제대로 집중
하지 못했고, 엄한필이 느긋이 그런 추달화를 약 올렸다.

'어렵다!'

추달화가 내심 중얼거렸다.

평생에 한 번 만나기도 힘든 이런 자들을 어떻게 한꺼번에 셋이나
동시에 만날 수 있단 말인가?

이들이라면 목대민과 함께 간 여덟 명을 충분히 처리할 수 있었을 것
이다. 그리고 자신들이 올 것까지 미리 알고 함정을 파놓고 기다렸다.

일생 첫 번째로 맛보는 완벽한 패배였다. 그리고 그것은 어쩌면 마
지막 패배가 될 것 같았다.

몇 번 더 엄한필의 칼을 막아 용조권을 휘두르던 추달화가 전신의

공력을 모두 끌어올렸다.

일 대 일로 손속을 나누고 시간이 지남에 따라 우열이 점점 더 극명하게 드러났다. 다른 곳에 신경이 분산되지 않고 오로지 자신만을 상대하자 엄한필의 칼은 갈수록 무거워졌고 차츰 패배의 어두운 그림자가 망막을 뒤덮어왔다. 그리고 나머지 둘도 자신의 아래가 아니었다.

죽음이 예정된 거라면 최소한 같이 죽고 싶었다.

모든 공력을 한번에 쏟아내 자신의 심장을 먼저 내어주고 놈의 심장을 취하면 그렇게 할 수가 있을 것이다.

위이잉—

공력을 돋운 손에서 대기가 진동했다.

"최후의 발악인가?"

엄한필이 안광을 빛내며 칼을 굳게 쥐었다.

"타앗!"

"하앗!"

'우웃! 이놈은 수비를 도외시하고 있다!'

엄한필이 추달화의 자세에서 문득 이상함을 느끼고 약간의 공력을 거둬들였다. 이대로 그냥 칼을 내지르면 추달화의 가슴을 자를 수도 있겠지만 자신의 가슴 역시 추달화의 손가락에 내주어야 한다.

"어림없다!"

심장을 노리고 뻗어오는 추달화의 손을 흘린 엄한필이 주춤 멈추었던 칼을 재차 강하게 휘둘렀다.

추달화의 눈에 체념의 빛이 흘렀다.

채챙—

엄한필의 도가 추달화의 가슴 지척에 이르는 순간 자운엽이 연검을 뻗어 엄한필의 칼을 잡아챘다.

"잠시 기다려 봐."

자운엽이 손을 저어 놀란 눈을 한 엄한필을 제지시키며 추달화의 곁으로 다가갔다.

서교영과 사해표국 아들들이 포위했던 사내들은 모두 쓰러졌고 담을 넘은 사람들 중 살아남은 사람은 추달화 혼자뿐이었다. 그 역시 죽음 직전에서 잠시 걸음을 멈췄을 뿐 산 사람의 눈빛이 아니었다.

"이 집 공자로부터 네 얘기를 들었다. 이름이 추달화라 했나?"

자운엽이 추달화에게 천천히 눈을 맞춰왔지만 추달화의 시선은 아직도 허공 중에 흩어져 있었다.

"감숙추가와 관련이 있나?"

자운엽이 추달화의 손을 유심히 살피며 다시 질문을 던졌다.

"대체 네놈은 누구냐?"

추달화가 환청을 들은 듯한 표정으로 반문했다.

"질문은 내가 한다. 넌 대답만 하면 된다."

자운엽이 차가운 목소리로 말했다.

"감숙추가와 관련이 있다면 추산미란 이름도 알겠군?"

"네, 네놈이 그 이름을 어떻게?"

"알고 있는 모양이군. 누나는 아닐 테고, 고모나 뭐 그쯤 되는 건가?"

추달화가 귀신에 홀린 듯한 표정을 지으며 자운엽을 핥듯이 탐색했다.

"추산미가 네놈 고모뻘쯤 되는 것이냐?"

자운엽의 목소리가 높아졌다.

설상일과 설상희, 황씨 할아버지, 그리고 설수연… 모든 기억들이 한꺼번에 밀려왔다. 자신에게 직접적으로 사무친 원한을 심어준 사람은 아니었지만 추산미는 자신의 유년기(幼年期)에 있어서 음모의 가장 중심에서 움직이던 여자다.

"네놈같이 하찮은 놈의 입에서 오르내릴 이름이 아니다."

마침내 추달화가 이빨을 악물며 으르릉거렸다.

"후후! 그런가? 그럼 나같이 하찮은 놈에게 구명을 받고 목숨을 더 연장하고 있는 네놈은 뭔가? 내 칼이 아니었으면 네놈의 가슴은 벌써 갈라져 바닥에 뒹굴고 있을 것이 아닌가?"

자운엽이 싸늘하게 추달화를 쳐다보았다.

추달화의 눈빛이 끓어오르고 있었다. 난생처음 당하는 완벽한 패배와 그에 따르는 자괴감이 온몸을 휩쓸어 견디기 힘든 순간임을 나타내고 있었다.

"네놈에게 목숨을 구걸하지 않았다. 더 이상 할 말이 없으니 그냥 죽여라."

추달화의 목소리가 단호하게 흘러나왔다.

"그렇다면 더 살려놓고 싶은걸. 난 남이 하자고 하면 꼭 반대로 하는 성격이거든."

자운엽이 미소를 지으며 한 발 더 다가섰다.

"내기를 하나 하자. 대단한 너와 하찮은 내가 대결을 하여 네가 이기면 그냥 떠나고, 내가 이기면 묻는 말에 대답만 해주고 떠나면 된다. 어떤가?"

"미친놈!"

누구의 대답이 나오고 말고 할 새도 없이 엄한필의 목소리가 제일 먼저 울려 퍼졌다.

도대체 무슨 꿍꿍이가 있는지 알 길은 없지만 도저히 말이 안 되는 소리만 지껄이고 있는 것이 아닌가?

저 정도의 인간이라면 웬만해선 비밀을 말하지 않을 것이고, 설사 그런다 하더라도 대답 한 가지만 듣고 그대로 돌려보내기에는 지금껏 그들이 저지른 일들이 너무 무거운 것이다. 무엇보다 저놈은 자신의 옆구리에 제법 큰 상처를 남긴 놈이다. 살려 보낸다면 옆구리의 쓰라림이 훨씬 더할 것이다. 그건 내키지 않는다.

엄한필의 눈빛이 더욱 거세졌다.

"그렇게 나쁘진 않군. 쿡쿡! 그런데 내가 알지 못하는 질문이면 어쩔 건가?"

이번에는 추달화의 입꼬리에 자조적인 미소가 번져 나갔다.

죽고 사는 것이야 그렇게 억울할 건 없는 일이다. 언젠가는 자신보다 강한 상대를 만나고, 그 상대와 피할 수 없는 일전을 벌여야 한다면 죽는 것은 무인의 운명이다.

그런데 저놈은 자신과 자신의 가문에 대해서 뭔가를 알고 있는 놈이다. 그런 놈을 살려둔다면 왠지 가문에 큰 위험이 닥칠 것 같다. 무지막지한 도를 쓰는 저 곰 같은 놈에게 꺾여 손을 쓰지 못하는 처지에 자진해서 대결을 벌이자는 것은 그야말로 더 바랄 게 없는 일이다. 쉽지 않은 상대이긴 하지만 처음부터 동귀어진의 자세로 전력을 다한다면 승산도 있을 것이다.

"질문을 먼저 할 테니 승낙 여부는 네가 결정해라. 혹시 답을 모르는 질문이면 미리 말하고 다른 질문으로 바꾸면 되는 것이지. 그런 후에 비무에 진다면 그 답을 말하면 될 것 아닌가?"

"머리가 좋군. 좋아, 질문의 내용은?"

추달화가 자운엽의 입술을 응시했다.

"네가 속한 곳이 무슨 맹이라 알고 있다. 그리고 네 명의 당주가 있다는 것도……."

자운엽이 거기까지 말하자 추달화의 신형이 흠칫 굳어졌다. 이놈은 예상보다 훨씬 더 많은 것을 알고 있고 그만큼 위험한 놈이다.

"그러니까 내 질문은 그 맹의 이름이 뭐냐 하는 것이다."

추달화의 반응을 유심히 살피며 자운엽이 질문을 마쳤다.

"그 정도는 알고 있겠지. 실력으로 보면 충분히 알 수 있을 것 같은데 말이야."

자운엽이 교묘히 옭아 넣었다.

"그런 쓸데없는 머리는 굴리지 않아도 된다. 알고 있으니 내기는 성립됐다. 네놈이 이기면 말해 주겠다. 그런데 솔직히 좀 놀랍군. 어떻게 그런 것을 알고 있나?"

"그걸 대답하면 너도 한 가지 더 알려줄 텐가? 그래야 공평하지."

자운엽이 슬쩍 꼬리를 뺐다.

"후후! 빈틈없는 놈이군… 관두지. 약간 궁금하긴 하지만 그리 절실한 것은 아니니까."

말과 함께 추달화가 소매를 슬쩍 걷어 올렸다. 슬슬 대결을 시작해 볼까 하는 뜻이었다. 그와 함께 자운엽도 말아 들고 있던 연검을 풀어 늘어뜨렸다.

"감숙추가의 용조권이 어떤 위력을 가지고 있는지 궁금했었지. 같은 백대고수의 반열에 오른 감숙설가의 백학검법과 비교해서 어떤지도 궁금하고……."

'이놈은 대체?

자운엽이 혼잣말처럼 중얼거렸지만 추달화로서는 한마디 한마디 결코 흘려버릴 수 있는 말이 아니었다. 자신의 가문인 감숙추가와 사돈 관계인 감숙설가의 이름까지 들먹이는 이놈은 대체 누구일까 하는 궁금증이 더욱더 증폭되어 갔다. 어쨌든 위험한 놈인 건 확실했다.

"계속 지껄이기만 할 것인가?"

추달화가 모든 잡념들을 떨쳐 버리려는 듯 양손을 치켜들었다. 그와 함께 자운엽도 슬쩍 손목을 움직여 연검을 흔들었다.

차르르!

차르르!

연검 끝이 무서운 떨림을 일으키고 있었다.

곰 같은 놈과 싸우느라 저 연검이 얼마나 영활하게 움직이는지 확실히 보지는 못했지만 저놈 하나로 인해서 싸움의 양상이 일백팔십 도 달라져 버렸다. 필시 저 연검의 움직임은 까다롭기 그지없을 것이다. 어떻게 하면 저 연검을 피해내고 놈의 가슴에 손가락을 쑤셔 넣을 수 있을까?

추달화의 눈이 연검의 끝을 따라 어지럽게 움직였다.

파앗—

살짝살짝 흔들리기만 하던 연검이 어느 순간 휘익 날아올랐다.

"어헉!"

추달화가 다급하게 훌쩍 뒤로 물러났다.

슬쩍 튀어 오르는가 싶던 연검의 끝이 어느 순간 화살처럼 빠르게 직선으로 미간을 향해 쏘아져 오는 것이다.

파팟!

용의 발톱처럼 구부린 용조권을 휘둘러 날아오는 연검의 옆면을 쳐냈다.

휘리릭!

빳빳하게 날이 선 연검의 옆면이 푹 꺼져 버리며 추달화의 손톱을 피하고 칼끝이 휘어져 계속해서 미간을 노리고 날아들었다.

파앗!

이마 한가운데서 핏물이 튀었다.

쳐내는 손가락을 피해 비단천처럼 휘어지며 계속해서 날아오던 연검 끝이 슬쩍 흔들리며 미간을 벤 것이다.

너무도 찰나적인 상황에 추달화가 흠칫 놀라 파도를 그리며 멀어져 가는 연검을 쳐다보았다.

파르르르—

주인의 손을 따라 신속히 회수된 연검이 하얗게 이빨을 드러내며 웃고 있었다.

'우욱!'

추달화은 자신도 모르게 신음을 삼켰다.

미간을 파고들던 검끝이 마지막 순간에 힘을 빼지 않았다면 지금처럼 상처만 남기지 않고 미간의 인당(印堂)혈이 꿰뚫려 자신의 영혼은 이미 육신을 떠나고 있을 것이다. 마지막 순간 곧장 찔러오던 칼날이 흔들리며 사정을 봐준 것이다. 그로 인해 이마의 살갗이 베어지는 정도로 그쳤다.

놈은 첫 인사로 가볍게 자신의 미간에 칼자국을 하나 남긴 것이다.

소름이 끼쳐 왔다.

무지막지한 도를 휘두르던 곰 같은 녀석은 오히려 훨씬 쉬운 상대였다. 그놈의 칼은 무겁기는 하여도 한동안은 그런대로 쳐낼 수가 있었다.

그런데 하늘거리는 저 칼은?

칼 자체가 살아 생명을 띠고 있었다.

칼끝과 칼 중간, 아니, 검신의 모든 부분이 하나하나 독립된 칼이 되어 따로 공격하다 어느 순간 하나가 되어 여의창(如意槍)보다 무섭게 쏘아온다. 그러다가 순식간에 모습을 바꾸어 흐느적거리며 빈틈을 스며든다.

유리하던 싸움의 판도를 금세 바꾼 힘이 바로 이것이었다.

추달화는 도저히 믿을 수 없는 거대한 벽을 느꼈다.

백염(白髥)과 백발(白髮)이 성성한 노고수에게라면 모를까 자신보다 더 어린 상대에게 이런 기분을 느낄 것이라곤 생각해 본 적이 없었다.

"큭큭! 역시 세상은 넓은 곳이야!"

문득 가슴 밑바닥에서 투지가 불끈 솟아올랐다. 이제껏 품고 있던 자만이 회한으로 변하고 다시 고스란히 투지로 솟아오르고 있는 것이다.

이젠 그 모든 것을 버리고 초심으로 돌아가 준엄하게 자신을 확인해 보고 싶었다.

불끈! 공력을 돋우어 손가락에 힘을 주었다.

감숙추가의 절기인 용조권의 모든 초식을 펼쳐 다시 한 번 부딪쳐 보리라!

슈슈슉―

추달화의 양팔이 수많은 환영을 뿌리며 자운엽을 덮쳐 갔다.

휘리릭―

하늘거리고 있던 연검도 다시 춤을 추기 시작했다.

파파!

파파팍!

추달화가 그리는 손 그림자와 자운엽의 연검이 뿌리는 은색의 칼 그림자가 밝아오는 여명을 쳐내어 사방으로 흩뿌렸다.

용조권의 절기가 모두 펼쳐졌다.

각 일초마다 십팔 변(變)이 있었고 십팔 초(招)가 모두 뿌려지며 삼백이십사 변(變)이 펼쳐졌지만 단 한 번도 제대로 된 공격은 이루어지지 않았다.

그물망처럼 얽혀져 오는 검날에 막히고 끊어지며 진정한 실초를 지닌 공격은 모조리 봉쇄당했다.

그리고 온몸 곳곳에 남겨진 나비의 날갯짓 자국!

비록 치명적일 정도로 깊이 새겨진 날갯짓은 아니었지만 의도적으로 똑같은 크기, 똑같은 깊이로 정확히 급소만 노려 그어진 날갯짓은 어떤 명판관보다 단호하게 자신의 패배를 선언하고 있었다.

"후후! 크하하하하!"

한참 동안 허공을 향해 핏빛 웃음을 흘린 추달화가 천천히 입술을 움직였다.

"내가 속한 맹의 이름은……."

거기까지 말한 추달화가 더 이상 소리를 내지 않고 입술만 달싹거렸다. 맹의 이름은 자운엽에게만 전음으로 전해주고 있는 것이다.

"좋아, 내기는 끝이 났고, 감숙추가의 용조권도 견식했으니 가도 좋다."

자운엽이 고개를 끄덕이며 연검을 말았다.

"그리고 추산미에게 전해라. 심부름을 보내놓고 행적을 지워 버린 외로운 노인네의 복수는 언젠가 받을 날이 올 것이라고."

자운엽의 입에서 추산미란 말이 다시 나오자 패배감에 젖어 있던 추달화의 얼굴이 굳어졌다.

“네놈의 입에 오르내릴 이름이 아니라고 말했다!”

“그건 네놈 생각이지.”

자운엽도 지지 않고 대꾸했다.

“기고만장하지 마라. 운이 좋아 날 이겼지만 다시 만나는 날엔 네놈을 갈기갈기 찢어놓겠다. 천 갈래 만 갈래…….”

추달화가 이빨을 갈았다.

“운이… 좋았다고……?”

추달화가 한 말을 되뇌이며 자운엽이 잠시 추달화를 물끄러미 쳐다보았다.

파앗!

마치 은색 광채 한줄기가 허공을 꿰뚫듯 은빛 연검이 빛살처럼 허공을 갈랐다.

“으윽!”

어쩌해 볼 새도 없이 허공을 격하며 날아온 연검이 먹이를 포획한 뱀처럼 추달화의 목에 똬리를 틀고 새하얀 독니를 번뜩였다.

“칼을 쥔 손바닥에 피멍이 들고 그것을 감싼 천 조각이 온통 피에 젖어 질퍽거릴 때까지 칼을 휘둘러 본 적이 있나?”

“…….”

“퉁퉁 부어오른 손목 관절을 나무 막대기로 감싸고, 그 막대기 사이에 목검을 끼우고도 쉬지 않고 검을 휘둘러 본 적은 없겠지?”

“…….”

“머리칼 한 올만큼 차이나는 검로(劍路)를 바로잡기 위해 이틀 밤낮을 잠 한 숨, 물 한 모금 마시지 않고 한곳에 앉아 검리(劍理)를 좇아 머리를 싸매본 적도 없겠지? 후후……! 물론 네놈의 절기는 칼이 아니겠

지만 네놈의 허영 가득 찬 그 팔놀림은 절대 그런 고민을 해보지 않았
다고 말해 주더군!"

차르르—

금방이라도 목을 벨 듯 시퍼런 광채를 뿌리던 연검이 추달화의 목에
서 풀려져 나왔다.

"이 칼은 그런 칼이다. 다시 말해 네놈이 생각하는 그런 운과는 별
상관 없는 칼이란 말이지."

파앗!

추달화의 이마 한가운데에 이빨 자국을 하나 더 남긴 연검이 다시
한 번 춤을 추며 허공에 떠올랐다가 순식간에 말려졌다.

돌돌 말려진 연검을 품에 넣은 자운엽이 다시 추달화를 쳐다보았다.

"운이 좋아 더 훌륭한 스승을 만나고, 그래서 다시 날 만난다 해도
그 스승이 네 몸속에 들어가 대신 싸워주는 것이 아닌 이상 넌 절대로
날 이길 순 없다."

조금 격해졌던 감정을 누그러뜨린 자운엽이 차분해진 표정으로 입
술을 움직였다.

"나 자신이 스스로 나 자신의 스승이 되었을 때만이 진정한 스승을
얻은 것이거든."

입술을 비틀며 혼잣말인 듯 중얼거린 자운엽이 천천히 등을 돌렸다.

"보내줄 건가요?"

자운엽이 사라진 후 피아간의 구별없이 모두 한참 동안 멍하니 서
있던 중 서교영이 엄한필을 보고 말했다.

"누구? 저놈 말인가?"

엄한필이 추달화를 바라보았다.

"그냥 쫓아버려… 칼귀신 저놈이 무슨 말을 전하라고 한 것 같던데 그거나 전하게."

엄한필도 등을 돌려 숙소로 사라졌다.

"들었지? 맘 변하기 전에 어서 가! 어서, 어서!"

서교영이 칼끝으로 추달화의 등을 쿡쿡 찌르며 대문 쪽으로 밀어냈다.

쾅!

추달화가 뻣뻣한 걸음걸이로 사해표국에서 밀려나고 육중한 대문이 굳게 닫히자 길고 길었던 밤도 햇살에 밀려 완전히 자취를 감추었다.

"자, 한잔 받아."

서교영이 자운엽에게 술잔을 내밀었다.

밤을 꼬박 새운 싸움이 끝나자마자 숙소에 들어가 늘어지게 자고 해가 질 때쯤에 일어난 서교영이 무슨 생각이 들었는지 자운엽을 끌고 밖으로 나와 대뜸 들어선 곳은 사해표국에서 그리 멀리 떨어지지 않은 곳에 있는 작은 주루였다.

엄한필과 송여주 남매를 뺀 단둘만의 술집행이라 자운엽이 쭈뼛거렸지만 서교영은 거침없이 술집에 들어서 술잔을 기울였다.

"어서 마셔, 독 탄 것 아니니까."

이 천둥벌거숭이가 무슨 수작인가 하고 잔뜩 경계하는 자운엽을 향해 서교영은 그런대로 친절한 표정으로 술을 권하며 자신도 몇 잔을 들이켰다.

시장기를 느낀 자운엽도 안주 몇 점과 함께 술잔을 두어 잔 비웠다.

"여자를 찾는다면서?"

　서교영이 약간은 발개진 얼굴로 자운엽을 빤히 쳐다보았다.

　자운엽은 힐끔 서교영을 한번 쳐다본 후 아무 대답 없이 술을 한 잔 더 마셨다. 대체 종잡을 수 없는 여자라는 생각이 다시 한 번 들었다.

　"그걸 물어보러 이리로 데려온 건가?"

　뚱한 표정으로 자운엽이 내뱉었다.

　"아니, 그건 아니고……."

　서교영이 코끝을 찡그리며 풀썩 웃었다. 딴에는 친근감을 표현하는 웃음이었지만 여자 특유의 애교나 뭐 그런 것과는 거리가 먼 남자 같은 웃음이었다.

　"넌 처음엔 니를 약삭빠르기만 하고 사기 것만 쟁기는 장놀뱅이 같은 인간으로 알았거든."

　서교영이 다시 술 한 잔을 들이키고는 게걸스럽게 안주를 입에 넣었다.

　"그래서 좀 싫었지. 도저히 정이 안 가는 놈이구나 하고 말이야."

　"그런데 이제는 뭐, 정이 조금 가기라도 한다는 거야?"

　자운엽이 피식 웃으며 술잔을 들었다.

　"뭐, 처음보다는 많이 나아졌지……. 절대로 속을 열지 않아서 그렇지 그렇게 나쁜 놈은 아니구나… 그런 생각이 때때로 들기도 하거든."

　서교영이 그 말을 내뱉고는 멋쩍은 듯 피식 웃었다.

　"그래서 술 한잔 같이 하고 앞으로 좀 더 편하게 지내자는 뜻이지. 화해도 하고."

　"화해라면? 언제 우리 싸우기라도 한 건가?"

　자운엽이 일없다는 표정으로 답했다.

　"저번에 내가 억지로 누님이라 부르라고 했다가 싸울 뻔했잖아?"

서교영이 그때 일을 떠올리며 약간은 겸연쩍어하는 표정을 지었다.

애송이 칼잡이 정도로만 생각하고 깔보았던 자신의 생각이 지금은 많이 희석된 상태인 그녀였다.

어제, 아니, 오늘 새벽 추달화와 싸울 때 느낀 것이지만 칼에 대한 열정과 자신이 휘두르는 칼에 대한 이해는 그 누구도 따를 수 없을 정도였다. 그것만은 그녀 역시 도저히 상대가 되지 못했다.

사형 엄힌필의 말대로 이 인간은 언젠가는 검귀가 될 것이다. 미친 듯이 칼을 사랑하고 미친 듯이 칼에 빨려드는 그 모습에서 서교영은 얼핏 강자의 냄새를 맡았고, 그런 모습이 친근감으로 다가왔다. 하지만 이 인간에 대해서 너무 아는 게 없다. 사문도, 내력도, 단지 이름 정도밖에…….

"앞으로도 나한테서 누님 소리 들을 생각은 애초에 하지 마. 난 그런 건 질색이니까."

자운엽이 약간 취기가 오른 목소리로 대꾸했다.

'이 자식은 세상의 가족 제도에 대해서 불만이 상당히 많은 놈이야!'

서교영은 자운엽을 슬쩍 곁눈질하고 머리를 흔들었다.

"그건 어떻든 이젠 상관없어. 나도 너같이 골 아픈 인간을 굳이 동생으로 삼고 싶지 않으니까. 대신 알 건 좀 알고 살자. 최소한 공차표행이 끝날 때까지는 한식구처럼 움직일 텐데 너에 대해 아는 게 한 가지도 없거든."

서교영이 고개를 들어 자운엽을 응시했다.

"그게 그렇게 중요한가?"

자운엽이 여전히 술잔만 바라보며 말했다.

"그럼, 중요하지 않고! 사람이 짐승하고 다른 게 그런 거잖아?"

서교영이 빤히 자운엽을 쳐다보았다. 그러나 자운엽의 시선은 먼 과거로 향하고 있었다.

한참을 과거로 향하던 자운엽의 시선이 어느 순간 탁자 위의 술잔으로 돌아왔다. 그리고는 술잔을 단숨에 비웠다.

"나 역시 나 자신에 대해 별로 아는 게 없어. 이름하고 나이 정도밖에는……."

뭔가 흥미진진한 과거라도 기대하던 서교영의 얼굴이 와락 구겨졌다.

그렇게 따진다면 서교영 자신 역시 마찬가지가 아닌가?

"나는 누구인가? 인간이란 어떤 존재인가? 하는 그런 심오한 질문을 한 게 아니잖아. 그냥 어디서 무얼 하고 살다가 누구에게 무공을 배우고, 또 그 무공으로 무얼 할 건지. 그런 일상적인 걸 물은 거야."

"그거라면 간단하지. 열서너 살 때까지 어느 대갓집 하인 놈으로 키워졌고, 이젠 떠나야겠다는 생각이 들 즈음 작은 소란이 있었고, 그래서 산속으로 들어가 칼을 익혔지. 그리고 오 년 후에 하산한 것이고."

"제길! 차라리 그만둬!"

결국 서교영이 고함을 질렀다. 이렇게 하나 저렇게 하나 속을 연 대답은 한마디도 하지 않은 것이다.

"끝까지 그렇게밖에 대답 못하겠단 말이지?"

서교영의 이마가 찡그려졌다.

"더 이상 뭘 바라는 거야? 내가 누구인지 모르니 뭘 할지도 확실치 않았고, 어떤 게 옳은 것인지도 모호했지. 내 몸 편하게 행동하고, 내 배 부르게 행동하는 것이 나에게 있어서 최고의 선이었지. 그리고 내가 동경하는 힘을 얻기 위해 칼을 잡았고, 그 길을 찾아가고 있는 중이야."

자운엽이 굳게 입을 다물었다.

서교영은 자운엽의 말을 되새기며 잠시 아무 말도 않고 있었다. 단순한 듯하면서도 쉽게 납득이 가지 않는 뭔가가 있을 듯했다. 그것을 꼭 집어낼 수가 없다는 것이 문제라면 문제였다.

"그런데 말이야……."

다시는 열릴 것 같지 않던 자운엽의 입술이 떨어졌다.

"그 어떤 칼을 얻어도, 그리고 그 칼을 수백 년을 갈고닦아도 얻지 못할 힘, 그런 힘을 한 여자를 통해 느끼게 되었지. 그런 걸 사랑이란 단어로 표현하는 건가? 큭큭!"

공허한 웃음 속에 더없는 외로움이 묻어났다.

'이 인간에게 이런 면도 있었던가?

서교영은 눈을 동그랗게 뜨고 처음으로 속을 여는 자운엽을 바라보았다.

언제나 빈틈없고 찔러도 피 한 방울도 나지 않을 것같이 냉철한 눈빛을 한 인간이었기에 이런 구석은 천만뜻밖이었다. 역시 사람은 겉모습만으로 판단해서는 안 되는 것이구나! 하고 서교영은 내심 중얼거렸다.

"그런데… 그 여자가 위험에 빠진 것 같아. 그것을 일깨워 준 사람이 나였고, 어쩌면 내가 그것을 일깨워 주었기 때문에 위험해졌을지도 모르겠어. 가만두었으면 그 여자에겐 상관없을지도 모르는 일을 말이야. 어쨌든 그 여자는 내 판단을 믿었고, 그래서 그때까지는 아무런 문제 없이 흘러가는 배 위에서 뛰어내렸지. 그 순간부터 난 그 여자를 지켜주어야 할 운명을 안았고……."

몇 잔을 마셨는지 이젠 둘 다 기억이 나지 않았다.

서교영도 말없이 술잔을 기울였고 자운엽도 그랬다.

"겁이 나."

뜻밖의 소리에 서교영이 풀리는 눈을 들어 자운엽을 바라보았다.

'겁이 난다고?'

이 인간에게 겁이란 게 존재했던가?

서교영은 술이 다시 깨어오는 기분이었다.

"시간이 갈수록 내가 맞서고 있는 힘이 너무 크다는 것을 느끼게 돼. 지금 짐작으로도 어마어마하다는 것을 느끼지만 그것은 또 빙산의 일각밖에 되지 않는 것 같아. 그 무서운 파도 속에서 내가 정말 그녀를 구해낼 수 있을까? 손 한번 잡아주지 못하고 격랑 속으로 그녀를 고스란히 떠내려 보내지는 않을까? 하는 생각에 잠을 못 이룰 때가 많았지. 그때마다 미친 듯이 칼을 휘둘러 보지만 구름은 너 두꺼워지는 것 같아."

자운엽이 말을 끝내고 빈 술잔을 바라보았다.

"같이 술 마시던 사람 어디 간 모양이군. 잔 빈 지가 언젠데……."

"어쭈! 그게 언제부터 비었지? 자자, 이럴 게 아니라 각각 한 병씩 들고 마시는 거야. 이런 작은 잔에 마시는 건 감질나잖아?"

서교영이 호리병 한 병씩을 들고 자리 앞에 놓았다.

"오늘은 모두 잊고 마음껏 마셔. 그리고 앞으로는 너무 걱정 마. 내가 만사 제쳐 놓고 도와줄 테니……."

서교영이 호기롭게 술병을 입에 대고 한 입 마셨다.

"거봐, 속에 있는 것을 털고 나니 훨씬 가볍잖아. 그러니 백지장도 맞들면 낫다는 것이지."

"조금은 그런 것 같군. 맞드는 사람이 믿기지 않아 문제이긴 하지만."

자운엽도 호리병을 들고 숨도 쉬지 않고 마셔댔다.

쾅! 쾅!

　새벽으로 치달아가는 시간, 사해표국의 대문이 무지막지한 힘으로 타격을 받아 부러질 듯 비명을 질렀다.

　"모두 무기를 준비하고 사방을 살펴라!"

　국주 진상곤이 굳은 얼굴로 아들들에게 지시를 내렸다.

　"낭패군!"

　엄한필도 도를 들고 바람처럼 달려나왔다.

　마음을 놓지 않고 있었지만 이렇게 빨리 재공격을 해올 줄 몰랐다.

　"아니, 어쩌면!"

　어제 그놈들이 아니라 천방지축 사매 서교영이 건드린 흑살의 무리들일지도 몰랐다.

　"이 녀석들은 어디 가서 안 오는 거야?"

　저녁도 먹지 않고 온다 간다 말도 없이 사라진 서교영과 자운엽을 생각하며 엄한필이 끙! 하고 신음을 질렀다.

　"야! 문 열어! 문 열란 말이야!"

　그런 걱정을 알아차리기나 한 듯 앙칼진 서교영의 목소리가 대문 밖에서 들려왔다.

　"문 열란 말이야! 모두 다 뻗은 거야 뭐야?"

　적이 아닌 것이 확인되자 대문이 활짝 열렸고 어스름 달빛 속에서 소란의 주인공들이 모습을 드러냈다.

　"환장하겠군!"

　두 사람의 몰골을 본 엄한필은 어이가 없어 그 자리에 얼어붙었다.

　온 장내에 술 냄새를 풍기며 진흙 범벅이 된 서교영이 자운엽의 등 위에서 고함을 쳤고, 역시 진흙 범벅이 된 채 그녀를 등에 업은 자운엽은 위태롭게 중심을 유지하고 있었다.

"여, 영매! 이게 대체 어찌 된 일이야?"

숙소에서 문을 걸어 잠그고 숨어서 바깥의 동정을 살피던 송여주 남매가 상황을 파악하고 달려나왔다.

"언니! 오늘 우리 삼급표사 둘이서 술 좀 마셨어. 그런데 이 인간이 보기보다 약골이야. 여기까지 업고 오면서 세 번이나 처박혔지 뭐야! 처박으려면 좋은 땅에 처박지 진흙탕에다 왜 메다꽂는 거야?"

"뭘 먹고 다니길래 이렇게 무거워?"

비틀거리던 자운엽이 마침내 서교영을 바닥에 내동댕이쳤고, 갑자기 가벼워진 하중에 다리가 중심을 잡지 못하여 자신도 바닥에 주저앉았다.

"세상에! 무슨 이런 일이 다 있어 그래?"

송여주가 현 상황을 도저히 믿을 수 없다는 듯 바닥에 주저앉은 자운엽과 서교영을 번갈아 바라보았다.

"우선 방으로 들어가. 자초지종은 내일 듣기로 하고."

송여주가 서교영을 부축하며 들어가자 엄한필과 송여훈도 자운엽을 부축하여 숙소로 들어갔다. 간이 입 밖으로 튀어나올 뻔했다 들어간 사해표국 식솔들만이 교교한 달빛 속에 넋을 놓고 서 있었다.

"도대체 어떻게 저런 사람들을 구했느냐?"

다음날 아침 진상곤이 송여주를 불러 앞으로의 일을 의논하는 자리에서 금성표국 표사들에 대한 질문을 던졌다.

"제가 한미모 하잖아요, 백부님."

"그, 그래… 크흐흠!"

"킥!"

"푸훗!"

송여주의 대답에 진상곤이 헛기침을 하였고 아들딸들이 웃음을 참 느라 애를 썼다.

처음 마차 두 대에 표사라고 달랑 세 사람을 태우고 온 송여주를 보고 진상곤은 억장이 무너지는 듯했다.

그러나 그들이 사해표국에 도착한 날이 셋째 진유택이 사라진 날이기도 하여 누구를 위로할 여유도 없이 간단히 인사만 받고 숙소 한곳을 내어주며 신경도 못 썼는데 실제로 그들이 소유한 힘은 자신들로서는 상상을 불허할 정도였다.

그토록 은밀하게 움직이며 사해표국의 기반을 송두리째 허물어가던 놈들을 순식간에 찾아내어, 어떤 계책을 썼는지 몰라도 놈들을 유인하고 분산시켜 본거지까지 완전히 뿌리를 뽑아버릴 줄은 꿈에도 생각 못했던 일이다.

실로 전광석화 같고 신출귀몰한 대응이었다.

거기다 그들의 칼 또한 자신들이 실제로 본 사람들 중 최고의 수준이었다.

자운엽의 칼이야 큰아들과 나뭇잎을 던져 비무를 할 때부터 경악한 수준이었으니 더 할 말이 없지만 천방지축으로 날뛰던 서교영마저도 그런 칼을 숨기고 있을지는 정녕 생각도 못한 일이었다.

열 명도 넘는 놈들에게 식구들이 모두 포위됐을 때 그녀의 지독한 쾌검은 동에 번쩍 서에 번쩍 하며 열 번도 더 식구들의 목숨을 구했다.

"지성이면 감천이라더니, 네 그 정성에 하늘도 감복한 모양이구나."

진상곤의 부인 한씨도 흐뭇한 표정으로 송여주 남매를 바라보았다.

"그리고… 아침부터 널 보자고 한 것은 의논할 일이 좀 있어서구나."

진상곤이 진지한 표정으로 송여주에게 말했다.

“무슨 말씀인지 해보세요, 백부님.”

“너희들 덕분으로 이제껏 악귀처럼 우리를 괴롭히던 놈들도 다 처치했으니 우리 사해표국은 예전처럼 다시 가세를 일으켜야 하지 않겠느냐? 표사도 좀 더 뽑고 잃었던 신용도 되찾고……. 그러려면 네 도움이 절실히 필요할 것 같구나. 일단은 뿌리가 뽑혔지만 다른 놈들이 또 무슨 짓을 할지도 모르고.”

진상곤이 차분히 자신의 의중을 설명해 나갔고 듣고 있던 송여주도 가만히 고개를 끄덕였다. 그래도 금성표국만큼은 타격을 받지 않아 재정적으로는 조금은 여유가 있었고, 그것으로 차츰 사업을 다시 시작한다면 일어설 수도 있을 것이다.

“그런데 제가 도울 일이라면……?”

“그전에 너희가 계획하고 있는 공차표행길은 어떻게 되는 것이냐? 정해진 날짜와 정해진 장소가 있는 것이냐?”

“그런 건 아니에요, 백부님. 그냥 한두 달간 정주를 걸쳐 개봉까지 한 바퀴 돌 계획이었어요. 그러다가 흉수들을 만나면 복수를 하고……. 처음부터 그런 막연한 계획으로 왔어요. 그러니 꼭 정해진 것도 없어요.”

“그래, 그렇구나. 그럼 이곳에 당분간 머무를 수는 없겠느냐? 우리 표국이 조금이라도 힘을 갖출 때까지 말이다. 너희들이 그때까지만이라도 머물러 준다면 우리는 천군만마를 얻은 기분으로 아무 걱정 없이 다시 사업을 시작할 수 있을 것 같구나.”

진상곤의 말에 송여주가 잠시 생각을 하는 듯 눈을 한곳에 고정시켰다.

“그건 저 혼자 결정할 일이 아니에요. 일행들에게 물어보고 그때 결정을 내리겠습니다.”

“네가 국주가 아니냐?”

진상곤이 표행은 국주의 생각대로 움직이는 것이 아니냐는 뜻으로
물었다.

“후후! 백부님, 보수 한 닢 못 주는 국주가 무슨 힘이 있다고 그래요.
그리고 누누이 말씀드리지만 그 사람들은 표사가 아니에요. 제 친구들
이고, 형제들이고 그래요. 죽자 사자 부탁을 한다면 제 말을 들을 수도
있겠지만 그건 친구로서 들어주는 것이지 국주의 명령으로 하는 게 아
니에요.”

“그래도 그 어린 사람은 말끝마다 널 국주로 대접하며 모든 걸 네 권
한으로 돌리던데 내가 잘못 본 것이냐?”

진상곤이 자운엽의 행동을 생각하며 의아한 표정을 지었다.

“그건 제가 한 부탁 때문이에요. 처음 만났을 때 그에게 금성표국의
이름을 지켜달라고 했어요. 그래서 남들과 있을 때 그는 모든 공을 금
성표국의 이름에다 돌리고 있어요. 하지만 그건 그 사람이 자기 자신
에게 지키는 약속일 뿐, 제가 일방적으로 명령하는 게 아니에요.”

송여주의 말을 들은 진상곤이 한참을 말없이 송여주를 바라보더니
묵묵히 고개를 끄덕였다.

“좋은 사람을 만났구나, 너는…….”

“그래요. 눈물이 날 만큼요.”

송여주가 빙긋 웃었다.

“어쨌든 의논해 볼게요. 그들 판단에 여기 머무르는 것이 더 좋다고
생각되면 서로의 이해가 맞아떨어지잖아요? 숙박비도 절약되고.”

송여주가 해맑은 미소를 지으며 방문을 나섰다.

"이 귀신들아! 대체 어제 무슨 일이 있었던 거냐?"

엄한필이 서교영, 자운엽과 마주 앉아 눈을 부라렸다.

가뜩이나 위험한 판국에 어디 간다 말도 없이 사라졌다가 기도 안 차는 몰골로 기어들어 온 새벽의 꼴을 생각하면 말문이 먼저 막히는 일이지만, 견원지간처럼 으르렁거리던 둘이 곤드레가 되도록 술을 마시고 하나가 다른 하나를 업고 온 사실이 신기하기도 하였다.

"아우, 머리 아파요, 사형! 그런 얘기는 나중에 하고 우선 따뜻한 국이나 한 그릇 주세요."

아직도 풀린 눈으로 초점을 잃은 서교영이 인상을 썼다.

"예쁜 말만 골라서 하는군."

엄한필이 헛바람을 내쉬었다.

"대체 어찌 된 일이야? 또 둘이 어디 나가서 싸운 거야?"

"우리가 애들이에요? 허구한 날 싸우게. 그냥 사이좋게 한잔했어요. 보면 몰라요?"

서교영이 오만 인상을 다 쓰며 지지 않고 대꾸했다.

한마디 한마디 내뱉을 때마다 풍겨 나오는 술 냄새에 엄한필도 인상을 쓰며 고개를 젖혔다.

'이게 나중에 어디 시집이나 갈려나?'

엄한필이 내심 신음을 삼켰다.

가르치려면 사람답게 사는 법을 먼저 가르치고 칼을 가르쳐야지, 오로지 칼만 가르치고 다른 것은 고스란히 빼먹어 응석받이에 괴물로 만들어놓았다는 생각이 절로 들었다.

"네가 얘기해 봐. 무슨 일로 그렇게 코가 비뚤어지게 마신 거냐?"

서교영에게 묻기를 포기한 엄한필이 자운엽에게 질문의 화살을 돌렸다. 그러나 자운엽 역시 만사가 귀찮다는 표정으로 인상을 찌푸리고 있었다. 평소에 보여준 영악스럽기 짝이 없던 눈빛은 약에 쓸려고 해도 찾을 수 없었고, 지금은 잡아 올린 지 사흘 된 물고기의 눈빛 그대로였다.

"그참, 해가 서쪽에서 뜰 일이군!"

엄한필이 입맛을 다셨다.

"여기들 모여 있군요."

송여주가 조심스런 표정으로 일행이 있는 곳으로 들어섰다.

"모두 괜찮은 거야? 머리는? 속은?"

두 사람을 번갈아 바라보는 송여주의 눈에 걱정이 묻어났다.

"아항! 언니, 머리 아파 못살겠어. 나 좀 어떻게 해줘요!"

서교영이 송여주의 목에 매달리며 응석을 부렸다.

"그러게 무슨 술을 그렇게 마셔. 또 둘이 싸운 거야?"

"아휴, 정말! 언니까지 사형과 똑같이 말하고 있어. 일심동체가 된 거야 뭐야?"

"얘가 못하는 말이 없어. 그만 하고 정신 차려. 의논할 일이 좀 있으니까."

송여주가 서교영의 등을 쓰다듬고 물을 마시게 하며 방금 전 사해표국주와 진상곤과 나눴던 얘기를 그대로 전했다. 자신으로서는 잠시 더 여기 있어도 크게 달라질 건 없었지만 자운엽의 의향이 어떤지 모르는 것이다.

공차표행의 시작은 자신이 했지만 모든 것은 자운엽의 계획과 맞물려 돌아가고 있는 것이니 그가 찾는 여인의 행적을 쫓아 지금 당장이라도 길을 떠나야 한다면 자신은 만사를 제쳐 놓고라도 그렇게 할 것이다.

"국주님 생각은 어떠신지요?"

자운엽이 갈라진 목소리로 물었다.

그 역시 한마디 할 때마다 반쯤 소화된 술 냄새가 사방으로 풍겨났다. 그걸 느낀 송여주가 인상을 찡그리며 상체를 젖히다가 쓴웃음을 지었다.

살아 생전에 이 청년에게서 이런 모습을 보게 되리라고는 생각지 않았는데 하룻밤 새 무슨 대혼돈이 일어난 것이 아닌가 하는 의심이 들 정도었다.

"난 아무래도 상관없어요. 중요한 건 자 공자 의견이에요. 자 공자가 가야 한다면 지금 당장이라도 떠날 수 있어요."

서교영이 단호하게 말했다.

"이거 사람 차별이 너무 심한 거 아니오?"

"엄 공자는 특별히 찾을 사람도 없잖아요? 사매도 찾았으니 그냥 흘러가는 대로 가면 될 텐데 군이 의견을 물을 것도 없지요!"

"쩝! 나도 찾을 사람 하나 더 만들던지 해야지, 이거 서러워서……."

투정을 부린 엄한필이 뒷전으로 물러앉았다.

"여기서 좀 머무르는 것도 괜찮겠지요. 귀찮은 날파리들을 소탕할 때까지는 여기서 머물도록 합시다. 세상 소문도 좀 들을 필요도 있고……."

"우와! 그럼 그동안 이곳 낙양 구경이나 실컷 해야겠네. 언젠가는 꼭 한 번 구경하고 싶었는데."

서교영이 뛸 듯이 기뻐했다.

"날파리가 누구 때문에 날아드는데 지금 경치 구경하겠다고 좋아 날 뛰는 거야? 그렇게 당하고도 아직 정신을 못 차려?"

엄한필이 한심하다는 표정으로 혀를 찼다.

"그게 무슨 소리예요, 사형? 날파리가 나 때문에 날아든다는 건가요? 가을이 깊어가는데 파리는 또 뭐예요?"

서교영이 엄한필을 빤히 쳐다보았다.

"휴우, 사매는 흑살을 까맣게 잊고 있는 것이야?"

엄한필이 도저히 대책이 안 선다는 표정으로 머리를 저었다.

어떻게 저런 단순한 성격으로 쾌검을 그 정도까지 익혔을까? 하는 의문이 시도 때도 없이 들게 만드는 여자였다. 하긴 저런 대책없는 자질을 갖추었기에 사대도가검파의 명숙들이 사내아이들을 제쳐 두고 공동 전인으로 선택했을 것이다. 요조숙녀의 자질을 타고났다면 애초에 쳐다보지도 않았을 테니까.

"그럼 날파리란 것이?"

"그래! 사매가 좋다고 죽자 사자 따라다니는 흑살이지."

그 말을 들은 서교영의 얼굴이 와락 일그러졌다.

그동안 마차 속에서만 틀어박혀 있어 신경 쓰는 일이 없었는데 경치 좋은 곳에서 그들이 처음 만났을 때처럼 그렇게 집요하게 따라다니면 끔찍스런 일이었다. 한 번 더 뒷간 오물 속에서 튀어나온다면 미치고 말 것 같았다.

"야, 나비! 너 무슨 좋은 생각이 있는 거지? 그놈들 다 없앨 수 있지?"

서교영이 생각에 잠긴 자운엽을 바라보다 급기야는 팔을 잡고 흔들었다. 그렇지 않아도 욱신거리는 머리가 좌우로 흔들리자 자운엽이 인상을 쓰며 눈을 떴다.

"시키는 대로 미끼가 되어주면 잡을 수 있어."

자운엽이 어서 팔이나 놓으라는 듯 짤막하게 답하고는 다시 눈을 감았다.

"좋아, 좋아! 나 미끼 할 테니까 무조건 잡아줘. 그놈들 땜에 뒷간에도……."

서교영이 얼른 입을 다물고는 자운엽을 바라보았지만 자운엽은 만사가 귀찮다는 표정으로 눈을 감은 채 고개를 뒤로 젖혔다.

"그럼 당분간 여기서 머물기로 결정났으니 오늘은 좀 더 쉬도록 해요. 영매도 어서 가."

송여주가 서교영을 이끌고 밖으로 나왔다.

"그런데 어쩌다 그렇게 마신 거야? 영매는 그렇다 치더라도 자 공자까지 저런 모습을 보이는 건 도저히 이해가 안 가."

아무리 생각해도 오늘 새벽과 좀 전에 본 자운엽의 모습을 이해하기 힘든 송여주가 서교영과 둘만 있게 되자 질문했다.

"그리움이 사무쳐서 흘러넘친 거야, 어제는……. 그래서 잠시 모든 걸 잊자고 술을 퍼부었고. 그래도 그렇게 하니 좀 사람 같잖아?"

송여주의 질문에 서교영이 잔잔하게 한숨을 쉬며 답했다.

"앞으로는 저 녀석이 밤새 칼을 휘둘러도 돌 같은 건 던지지 않을 거야. 왜 그렇게 미친 듯이 칼을 휘두르는지 이젠 알 것도 같거든."

서교영이 한마디 더 하고는 걸음을 빨리했다.

◆ 제17장

마중마(魔中魔)

마중마(魔中魔)

“헉헉! 저 고개만 넘으면 서녕(西寧)이 가깝다. 그곳까지만 무사히 도착하면 숙부님의 도움을 받을 수 있다.”

몇 명의 인영들이 지친 기색으로 산속의 소롯길을 달리고 있었다.

해가 산마루에 걸쳐 있어 조금만 더 지나면 산속의 밤이 빠르게 찾아올 시간이었다. 그들은 산속에서 밤을 맞이하는 것을 바라지 않는 듯 서둘렀다.

“오라버니! 저곳에서 좀 쉬어가요. 더 이상은 못 가겠어요!”

가녀린 소녀의 목소리가 애처롭게 울렸다. 그 목소리에는 더 이상은 도저히 강행을 할 수 없다는 체념의 기운이 서려 있었다.

“안 된다! 부향아, 그놈들은 지독한 놈들이다. 아무리 우리가 서둘러 달려도 절대로 포기하지 않고 쫓아올 놈들이다. 그러니 숙부님 댁에 도착하기 전까지는 절대로 방심해서는 안 된다.”

아직 중년에 이르지는 않은 것 같았지만 제법 나이 든 듯한 목소리가 단호하게 울렸고 여기저기서 한숨 소리가 섞여 나왔다. 그들 역시 지칠 대로 지쳐 쉬어 가고픈 심정은 조금 전에 애원하던 소녀와 별다를 것이 없었다.

밤낮을 가리지 않는 강행 오 일째, 아무리 무공으로 단련된 몸이지만 제대로 자지도 먹지도 못한 강행군은 모두를 한계 상황에 이르게 한 것이다. 그래도 그런 지독한 강행군이었기에 적도들의 추적에서 벗어나 아직 거리를 좁히지 않는 것이다.

그것은 잔인할 정도로 모두를 재촉한 섭부생(攝浮生)의 덕택이었다.

최단거리를 가로질러 식선으로만 전력 질주한 그의 인도에 의해 아직은 한 번도 적도들의 공격을 받지 않았다. 그러나 그들이 절대로 포기하지 않고 쫓아온다는 것은 한 사람도 의심하지 않았다. 그만큼 적도들은 철저하고 잔인한 놈들이었다.

가문을 습격했을 때 훨씬 적은 수로 싸우면서도 조금도 밀리지 않았고 부친과 조부님의 칼에 팔다리가 잘려 나갈 때도 비명 한마디 지르지 않는 모습에서 충분히 확인할 수 있었다.

차츰 그들의 수와 가문에서 그들을 대적해 싸우는 사람들의 수가 비슷해졌을 때, 부친과 조부님은 자신들을 탈출시켰고 두 사람은 그들을 유인하며 반대 방향으로 몸을 날렸다.

그들은 두 패로 나누어 한 패는 부친과 조부님들을 따라 추적하였고, 다른 한 패는 자신들을 추적하려다 가솔들에 막혀 접전을 벌였다. 그 틈을 타서 자신들은 몸을 빼냈지만 놈들은 결국 가솔들을 뿌리치고 추적에 나섰을 것이다.

다행히 한 명이라도 숫자가 줄었으면 하는 바람이 있었지만 그들의

무위로 봐서 그럴 가망성은 희박했다. 그들과 마주치게 된다면 자신들
은 아마 한 명도 살아남지 못할 것이다. 그것을 충분히 인식하였기에
지금 감숙성 본가에서 청해성 서녕까지의 먼 거리를 제대로 쉬지도 못
하고 달려온 것이다.

"아악!"

날카로운 비명 소리가 들리고 좀 전에 쉬어 가자고 애원을 하던 소
녀가 결국 발을 헛디뎌 바닥을 굴렀다. 한계 상황에서 경공을 제대로
펼치지 못한 결과였다.

"이젠 정말 더 못 가겠어요, 오라버니. 난 그냥 여기 숨어 있을 테니
오라버니들과 언니는 먼저 가세요. 그리고 숙부님을 모시고 절 구하러
오세요."

형제들 중 제일 막내인 섭부향(攝浮響)이 절망적인 목소리로 애원했
다.

이젠 정말 죽었으면 죽었지 더 갈 수 없는 상태였다. 더군다나 발을
헛디뎌 쓰러지면서 발목까지 부어올랐다. 자칫하면 모두가 지체되어
몰살당할 가능성마저 있는 일이었다.

"내게 업히거라."

장남 섭부생이 막내 동생에게 등을 돌렸다. 눈에 넣어도 아프지 않
을 것 같은 막내를 사지에 두고 자신들만 갈 수는 없는 일이다.

"아니에요, 큰오라버니! 그러면 전부 다 죽어요. 난 이 근방에서 꼭
꼭 숨어 있을 테니 어서, 어서 가세요. 한시가 급해요."

섭부향이 찢어질 듯 외쳤다.

"그럼 너희들은 먼저 가거라. 난 부향이와 여기 있겠다. 최대한 빨
리 가서 숙부님께 구원을 청해라. 어서!"

섭부생이 단호하게 명령을 내리고는 막내 동생 섭부향을 부축하고
자 손을 내밀었다.

쨍!

섭부생의 손을 밀친 섭부향이 칼을 빼 들었다. 그리고 자신의 목에
칼날을 들이댔다.

놀란 섭부생이 두 눈을 크게 떴고 나머지 형제들도 대경하여 섭부향
을 향해 달려들었다.

"가까이 오지 마세요! 큰오라버니는 우리 가문의 기둥이에요. 나 같
은 것 하나 때문에 희생한다면 우리 가문도 무너지는 거나 마찬가지예
요. 어서 떠나세요. 나 혼자라면 여기서 얼마든지 숨어 있을 수 있어
요. 그러니 어서 가세요. 안 그러면 이 자리에서 죽을 거예요. 어서요,
어서!"

섭부향이 당장 칼날을 움직여 동맥을 자를 듯 재촉했다.

"부향아!"

"부향아! 이 어린것이… 크흑!"

형제들이 피눈물을 흘렸지만 섭부향의 눈빛은 흔들림이 없었다.

"날 한 시진이라도 더 살게 하려면 어서 떠나요. 어서!"

마침내 섭부향의 목에서 선혈이 흘러내렸다. 더 이상 지체했다가는
적도들을 만나기도 전에 자신들로 인해서 막내가 희생될 것 같았다.

"알았다! 알았으니 어서 깊은 수풀 속으로 들어가 몸을 숨기거라."

섭부생은 질끈 깨문 입술 사이로 선혈을 흘리며 주변을 두리번거렸
다.

제법 울창한 숲이 주변으로 펼쳐져 있었지만 못내 안심이 되지 않았
다. 운 좋게 놈들에게 발각되지 않더라도 지칠 대로 지친 어린것이 몸

을 가누지 못하고 의식을 잃기라도 한다면 산짐승이나 한밤의 추위에 어찌 될지 모르는 일이었다.

"어서 가세요. 더 지체하여 놈들이 눈치 채기라도 한다면 저는 숨어 보지도 못하고 죽게 돼요. 어서 가세요, 어서!"

섭부향이 처절한 목소리로 재촉했다.

"가자!"

섭부생이 피를 토하듯 외쳤다.

"최대한 빠르게 경공을 펼쳐 숙부님 댁까지 직진한다. 그것만이 부향이를 구하는 길이다. 어서 출발하라! 이제부터 뒤처지는 녀석은 내 칼로 목숨을 거두겠다. 놈들에게 사로잡혀 수치를 당하느니 내 칼에 목숨을 잃는 것이 훨씬 나을 것이니. 가라!"

섭부생의 눈에서 처절한 독기가 뿜어져 나왔다. 어리디어린 막내동생을 버리고 마지막 힘을 짜내는 순간이었다. 이젠 더 이상 뒤처지는 형제들이 없게 하기 위해 독한 결심을 하였고, 그대로 뒤처져 놈들에게 잡히느니 차라리 자신의 손으로 벨 것이다.

"타앗!"

둘째 섭부길이 땅을 박찼다.

그것을 신호로 남은 세 명의 형제들도 쏜살같이 몸을 날렸고, 세 오빠와 한 명의 언니가 비호같이 쏘아져 나가는 것을 본 섭부향도 얼른 몸을 움직여 소롯길 옆 숲 속으로 숨어들었다.

"여기서 잠시 머물렀다!"

섭부향의 신형이 숲으로 빨려든 지 채 반각도 지나지 않아 다섯 명의 건장한 사내들이 쏘아져 왔고 소롯길 주변의 흔적을 살피며 잠시 걸음을 멈추었다.

"한 놈이 뒤처져 숲으로 숨어들었다."

나직이 속삭인 한 사내가 다른 사내를 보고는 근처 숲 속으로 눈길을 주었다. 눈길을 받은 사내가 고개를 끄덕이고는 은밀히 섭부향이 사라진 숲으로 몸을 옮겼고 다른 네 명의 사내는 한 사내의 수신호와 함께 동시에 몸을 날려 섭부생 형제들이 달려간 방향으로 신형을 날렸다.

"헉! 헉!"

혼자 남이 숲으로 몸을 숨긴 섭부향은 필사적으로 숲 깊은 곳으로 파고들었다.

겉보기에는 울창한 숲이었지만 안으로 들어오고 보니 정작 제대로 몸을 숨길 만한 곳이 없었다. 키 큰 나무들 사이로는 탁 트인 공간이 이어져 있어 같이 숲으로 들어온다면 저 멀리에서도 상대의 움직임을 포착할 수 있을 것 같았다.

한참을 더 절뚝거리며 달려왔지만 은신할 수 있는 것은 나무 둥치 그 자체뿐이었다. 그러나 나무들은 곧게 뻗어 올라가기만 했을 뿐 자신의 몸을 다 가려줄 만큼 굵은 몸체를 가지진 못하였다.

'어떡해!'

섭부향은 내심 비명을 내질렀다.

허술한 은신처밖에 될 수 없었던 그 숲마저 끝이 나고 저 앞에서 공터가 보이기 시작했다. 그러나 여기서 멈출 수도 없었다. 저 멀리서 들리는 미약한 소음이 계속해서 신경을 거슬리게 했다. 아주 조심스럽게 최대한 소리를 죽였지만 바닥의 낙엽을 밟는 소리는 결코 동물이 내는 소리가 아니었다. 그것은 두 발로 다니는 존재에게서만 들리는 일정한 발자국 소리였다.

"아악!"

숲을 빠져나와 급히 바위 뒤로 몸을 옮기던 섭부향은 짧은 비명을 지르며 그 자리에 섰다. 그리고는 잠시 동안 얼어붙은 듯 꼼짝도 못하고 서 있었다.

탁, 탁!

큰바위 뒤에서 검은 옷차림의 사내가 불을 피워놓고 토끼인 듯한 고기를 굽고 있었다. 그 사내 역시 뜻밖의 사태에 당황한 듯 섭부향을 쳐다보았고, 잠시 눈이 마주쳤지만 이내 고개를 돌려 굽혀지고 있는 고기를 쳐다보았다.

짧은 순간의 시선이었지만 섭부향은 눈을 마주친 사내에게서 무시무시한 야수의 기운을 느꼈다. 큰 맹수를 만났을 때 오금이 저려 꼼짝 못하는 경우처럼 사내와 눈이 마주치고 난 후 섭부향은 전신이 얼어붙어 버렸다.

비록 사내의 시선은 더 이상 자신에게 아무런 관심도 주지 않고 있지만 섭부향은 마치 천 근 바위에 발목이 묶인 듯 꼼짝할 수가 없었다. 사내의 몸에서 은연중에 흘러나오는 야수의 기운이 섭부향 자신의 전신을 마비시킨 듯했다.

치이익―

고기에서 떨어진 기름 방울이 불꽃에 타올라 특유의 소음을 울리며 고기 냄새가 섭부향의 코로 스며들었다.

'배가 고파!'

섭부향의 감각 한줄기가 얼어붙은 몸에서 고개를 쳐들었다. 그것은 그 무엇보다 우선하는 인간의 본능이었다.

뒤에는 닷새 동안 자신들을 쫓아온 무리가 다가오고 있었고, 앞에는 야수보다 더 무시무시한 기운을 풍기는 사내가 있었다. 그리고 그 사내의 엄청난 기운에 전신이 얼어붙어 옴짝달싹 못하는 상황에서도 식욕의 본능은 무섭게 전신으로 퍼져 나갔다.

"좀 드시겠소?"

사내가 조용한 목소리로 다 구운 고기에 소금을 치고는 반을 잘라 섭부향에게 내밀었다. 우습게도 섭부향의 손이 의지와는 상관없이 얼른 사내가 내민 고기 쪽으로 내밀어졌다.

닷새 동안 쉼없이 달렸던 죽음의 질주에서 마지막 한줄기 진기까지 다 빠져나간 몸은 무섭게 그 진기를 되채울 음식을 요구하고 있었다.

"당신은 누구신가요? 설마 비천용문(飛天龍門)의 사람은 아니겠지요?"

섭부향은 거의 무의식 속에서 사내를 보고 질문했다.

비천용문이란 말을 들은 사내의 눈빛이 일순 번쩍 빛을 발했다. 그 눈빛에는 집채만한 바위라도 한 번에 녹일 만한 강렬함이 있었다.

털썩!

마침내 섭부향이 자리에 주저앉았다.

"비천용문에 쫓기고 있소?"

사내의 차분한 음성이 혼비백산 일보 직전에 이른 섭부향의 귓속으로 들려왔다.

섭부향이 혼미한 의식 속에서 고개를 끄덕였다.

"저자이오?"

사내의 눈빛이 섭부향의 어깨 뒤로 넘어갔다.

흠칫 놀란 섭부향이 고개를 돌려 뒤로 돌아보았다.

"아악!"

자신도 모르게 비명을 지른 섭부향이 몸을 움직여 고기를 잘라준 사내의 뒤로 물러섰다.

야수 같은 기운을 뿌리는 사내에게 정신이 팔려 지체한 순간 닷새 전 자신의 가문에 뛰어들어 가솔들을 도륙하고 여기까지 자신들을 쫓던 놈들 중 한 명이 우두커니 칼을 들고 서서 노려보고 있는 것이다.

"저, 저 사람이에요!"

섭부향이 공포에 질린 얼굴로 천천히 다가오는 사내를 바라보았다.

사내가 몇 걸음 더 다가와 우뚝 걸음을 멈추었다.

"정말 지독한 형제들이었다, 너희 오 남매는. 그러나 이젠 너희들의 운도 다 됐다."

사내가 으스스하게 중얼거리며 눈빛을 빛냈다.

섭부생 형제들을 쫓으며 그들 역시 닷새 동안 인간의 가장 기본적인 욕구를 철저히 무시하며 경공을 펼쳤던 것이다. 그것이 살기가 되어 눈빛에 묻어났다.

"형장하고는 상관없는 일이니 좀 비켜주시오. 저 계집은 내가 데리고 가야겠소."

사내가 한 걸음 더 다가섰다.

"네가 속한 곳이 비천용문이냐?"

야수의 기운을 뿜는 사내의 입에서 차가운 목소리가 흘렀다.

그 목소리와 함께 사내의 몸에서 무시무시한 기운이 흘러나왔고, 비천용문의 사내가 무의식 중에 한 걸음 물러섰다.

무의식적이었지만 한 걸음 물러선 자신을 인식한 사내가 얼굴을 찌푸렸다. 자신에 대한 질책이 가슴속에서 끓어올랐기 때문이다.

그런 질책을 자기 자신에게 엄격히 퍼붓는 사람들은 고도의 수련을 거친 사람들이다. 어떤 상황에서도 물러서지 않을 만큼 수련을 쌓아 스스로에 대한 자부심을 간직하고 있었기에 자신도 모르게 뒤로 물러선 자신을 용납할 수 없는 것이다.

추호도 나약함을 몸에 간직하지 않으려는 사내의 모습에서 섭부향은 먼저 달려간 형제들의 안위가 걱정되었다.

"으음!"

문득 섭부향은 이해할 수 없는 자신을 돌아보고 신음을 내뱉었다. 안위로 따지사면 사신이 훨씬 더 위험한 것이다. 그런데 지금 이 순간 자신의 안위는 조금도 문제되지 않았다. 그것은 정말 이상한 일이라는 생각이 들었다.

쫓기던 자신에게 달라진 점이 있다면 자신 앞에 무심히 앉아 있는 이 맹수 같은 사내를 만난 것뿐이다. 그런데 왠지 지금 이 순간 자신은 조금도 위험하다는 생각이 들지 않았다.

왜일까?

설마 이 사내가 자신의 안위를 책임져 줄 것이라는 확신을 본능이 먼저 느꼈단 말인가?

그것을 자신에게 냉철히 자문하는 순간에도 이제껏 쫓기면서 느꼈던 그 어떤 초초감이나 두려움은 느껴지지가 않았다. 그것은 아마도 맹수 같은 사내의 엄청난 기운이 자신을 쫓던 비천용문 사내의 비수 같은 살기를 차단하고 있기 때문일 것이다.

섭부향은 자문에 대한 답을 찾아내고는 문득 사내의 옆얼굴을 다시 쳐다보았다.

이십 대 중반의 깎아 만든 듯한 용모였다.

꽉 다문 입술과 조금도 흐트러짐없는 눈빛에 말로만 들었던 만년한 철로 인간의 형상을 만들면 이런 모습이 될 것이라는 생각이 들었다.

"내가 속한 곳이 당신에게 무슨 의미라도 있는 것이오?"

비천용문의 사내가 굳어진 표정으로 반문해 왔다. 그 역시 마주한 사내에게서 풍기는 예사롭지 않은 기운을 느꼈다. 그리고 비천용문이라는 말을 듣는 순간 사내에게서 뻗어 나온 기운은 수십 개의 칼날이 되어 자신을 겨누어오고 있었다.

"문주는 누구냐?"

여전히 자리에서 일어서지도 않은 채 맹수 같은 사내는 자기의 질문만을 던졌다.

"그건 네가 알 것 없다."

사내의 목소리도 거칠어졌다.

"네놈 역시 모르는 모양이군. 그럼 더 이상 네놈에게 볼일은 없다. 그러니 돌아가라. 그럼 목숨은 살려주겠다."

맹수 같은 사내가 눈길을 거두었다.

"이런 건방진 놈이!"

비천용문의 사내가 기습을 작정했는지 단도직입적으로 칼을 휘둘러 왔다.

"아악!"

갑작스런 상황에 섭부향이 비명을 질렀다.

비천용문 사내의 신속한 칼질에 자신의 앞을 막고 서 있던 괴사내의 목이 떨어지는 것은 자명한 일이었다. 그것은 누구라도 거역하지 못할 순간적인 상황이었다.

"어헉!"

암암리에 준비하여 단칼에 상대를 베었다고 생각한 비천용문의 사내가 휘청 중심을 잃고 옆으로 비틀거렸다. 자신의 칼은 상대의 목 대신 허공을 갈랐고, 목을 가르리라 예상하고 쏟아 부었던 내력이 허공을 가르자 중심을 잃어버린 것이다.

"그런 느려 터진 칼질로는 두꺼비 한 마리도 제대로 잡을 수 없다. 그러니 물러가라."

어느새 사내의 뒤에 담담히 서 있는 괴사내가 다시 한 번 경고했다.

"언제?"

비천용문 사내의 눈이 경악에 부릅떠졌다.

예고없는 기습은 완벽했고, 그것을 피할 것이라고는 상상할 수 없었는데 상대는 상식의 틀을 깨고 연기처럼 사라져서 자신의 뒤에, 그것도 한참이나 더 떨어진 곳에 서 있는 것이다. 흡사 환술에 걸린 듯했다.

"귀하는 누구요?"

비천용문의 사내가 괴사내를 향해 질문했다. 그러나 그 질문들은 단 한 개도 사내에게 먹혀들지 않았다. 괴사내는 여전히 비천용문 사내의 질문에는 한마디도 대꾸하지 않고 싸늘하게 서 있었다.

오기가 불끈 솟아오른 비천용문의 사내가 양손에 칼을 모아 쥐었다. 사생결단을 내겠다는 자세였다.

"또다시 허튼짓을 하면 돌아가는 것은 상처뿐이다. 잘 생각해서 결정해라."

괴사내의 차가운 음성이 허공에 울려 퍼졌다.

파앗!

땅을 박찬 비천용문 사내가 괴사내의 머리 위에서 무섭게 칼을 내리찍었다.

슈우욱—

허공에 뜬 사내의 명치를 향해 괴사내의 손가락 끝에서 한 가닥 경력이 발출되었다.

"크윽!"

짧은 비명성과 함께 비천용문의 사내가 바닥에 나뒹굴었고 더 이상 움직이지 않았다. 죽은 것 같지는 않았지만 아무런 움직임이 없는 것으로 봐서는 점혈을 당했거나 기절을 했을 것이다.

손가락 하나 까닥하는 것으로 자신에게는 사신이나 마찬가지였던 자를 제압하는 모습을 본 섭부향은 얼이 빠졌다.

'무서운 사람이다!'

섭부향은 내심 중얼거렸다.

단 한 번의 손짓으로 야차같이 자신들을 추적한 적도 중 한 명을 간단히 제압한 사내라면 자신의 상상을 훨씬 뛰어넘는 수준일 것이다. 어쩌면 할아버지나 아버지보다 더 강한 무공을 소유했을 것이다. 아니, 자신이 보기엔 분명히 그랬다.

그것을 느낀 순간 피로가 한꺼번에 몰려왔다. 그리고 다시 시장기가 온 영혼을 지배하며 아우성을 쳤다.

아직 손에 든 토끼 고기는 온기를 그대로 유지하고 있었다. 단 두 번의 짧은 격돌이었기에 생각에만 길게 느껴졌을 뿐 실상은 차 한 잔 마실 시간의 반도 흐르지 않은 것이다.

고기의 주인이 누구인지는 상관이 없었다!

섭부향은 걸신들린 듯 손에 들린 고기를 입으로 쑤셔 넣었다. 닷새 동안 위장에 넣은 것이래야 달리면서 씹은 건포 몇 조각과 물 몇 모금

이 전부였다.

"한 모금 마시시오."

사내가 술병을 내밀었다.

섭부향은 숨도 쉬지 않고 몇 모금의 술을 마셨다.

"난 소저만큼 시장하진 않소. 이것 마저 드시오."

사양이니 겸손이니 하는 단어들은 정상적인 상황에서만 가능한 것이다. 죽음을 넘나든 처절한 상황에서 그런 것들은 의미가 없었다.

빼앗듯이 남은 반 덩이의 고기를 손에 든 섭부향은 게눈 감추듯 먹어치웠고 술도 마저 비웠다.

"얼마나 쫓긴 것이오?"

사내의 질문에 목이 메인 섭부향이 대답 대신 손가락 다섯 개를 내보였다.

"다섯 시진?"

섭부향의 고개가 세차게 좌우로 흔들렸다.

"설마 닷새?"

좌우로 흔들리던 섭부향의 고개가 이번에는 아래위로 흔들렸다.

"지독한 사람들이군."

얼음장 같은 사내의 얼굴에 어이가 없다는 듯한 한줄기 표정이 어렸다.

"아악! 오라버니, 언니!"

음식을 다 삼킨 섭부향이 그제야 정상적인 사고 기능을 되찾았는지 비명을 질러댔다.

그런 섭부향을 사내가 물끄러미 쳐다보았다.

"놈들이 오라버니들과 언니를 뒤쫓고 있어요. 이렇게 빨리 쫓아온

걸 보면 숙부님 댁에 도착하지 못하고 잡히고 말 거예요!”

섭부향이 발을 동동 굴렀다.

“아악!”

퉁퉁 부어오는 발목에서 지독한 통증이 몰려왔다.

풀썩 쓰러진 섭부향이 다시 안간힘을 다해 신형을 일으켰다.

“도와주세요, 공자님! 오라버니와 언니는 우리 가문의 희망입니다. 내 모든 것을 다 드릴 테니 오라버니를 살려주세요.”

섭부향이 실성한 듯 애원했고 사내가 깊숙한 눈으로 섭부향을 쳐다보았다.

“가문!”

섭부향이 내뱉은 한마디를 묵묵히 되뇌이며 사내는 허공을 쳐다보았다.

“그자들의 우두머리는 혹시 공자님이 아까 한 질문에 대한 답을 해줄지 몰라요. 그러니 제발 오라버니와 언니를 구해주세요.”

사내의 갈등에 초조해 가던 섭부향이 다른 방법으로 사내의 마음을 돌리려 했다.

“나쁘진 않군. 업히시오.”

사내가 등을 돌렸고 섭부향이 찰거머리처럼 사내의 등으로 달려들었다.

슈아악—

“아악!”

무공을 익히고 경공을 펼칠 줄 아는 섭부향도 사내의 속도에 놀라서 비명을 질렀다. 이건 도저히 상상을 불허하는 속도였다.

이따금씩 바닥을 치는 느낌도 없이 자신을 업은 사내의 신형은 주변의 사물을 흐릿하게 밀어내며 앞으로 쏘아져 나갔다.

섭부향은 결국 눈을 감고 말았다. 자신의 느낌대로 주변의 사물들이 그대로 옆으로 스쳐 가기만 한다면 별문제가 없었지만 눈앞으로 밀려드는 압축된 공기의 압력은 지친 심신으로써는 감내하기가 벅찬 것이었다.

눈을 감으니 잠이 몰려왔다.

그것을 느낀 섭부향이 미친 듯이 자신을 질책했다.

좀 전의 그 무서운 상황에서도 식욕을 느끼게 하던 그 본능이 이번에는 다시 수면의 달콤함을 찾고 있는 것이다.

입술을 깨물고 고개를 흔들었지만 쏟아지는 잠은 그 모든 노력들을 무시했다.

수마(睡魔)!

진정 마귀 같은 잠의 유혹이었다.

"저들이오?"

수마의 마수를 쫓아준 것 역시 자신을 업은 괴사내였다. 섭부향은 언뜻 눈을 떴다. 어둑해지는 숲의 끝 지점에서 난전이 벌어지고 있었다.

세 오빠와 언니가 각기 한 사람씩의 적도들과 싸우고 있었다. 하지만 상황은 풍전등화와 같았다. 저들을 무찌를 수 있었다면 애초에 이렇게 사력을 다해 도주하지 않았을 것이다.

"저들이에요. 어서, 어서!"

섭부향이 사내의 등에서 재촉했고 사내가 마지막으로 땅을 박찼다.

"크흑!"

비천용문 사내에게 한 번의 칼을 더 공격당한 셋째 섭부현(攝浮賢)이

답답한 비명을 뒤로 물러났다. 허리, 어깨에서 피분수가 튀어 오르고 있었다.

섭부생, 섭부길, 그리고 장녀인 섭부용(攝浮瑢)도 비슷한 사정으로 몰리며 누구를 돌볼 틈이 없었다.

퍼엉!

밀려나던 섭부현의 심장을 향해 마지막 일검을 찔러 넣던 사내가 폭발음과 함께 이 장(二丈) 가까이 날아가 바닥에 뒹굴었다.

"부향아!"

"오라버니!"

사내의 등에서 내린 섭부향이 셋째 오빠 섭부현에게로 달려들었다.

섭부현의 어깨와 허리에서 흐른 피는 달려든 섭부향의 상의까지도 붉게 물들었다.

"세상에!"

섭부향이 지혈을 하며 자신의 옷을 찢어 섭부현의 상처를 감쌌다.

그러는 사이 싸움이 일순 멈추어졌고 싸우던 사람들은 멍하니 갑작스럽게 나타난 두 사람을 쳐다보았다.

너무나 간단하게 동료 한 사람을 날려 버린 사내를 바라보는 비천용문 사내들의 눈에는 경계의 빛이 강하게 번져 갔다. 반면 지칠 대로 지친 상황에서 비몽사몽간에 본능적으로 칼을 휘두르던 섭부생 형제들은 갑자기 나타난 막내를 보고 도저히 믿을 수 없다는 불신의 눈빛을 보냈다.

비천용문의 사내들이 자신들을 따라잡고 싸움을 벌이기 직전 가소로운 듯 내뱉은 말속에서 막내 섭부향의 은신이 탄로났음을 느끼고 절망적인 심정으로 칼을 휘두르는 중이었는데, 그 막내가 불쑥 나타나 셋째 섭부현의 상처에 치료까지 해주고 있는 것이다.

"정말 부향이냐?"

섭무현이 감기는 눈을 억지로 뜨며 섭부향을 쳐다보았다.

과도한 진기의 소멸로 의식조차 흐릿해져 가는 상태였기에 보고도 제대로 믿을 수 없는 지경이었다.

"오라버니! 이젠 걱정 마세요."

섭부향이 눈물을 흘리며 섭부현을 부축했다.

"부향아!"

"언니!"

섭부용노 좀 전까지의 치열했던 싸움도 잊은 채 달려와 섭부향을 얼싸안았다.

도대체가 믿어지지 않는 흐릿한 꿈속의 일 같았다.

"우두머리가 누구냐?"

싸늘한 음색으로 다가오는 사내를 보며 비천용문의 무사들이 주춤 뒤로 물러섰다. 그들 역시 닷새간의 강행으로 기진맥진한 상태인지라 또렷한 안목은 아니었지만 다가오는 사내의 무위는 단 한 번의 견식으로도 충분한 두려움을 가지게 했다.

섭가의 막내를 업고 달려오면서 장난처럼 휘두른 손에 동료 한 사람이 속절없이 나가떨어졌고 아직 일어날 생각을 않고 있는 것이다. 저 정도면 자신들이 최상의 조건에서 싸운다 하더라도 승리를 점칠 수 없을 것이다.

"네놈이군."

괴사내가 정확히 자신을 집어내자 우두머리인 듯한 사내가 흠칫 놀라며 의혹의 눈을 부라렸다.

“비천용문의 문주가 누구냐?”

괴사내는 조금도 주저하지 않고 자신이 지목한 비천용문 무사에게 질문했다.

“모르면 그렇다고 말해라. 너희들을 죽이고 싶지는 않다, 아직까지는…….”

괴사내의 입에서 뜻 모를 이야기가 흘러나왔다.

자신들의 일을 방해하고 질문을 던지며 모르면 더 이상 묻지 않겠다고? 그리고 아직까지는 죽이고 싶지 않다는 말은 또 무엇인가?

그 말은 언젠가는 죽일 것이다! 그러나 지금은 아니다. 뭐 그런 뜻인가?

사내들의 눈빛이 혼란으로 물들었다.

“알아도 가르쳐 줄 수 없다.”

농락당한 기분이 든 우두머리 사내가 이빨을 앙다물며 답했다.

“알고 있으면서 답하지 않는다면 죽일 수도 있다. 아주 고통스럽게.”

“능력있으면 해보시지.”

비천용문 사내도 지지 않고 답했다.

“알든 모르든 네놈 하나만 있으면 될 일, 다른 놈들은 너희들이 속한 곳으로 돌아가라. 아까도 말했지만 아직은 너희들을 죽일 이유가 없다.”

괴사내의 목소리가 차분하게 울려 퍼졌다. 그 목소리에서는 그다지 적개심을 느낄 수가 없었다. 하지만 그 목소리의 내용은 별 볼일 없는 너희들은 어서 꺼지라는 얘기였다.

죽어 넘어지는 한이 있더라도 도망치지 않게끔 훈련되고 세뇌된 그들이었다. 그러기에 상대의 무공 수위를 따지기 전에 호승심부터 끓어오르기 시작했다.

휘리릭―

한 사내가 손목을 축으로 칼을 한 바퀴 돌렸다. 결사항전의 표시였다. 그와 동시에 다른 사내들은 칼을 다잡고 괴사내를 둘러쌌다.

이미 한 명의 동료를 아직까지 일어나지 못할 만큼, 아니, 잘못되면 영원히 일어나지 못할 만큼 순식간에 손을 쓴 사내라면 자신들 셋이 한꺼번에 덤빈다 해도 부끄러울 것이 없었다.

그들은 그런 부끄러움보다는 철저한 임무의 수행에 최고의 가치를 두게끔 훈련받았다.

"차앗!"

괴사내의 왼쪽에 있던 비천용문의 사내가 옆으로 칼을 휘두르며 괴사내의 허리를 쓸어갔다. 일도양단의 기세가 사내의 칼에서 고스란히 느껴졌다. 동시에 우측의 사내와 전방의 사내가 교묘히 방위를 점하여 칼을 휘둘렀다.

제일 처음 일도양단의 기세로 쓸어오던 칼을 피하려 몸을 움직인다면 다음에 가세한 두 사내들의 칼에 속절없이 공격을 당하고 말 것이다.

세 개의 칼이 괴사내의 몸을 난자하려는 순간 괴사내는 슬쩍 한 발을 움직여 전방에서 공격하는 사내의 가슴으로 파고들었다.

비록 한가롭게 슬쩍 내딛는 한 발이었지만 그 움직임은 전방에서 공격하던 사내의 칼이 극히 짧은 순간 옆에서 위로 향하던 찰나였고, 그 틈을 정확히 파고든 괴사내는 슬쩍 손을 뻗어 위로 올린 칼을 서둘러 내려치려던 사내의 가슴 한곳에 손가락 끝을 찍었다. 그리고 그 손가락을 그대로 뻗어 우측에서 날아오는 칼을 가볍게 검지와 중지 사이에 끼우고 다른 한 손은 손바닥을 활짝 펴서 남은 한 사내의 칼을 막아갔다.

땡강!

파앙!

한 사내의 칼이 괴사내의 오른쪽 손가락 사이에서 부러져 나가고 다른 한 사내의 칼은 괴사내의 왼쪽 손바닥에 부딪쳐 허공으로 치솟았다.

칼이 부러진 사내가 멍하니 자신의 칼을 쳐다보며 서 있었고, 괴사내의 손바닥에 검신을 가격당해 허공으로 칼을 놓쳐 버린 사내 역시 어이없는 얼굴로 저만치 나뒹굴고 있는 자신의 칼을 쳐다보았다.

애초에 적수가 되지 않는 사람이었다.

아직까지는 죽일 이유가 없어 군이 살초를 펼치지 않아 이렇게 살아 있는 것이지 죽여야 할 확실한 이유가 있었다면 칼 한 번 휘두를 여유도 없이 고혼이 되었을 것이다.

"문주가 누구냐?"

괴사내가 다시 한 번 비천용문의 무사 중 우두머리인 듯한 사내를 쏘아보았다.

폐부를 온통 얼려 버릴 듯한 예기에 사내가 덜덜 몸을 떨었다.

차분하게 깊이 가라앉아 있으면서도 지독한 공포를 느끼게 만드는 마중마(魔中魔)의 눈빛이었다.

음습하거나 사악하지는 않았지만 영혼을 찢을 듯한 마기(魔氣)에 무의식적으로 전신이 오그라들게 만드는 그런 눈빛이었다.

애초에 이 눈빛을 정면으로 보았다면 싸울 생각마저 들지 않았을 듯했다. 밀려드는 어둠과 아직 그 어둠에 익숙해지지 못한 눈으로 그런 공포감을 지금에서야 느끼는 것이었다.

"모, 모르오. 우린 단지 직속 상관의 명만 받을 뿐, 한 번도 본 적이 없소. 단지 설사덕 각주(閣主)와 추필영 각주(閣主)만을 알고 있을 뿐이오."

"설사덕! 추필영!"

괴사내의 얼굴에 아픔인지 분노인지 분간하기 힘든 표정이 떠올랐다.

"이들을 공격한 이유는?"

"그건……."

비천용문의 시내가 생각을 정리하는 듯 말을 잠시 멈추었다.

"그만 됐다. 공격당한 당사자에게 물어보는 것이 훨씬 빠를 것 같으니 너희들은 그만 돌아가라. 이것이 마지막 기회다. 굳이 죽일 필요가 없는 사람까지 죽이고 싶지는 않다."

사내가 등을 돌려 가슴 한곳을 점혈당해 뻣뻣이 서 있는 비천용문 무사에게 다가가 혈을 풀어주자 사내가 풀썩 쓰러졌다.

"아까 너희들이 헤어졌던 길목 숲 속에 가면 동료 한 명이 더 쓰러져 있을 것이다. 죽지는 않았으니 같이 데려가라."

사내가 조용히 말하고는 비천용문 사내들을 응시하자 비천용문 사내들이 움찔 시선을 내리고는 서둘러 쓰러진 동료를 부축하며 자신들이 기를 쓰고 달려왔던 길을 되돌아가기 시작했다.

사내들의 모습이 보이지 않을 때까지 묵묵히 서서 응시하던 괴사내가 등을 돌려 섭부생 형제들을 바라보았다.

"헉!"

처음으로 사내의 눈빛을 정면으로 마주한 섭부생이 심장이 얼어붙은 듯한 느낌으로 신음성을 삼켰다.

영혼을 얼릴 듯한 공포를 느끼게 하는 눈빛이었다.

심유하게 가라앉아 그 깊이는 오랜 수행을 마친 고승의 눈빛과도 같았지만 그 눈빛에는 한 가지의 기운이 더 어려 있었다.

그것은 공포였다!

무의식적으로 사람을 얼어붙게 만드는, 영혼 깊숙한 곳에서 근원적인 두려움을 몰고 오게 하는 그런 기운이었다.

마지막 순간까지 살상을 피하고 비천용문의 무리들을 쫓아버리는 사내의 모습에서 함부로 생명을 해치지 않은 정대한 기운을 느꼈고 태산이 무너져도 흔들릴 것 같지 않을 정도로 깊게 가라앉은 눈빛은 처절하게 강한 내력을 엿볼 수 있었다.

그런데 그 모든 기운에 편승하여 강하게 쏘아져 나오는 심장을 얼릴 듯한 저 기운은 도대체 무엇인가?

그 기운은 다른 모든 기운과는 너무도 이질적인 기운이었다.

섭부생은 다시 한 번 사내의 눈빛을 직시했다.

'마(魔)!'

섭부생의 뇌리에 불식 중에 떠오는 글자였다.

그것은 마의 기운이었다.

지극히 강한 극마(極魔)의 기운이 있다면 바로 이런 느낌일 것이다.

영혼 저 깊은 곳에서 본능적으로 밀려오는 두려움!

마중마(魔中魔)의 기운!

그것은 마중마의 기운이었다.

저 광명정대한 사내의 몸에서 어찌 저런 기운이 퍼져 나오는 것일까?

섭부생은 넋을 잃고 괴사내의 얼굴을 쳐다보았다.

"소생의 얼굴에 뭐라도 묻은 것이오?"

섭부생이 한참이나 자신을 뚫어지게 쳐다보자 괴사내가 조용히 말했다.

그제야 섭부생이 실례를 깨닫고는 얼른 사내의 얼굴에 고정되었던 눈길을 거두고 고개를 숙였다.

"덕분에 동생들과 나 자신 목숨을 보존했습니다. 구명지은에 감사드립니다."

"감사드립니다!"

섭부생을 따라 네 명의 동생들도 괴사내에게 고개를 깊이 숙였다.

"그런 건 괘념치 마시오. 그보다 어디 다친 데는 없는 것이오?"

괴사내의 눈길이 섭부생 형제들을 차례로 훑어 나가자 사내의 눈길을 대한 나머지 형제들 또한 섭부생이 느낀 비슷한 공포를 느끼며 흠칫 몸을 떨었다.

'으음!'

둘째 아들 섭부길 역시 내심 신음성을 흘렸다.

"덕택에 치명적인 상처를 입은 사람은 없습니다. 전 섭부생이라고 합니다. 감숙성 섭씨 가문의 장남이지요. 그리고 여기는 둘째 부길, 셋째 부현, 그리고 부용, 부향입니다."

섭부생이 추적자들의 위험에서 완전히 벗어나고 조금 여유를 찾자 자신들을 구한 괴사내에게 예를 차리며 동생들을 소개했다.

"소생은 무수범이라 합니다."

괴사내는 짤막하게 자신의 이름만을 소개하고는 입을 다물었다.

사내의 이름을 들은 섭부생 형제들이 서로를 쳐다보았지만 이름에

서건, 풍기는 기도에서건 무엇 하나 괴사내에 대한 정체를 짐작할 수 없었다. 하지만 차분한 기색과 말투에서는 언뜻언뜻 명문가의 기품이 흘러나왔다.

무슨 수련을 하였는지 아직까지 그 수련의 흔적인 듯한 패도적인 기운이 너무 강해 그 정제된 기운이 가려지는 것이 아쉬운 일이었지만 쉽게 만날 수 없는 귀공자인 것은 확실했다.

"해가 졌으니 금방 한기가 몰려올 것이오. 상처도 입었고 하니 어서 인가가 있는 곳으로 가서 밤을 지낼 궁리나 세워봅시다. 그곳에서 궁금한 점들도 물어보기로 하지요."

사내는 저 멀리 불빛을 바라보며 먼저 걸음을 옮겼다.

밤늦게 마을에 도착한 섭부생 일행은 서둘러 객점을 찾아 그동안 굶주린 배를 채웠다. 음식을 나르는 점소이와 주위의 몇몇 손님들이 아귀를 본 듯 일행을 힐끔거리며 쳐다보았지만 그런 시선들을 신경 쓸 여력이 없는 그들이었다.

설사 누군가 나타나 그런 꼴사나운 모습으로 계속 음식을 든다면 잡아가겠다고 할지라도 입으로 연방 음식을 집어넣는 속도를 늦추게 할 수는 없을 것 같았다.

몇 번이나 날라온 음식과 술을 깨끗이 치운 그들은 금세라도 쓰러질 듯 비틀거리며 두 개의 방으로 나누어 사라졌다. 이제껏 죽음을 의식할 정도로 필사의 탈주를 했지만 방으로 들어가는 그들의 눈에는 단 한 가닥의 두려움이나 쫓기는 자의 초조함도 배어 있지 않았다.

아무런 말은 없었지만 무수범이란 사내의 존재를 그들은 태산보다 더 든든한 방패막으로 여기고 있는 것이다. 어떤 내력을 가진 사내인지는 몰라도 최소한 내일까지는 그들을 지켜줄 것이란 믿음이 그들 형제의 가슴에 강하게 자리했고, 그들은 쏟아지는 수마의 청을 들어주기 위해 만사를 제쳐 놓고 침상으로 달려들었다.

'궁금한 것들은 내일이나 물어볼 수 있겠군.'

혀를 찬 설수범도 자신의 숙소로 사라졌다.

"혹시 비천용문과 인연이 있으신 건 아닌가요?"

다음날 저녁 늦게 기상한 섭부생 형제들은 그간의 피로를 억지로 털어내고 설수범과 마주한 자리에서 설수범에게 질문했다.

"비천용문 자체와는 인연이 없소. 하지만 알아야 할 일들이 좀 있소. 그래서 여러분들께 그것들을 물어보고자 함이오."

설수범의 말에 섭부생이나 그 외 다른 형제들도 묵묵히 고개를 끄덕였다. 비천용문이란 말에 유독 민감하게 반응하던 사내지만 본인이 굳이 더 이상의 내력을 밝히려 하지 않는 한 계속 물어볼 이유가 없는 것이다.

사내에 대한 궁금증은 그쯤에서 접어두고 이젠 사내의 물음에 답을 해줄 차례였다.

"무엇을 알고 싶은 것인가요?"

"우선 비천용문에 관한 것을 자세히 알고 싶소. 산속에서 우연히 만난 사냥꾼들에게서 감숙성에 비천용문이란 문파가 생겨났고, 그 주 세력은 감숙추가와 감숙설가란 얘기를 들었소."

설수범이 자신의 궁금증을 털어놓았다.

"그것에 대해서는 저희들도 잘 모릅니다. 어느 날 갑자기 공자님께서 말씀하신 그 두 가문이 합쳐서 비천용문을 세웠다고 개파 선언을 했지요. 중원 한복판도 아닌 감숙에서 그런 문파를 세우는 것도 이상했고 부러울 것 없는 두 가문이 굳이 합친다는 것은 더 이상했지요. 하지만 그걸 따질 일은 아니었고 다른 모든 사람들은 그냥 그러려니 하고 지켜만 보는 입장이지요. 조직이 어떻게 되어 있는지, 무슨 목적으로 그런 문파를 세웠는지는 궁금하기만 할 뿐 누구도 확실히 아는 사람이 없습니다.”

장녀 섭부용이 조리있게 자신이 알고 있는 바를 설명했다.

“그럼 다섯 분 형제들이 그자들에게 쫓긴 이유는 무엇인지……?”

섭부용의 대답에 묵묵히 고개를 끄덕인 설수범이 다른 질문을 하며 약간은 말끝을 흐렸다. 밝히고 싶지 않은 가문의 비밀스런 일이라면 굳이 말할 필요 없다는 뜻이 내포된 질문이었다.

“우리 섭가는 얼마 전 비천용문에 가입하라는 권유장을 받았소. 물론 일언지하에 거절했고, 그 며칠 후 억지 시비를 일으킨 비천용문의 무리들이 우리 집을 침입했어요. 처음에는 대수롭지 않게 생각하고 칼을 맞대던 우리는 어디서 그런 고수들을 한꺼번에 그만큼 끌어올 수 있었는지 모골이 송연해졌지만 길게 놀랄 틈도 없이 식솔들이 거의 쓰러지고 가족들만 남게 되었어요.”

그때의 두려움이 되살아난 듯 섭부용이 치를 떨며 잠시 말을 멈추었다.

“조부님과 아버님은 쉽게 그들에게 당할 분들이 아니었지만 우리 형제들이 신경이 쓰여 제대로 싸우지 못했어요. 점점 사태가 위태롭게 되자 조부님과 아버님은 우리에게 청해성 서녕에 있는 숙부님 댁으로 피신하라는 언질을 은밀히 내리고는 그들을 유인하여 사라지셨어요. 우리는 남은 무리들을 가족들이 막는 동안 줄곧 이곳까지 도망을 친

것이지요. 한순간도 방심하지 않고 몸을 날려 왔건만 결국 공자님을 만난 곳에서 그들에게 잡히게 되었지요. 정말 무서운 인간들이었어요."

서부용은 다시 한 번 치를 떨었다. 인간의 한계를 뛰어넘을 정도로 달리고 또 달렸건만 결국에는 목적지에 도착하기 전에 자신들을 따라잡은 그들의 집요함과 무서움이 앞으로의 일까지 두렵게 만들었다.

그 정도의 고수들을 즉시에 파견할 만한 곳이라면 또다시 그러지 않으리라는 법이 없었다. 이번에는 천운으로 이렇게 살아났지만 더욱더 치밀한 준비를 한 그들이 재차 들이닥친다면 그때도 이렇게 멀쩡히 살아 있을 수 있을까 하는 두려움이 가슴 가득 있었다. 지금 이렇게 숨을 쉬고 있는 것도 무수범이란 저 청년 때문인 것이지 자신들의 노력 때문이 아닌 것이다.

"감숙섭가라면 감숙에선 다섯 손가락 안에 드는 가문인데 그런 가문까지 비천용문으로 끌어들이려 하는 이유가 무엇일까? 감숙일통이라도 할 생각이란 말인가?"

설수범은 섭부용의 말을 들은 후 천장으로 눈길을 주며 혼잣소리인 듯 중얼거렸다.

"저희 가문을 알고 계시는군요!"

혼잣소리인 듯 중얼거리는 설수범의 목소리를 들은 섭부용이 의외라는 듯 목소리를 높였다.

"그냥 주워들은 풍월일 뿐, 특별히 더 아는 건 없소. 그리고 그마저도 벌써 삼 년이 넘은 것이라 지금은 세상이 또 어떻게 변한지도 모르고 그냥 중얼거린 소리일 뿐이오. 그러니 더 이상의 의미는 부여하지 마시오."

설수범은 잔뜩 기대감에 부푼 눈빛을 보내는 섭부용에게 무심한 표정으로 그 눈빛을 외면했다.

"그렇군요."

섭부용의 목소리가 힘없이 흘러나왔다.

"그런데 공자님은 어디로 가시는 길인가요?"

이번에는 섭부향이 반짝이는 눈빛으로 설수범을 바라보았다.

단 하루라도 더 생명의 은인인 이 사내와 같이했으면 하는 바람이 간절하게 흘러넘치는 눈빛이었다.

"자달목분지(紫達木盆地) 쪽으로 가는 길이오."

설수범이 조용히 답하며 멀리 창밖으로 눈길을 주었다.

"먼 곳까지 가시는군요. 특별히 그곳에 볼일이라도……?"

섭부생이 묵묵히 고개를 끄덕이며 물었다.

"사부님들이 계신 곳이오."

설수범의 목소리에 애잔한 그리움이 묻어 나왔고, 그것은 듣는 사람들로 하여금 덩달아 그리움이 가슴 가득 밀려오게 하는 듯했다.

'이런 공포스런 기운을 간직한 사내에게도 그리워하는 사람이 있는가?' 하는 생각으로 섭부생은 설수범의 얼굴을 다시 한 번 쳐다보았다.

아련한 그리움이 퍼져 나가는 설수범의 얼굴에는 처음 만났을 때 느꼈던 그 극한에 이른 마의 기운이 말끔히 사라져 있었다. 그 무시무시한 기운이 걷히자 차가운 듯하면서도 강한 열망의 표정을 담은 귀공자 풍의 사내가 깎아 만든 듯 창밖을 쳐다보며 앉아 있었다.

감히 범접할 수 없는 엄한 기운과 함께 풍겨져 나오는 애잔한 그리움의 기운은 같은 사내의 눈에도 아찔할 정도의 매력을 풍겨내고 있었다.

짐작할 수 없을 정도로 강함을 간직한 사내가 뿜어내는 그리움의 기운은 말로 표현할 수 없는 아름다움을 내포하고 있었다.

"그럼, 우리가 숙부님 댁에 도착할 때까지는 공자님과 같이 동행할 수 있겠군요. 나, 너무 안심돼요. 다시 어제처럼 달리라고 한다면 죽는 게 나을 거예요. 정말 다행이에요."

막내 섭부향이 뛸 듯이 기뻐하자 설수범은 자신의 할 말을 내뱉지 못하고 결국 입을 다물고 말았다.

섭부현의 상처가 가볍지 않았고 섭부향의 부어오른 발목이 가라앉지 않아 섭부생 형제와 설수범은 다음날 아침 일찍 길을 떠나기로 하고 근처 다른 객점에서 하루를 더 묵기로 했다.

지칠 대로 지친 그들은 오후 늦게서야 눈을 떴고 섭부향의 발목을 살펴보고 비천용문 무사들과 싸우다 입은 상처를 살피고 하다 보니 어느덧 저녁이 되어버렸다.

숙부님께로 달려가 그간의 사정을 말하고 앞으로의 대책을 세우는 것도 급했지만 닷새 동안 죽음의 행군을 한 그들의 몸이 일단 긴장을 풀고 나니 천근만근 무거웠다.

만일을 위해 다른 객점으로 옮겨 투숙했고, 뜻하지 않게 하루를 더 지체하게 된 설수범은 팔베개를 하고 누워 묵묵히 천장을 응시했다.

"후우~"

침상에 누운 설수범이 이리저리 몸을 뒤척였다.

푹신한 침상의 안락함이 오히려 이젠 불편함으로 다가왔다.

청해성 남쪽 끝에 있는 심산에서 침식도 제대로 신경 쓰지 않은 채 수라환경의 구결에 매달리며 짐승처럼 살아온 몇 년의 기간은 오히려 인간 세상의 안락함을 까맣게 잊게 만들었다.

풀썩.

침상의 이불을 걷어내어 바닥에 깔고 그 위에 다리를 뻗고 누웠다.

"이게 훨씬 편하군!"

바닥으로 내려와 누운 설수범은 미소를 지었다.

'살기!'

미소를 짓던 설수범의 표정이 급격히 굳어갔다. 객점 밖 곳곳에서 물샐틈없이 조여드는 살기를 감지했기 때문이다.

천라지망인 듯 온 사방에서 밀려오는 살기로 보아 이미 수십 명의 인원들이 객점을 둘러싸고 포위망을 조여오는 모양이었다.

'애꿎은 희생자가 생길 수도 있다!'

설수범은 얼른 겉옷을 걸치고는 옆방으로 뛰어들었다.

"까악!"

속옷 차림으로 잠을 청하던 섭부용 자매가 비명을 지르며 이불을 목에까지 끌어 올렸다.

"무슨 짓인가요, 무 공자?!"

섭부용이 눈을 동그랗게 뜨고 고함을 질렀다.

"이런! 너무 급박하여 실례를 했소. 지금 객점 주변으로 포위망이 펼쳐졌소. 아마도 비천용문의 잔당들인 듯하니 속히 옷을 입고 대적할 준비를 하시오!"

설수범이 빠르게 말하고는 다시 옆방으로 신형을 옮겼다.

휘익!

설수범과 섭부생 형제들이 몸을 날려 객점 뒤쪽으로 이동하자 멀찍이서 포위망을 좁혀오던 인영들이 분주하게 움직이며 설수범과 섭부생 일행을 중심으로 포위망을 좁히기 시작했다.

　객점을 완전히 벗어나 다른 손님들에게 피해를 주지 않을 지점에서 설수범과 섭씨 형제들은 신형을 멈추었다. 그와 함께 수십 명의 흑의 사내들이 점점 더 포위망을 좁혀와 신형을 멈추었다.

　"이놈들이냐?"

　한 중년사내가 뒤를 돌아보며 확인했다.

　"그렇습니다."

　어제저녁까지 섭씨 남매를 추적하다 설수범에게 제압당해 물러났던 다섯 명의 사내들이었다.

　"그리고 저놈이 우리 다섯을 모두 제압할 만한 실력을 가진 놈입니다. 조심하셔야 합니다."

　다섯 사내 중 한 명이 설수범을 지목하며 싸늘한 표정을 지었다.

　그 표정에는 자신들에게 치욕스런 패배로 안겨주고 임무를 완수 못한 패자의 낙인을 찍어준 설수범에 대한 원한이 서려 있었다. 또한 자신들은 실패를 했지만 다른 사람의 힘을 빌어서라도 기필코 설수범을 처단하고야 말겠다는 결의가 엿보이기도 했다.

　"어제는 운이 좋아 살아 나갔다만은 오늘은 기필코 네놈들의 목을 가지고 가야겠다."

　다른 사내 하나도 비릿한 미소를 지으며 섭부생 형제들에게 나직이 으르릉거렸다.

　"은혜도 모르는 더러운 놈들!"

　섭씨 형제 중 셋째 섭부현이 이빨을 앙다물고 내뱉었다. 저들 다섯은 설수범의 손에 대항 한 번 못하고 죽을 수도 있었다. 풍기는 분위기와는 달리 살생을 삼가는 저 공자의 배려로 목숨을 구하고는 그 은혜도 모르고 하루 만에 원수로 갚으려 하는 것이다.

"긴말은 필요없다. 너희 다섯에게 다시 한 번 기회를 주겠다. 그러니 저 다섯 형제 놈들을 잡아라. 그리고 너희들은 혹시라도 도망가는 놈이 없도록 포위망을 펼쳐라."

중년인의 지시에 어제의 다섯 사내가 앞으로 나섰고 나머지 사내들도 뒤로 물러서며 포위망을 형성했다. 결국 포위망 속에는 섭씨 형제 다섯과 그들을 잡으려는 다섯 명, 그리고 설수범과 설수범을 대적하려는 듯 앞으로 나서는 중년인이 대치하게 되었다.

"애송이 놈이 우리 일을 방해했으니 돌아가는 것은 죽음뿐이다."

중년인이 소매를 걷어 올렸다. 그리고는 손가락을 구부려 갈퀴를 만들었다.

"조권!"

설수범의 눈빛에 서서히 혈광이 피어올랐다.

"감숙추가의 무공이냐?"

설수범이 유부에서 울리는 듯한 목소리로 질문했다.

"어린 놈이 방자하게……. 후후. 곧 죽을 놈에게 예를 따질 건 없지."

중년인이 한 발 더 다가섰다.

"감숙추가의 무공이냐고 물었다."

살기가 더 짙어진 설수범의 목소리에 다가서던 중년인이 흠칫 신형을 멈추었다. 하나 곧 안중에 두지 않겠다는 듯 흐릿한 미소를 배어 물었다.

"같은 뿌리라고 봐도 무방하겠지."

얼굴 가득 자부심을 담은 사내의 입꼬리가 말려 올라갔다.

"그것으로 네놈의 죽음은 결정되었다."

설수범이 인간의 감정이라고는 단 한 점도 묻어 있지 않은 목소리로 중얼거리고는 우뚝 한 걸음 다가섰다.

'으음!'

마치 만마(萬馬)가 다가오는 듯한 중압감에 흑의 중년인은 가슴이 철렁하며 자신도 모르게 신음성을 삼켰다.

'어린 놈의 살기에 놀라다니 한심하기 짝이 없는 노릇이로다.'

자신도 모르게 신음을 흘린 데 대한 수치심으로 흉심을 가득 머금은 중년인이 가득 공력을 끌어올리고 다가오는 설수범을 향해 팔을 휘둘렀다.

휘리릭—

환영을 뿌리며 중년인의 팔이 찰나지간 수십 개로 늘어났다.

중년인의 손가락이 다가오는 설수범의 목줄을 움켜쥐려는 찰나 설수범의 신형이 한 걸음 옆에서 번쩍하고 또 하나가 생겨났다. 그와 함께 중년인의 손은 먼저 있던 설수범을 치고 지나갔다.

"헉!"

옆에서 보는 사람이나 직접 공격을 하는 사람이나 이구동성으로 비명을 질렀다. 두 개의 신형 중 어느 것이 진짜이고 어느 것이 가짜인지 도저히 식별이 힘들었다.

휘익—

환영을 공격한 중년인이 얼른 손을 회수하여 새로 생긴 설수범의 신형을 향해 공격해 갔지만 지독한 살기를 뿜으며 중년인을 공격하는 것은 원래 있던 설수범의 신형이었다.

"크흑!"

어깨를 가격당한 중년인이 비명을 지르며 물러섰다.

설수범의 손바닥에 가격당한 중년인의 어깨에서 더운 김이 무럭무럭 피어올랐다. 그와 함께 살이 익는 노린내가 사방에 자욱했다.

"단 한 놈도 살려 보내지 않겠다."

유부에서나 들릴 듯한 목소리가 다시 들리며 설수범의 신형이 하나씩 더 늘어나며 인의 장벽을 세우고 있었다.

"참(斬)!"

여덟 개의 인영에서 똑같은 소리가 울리며 각각의 인영이 비천용문의 사내들을 공격하여 갔다.

"크흑!"

좌측의 한 사내가 피를 뿜으며 뒤로 튕겨져 날아갔다.

그것을 신호로 일방적인 살육이 이루어지기 시작했다.

실체인 듯 다가오는 환영에 대경하여 주위를 두리번거리는 순간 환영이라 여겼던 실체에서 뻗어 나오는 장력에 가슴이 격중당한 비천용문의 무사들이 제대로 비명도 지르지 못하고 심장이 새까맣게 타버렸다.

"크악!"

"으아악!"

공포에 질린 비명들이 이곳저곳에서 동시에 들려오며 흑의의 사내들이 추풍낙엽처럼 쓰러지기 시작했고, 귀신을 본 듯 공포에 질려 도망치던 사내들도 쏘아져 오는 장력에 격중당해 도망가는 속도가 배가되어 앞으로 날아가 땅바닥에 처박혔다.

"멸(滅)."

귀를 틀어막고 싶을 만큼 공포스런 음성과 함께 설수범의 신형이 하나로 합쳐지며 벌겋게 달아오른 손바닥이 좌우로 어지럽게 교차했다.

퍼퍼퍽!

수십 개의 막대기가 동시에 가죽 북을 두드리는 듯한 타격음이 들리며 남아 있던 흑의인들이 온몸 구석구석에서 피가 터져 나오며 무너져 내렸다.

"감숙추가의 무공과 같은 뿌리라고 했느냐?"

모두 처참한 시체가 되고 마지막 남은 중년인을 향해 설수범이 차가운 눈빛으로 다가왔다.

"으으!"

중년의 사내가 바지에 오줌을 저리며 주춤주춤 뒤로 물러섰다.

"말해리! 그 원뿌리는 어느 곳인지."

중년사내의 목을 잡은 설수범이 메마른 목소리로 사내에게 물었다.

"으으!"

의지를 상실한 사내가 머리 속이 비어버린 듯 신음만 내뱉을 뿐 아무런 말도 하지 못했다.

"끄윽! 끄윽!"

설수범의 손에 힘이 들어갔는지 중년사내의 목에서 듣기 거북한 탁음이 새어 나왔다.

"한 줌 실력도 제대로 갖추지 못한 허깨비인 주제에 천하에 적수가 없는 듯 가당치도 않는 자만의 표정을 지었더냐?"

손목에 조금 더 힘을 가한 설수범이 비릿하게 사내를 바라보았다.

"네놈은 감숙추가와 같은 뿌리의 무공을 익힌 것을 크나큰 자랑으로 여기고 있었던 모양이구나. 어디 그 잘난 손가락을 다시 한 번 휘둘러 보거라!"

우둑!

중년사내의 목이 힘없이 옆으로 떨어졌다.

털썩!

설수범의 손이 목에서 떨어지자 중년사내의 신형은 모래인형처럼 바닥에 허물어졌다.

"내 가문의 원수…… 내 어머니의 원수!"

스산하게 중얼거린 설수범이 잔뜩 끌어올렸던 기운을 거두고는 오들오들 떨고 있는 섭씨 형제들에게 눈길을 주었다.

"아, 악마……!"

섭부향이 이빨을 딱딱거리며 힘들게 뱉어냈다.

"난 나를 악마로 몰아가는 자들에게는 철저히 악마가 되겠지만 당신들에게까지 악마일 이유는 없소!"

씁쓸한 표정으로 섭씨 형제들에게서 눈을 돌린 설수범이 객점으로 걸음을 옮겼다.

◆ 제18장

하서회랑(河西回廊)에 부는 바람

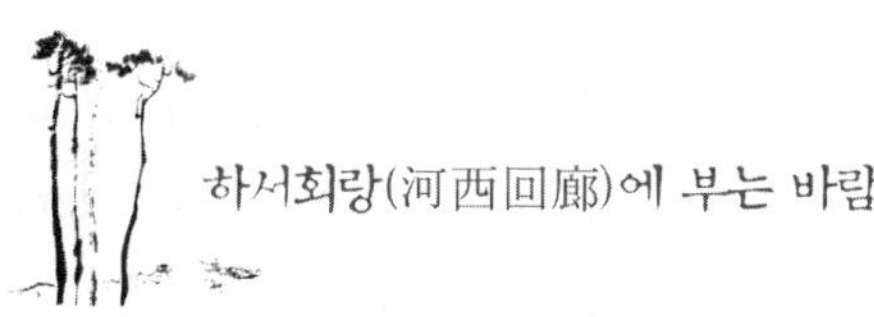

하서회랑(河西回廊)에 부는 바람

감숙성의 하서회랑(河西回廊)은 말 그대로 강 서쪽의 회랑, 즉 황하 서쪽의 긴 복도란 뜻으로 감숙주랑(甘肅走廊)이라고도 불리는, 동서로 복도처럼 길게 뻗어 있는 오아시스 지역을 말한다.

동서 길이는 이천오백 리가 넘고 그 남쪽 지역으로는 기련산맥(祁連山脈)을 접하고 북쪽으로는 합려산맥(合黎山脈)과 용수산맥(龍首山脈)을 접하며 돈황(敦煌), 옥문(玉門), 주천(酒泉), 장액(張掖), 무위(武威) 등의 오아시스 지역을 연결한다.

이 지역을 통해 서역으로 이어지는 비단길이 열렸고 또한 천산로(天山路)와 이어지는 서역 교통의 요충지였다.

하서회랑의 동쪽 끝 한 회족(回族) 마을의 족장 두요는 한 장의 서찰을 들고 고민에 빠졌다. 그 서찰은 자웅쌍살(雌雄雙殺)이란 자들에게서 전해져 온 것으로, 부드러운 어조와 군데군데 간곡한 표현으로 예의를 갖춰 쓴 편지였지만 그 내용은 자신들의 조직에 회족의 가입을 권유하는 내용이었다.

조상 대대로 척박한 땅에서 살아가지만 이제껏 누구의 강요에 의해서, 또는 누구의 부탁에 의해서라도 어떤 단체에 가입한 적이 없는 자신들이었다. 그런데 난데없이 정체도 모르는 단체에 가입하라는 말은 한마디로 지나가는 개 짖는 소리만큼의 가치도 없는 것이었다.

그러나 그 말을 개 짖는 소리로만 치부할 수도 없는 것이 자웅쌍살이란 이름을 주는 부담감 때문이었다.

자웅쌍살!

일남일녀의 살귀들이 그들이었다.

몇 달 전부터 그들의 이름은 척박한 땅 위에 모래먼지처럼 빠르게 퍼져 나갔다.

그들은 오아시스를 따라 동서로 길게 뿌리를 내리고 있는 많은 부족들 앞에 나타나 오늘 두요의 손에 들려진 것과 같은 내용의 서찰을 전했다.

오아시스를 중심으로 목축을 하며 살아온 그들은 서로 간의 배타성은 강한 반면 같은 부족 간의 결속력은 차돌처럼 단단하다. 그런 그들에게 있어서 생전 듣도 보도 못한 단체에 가입하라는 말은 성을 갈라는 말과 같았다. 그들은 당연히 반대하며 코웃음을 쳤다. 그러나 그들의 코웃음은 그리 오래 지속되지 못했다.

그것은 바로 며칠 뒤에 나타난 자웅쌍살이라는 두 젊은 남녀와 그들을 따르는 열 명의 젊은이들 때문이었다.

자웅쌍살이란 젊은이들 일행과 제일 먼저 인사를 나눈 부족은 자신도 일찍이 대면한 적이 있는 강맹한, 아니, 조금은 흉악한 힘을 지닌 부

족이었다. 어쩌면 오아시스 지역에서 그들의 부족이 제일 강했을 것이
다.

자웅쌍살이라는 자들도 그것을 알고 머리부터 칠 생각으로 그들을
제일 먼저 쳤을 것이다. 그들 부족에게는 본보기를 보이려는 생각이었
던지 불문곡직하고 강공을 펼쳐 부족 내의 제법 힘깨나 쓰는 젊은이들
은 거의 반병신으로 만들어놓았고 그들 중 뼈대가 굵어 절대로 굽히지
않을 것 같은 젊은이들은 그 뼈를 완전히 부러뜨리거나 끊어놓았다.

단 반 시진 만에 그 부족은 전투력과 노동력의 칠 할을 잃고 오아시
스 지역에서 가장 허약한 부족으로 전락하고 말았다. 소문은 삽시간에
퍼져 나갔고 그 소문만큼이나 빠르게 그들의 요구에 응하는 부족들이
늘어만 갔다.

개중에는 반항을 하며 대드는 부족도 있었지만 그들은 대부분 정보
에 어두운 부족이거나 그 우두머리가 균형 감각이 부족한 사람들이어
서 자웅쌍살이라는 남녀의 실력과 자신들의 실력을 객관적인 입장에서
비교하는 능력이 떨어졌다. 그래서 직접 그들의 칼에 몇 군데 살점을
떼이고 나서야 상실했던 균형 감각을 되찾고 그들 앞에 무릎을 꿇었다.
그리고 그들은 무릎을 꿇은 그 자세로 그들에게 충성은 아니더라도 언
젠가 그들이 다시 나타나 몇 가지 명령을 내리면 충실히 수행한다는
서약서를 썼다.

서약서 정도야 글자를 모르는 사람이 대부분이었으니 별 의미는 두
지 않았으나 그들 자웅쌍살 일행은 빈틈없게도 서약을 어기면 그들을
영원히 볼 수 없다는 말을 덧붙이며 그들 부족장이 제일 아끼는 자식
이나 부족의 젊은이 몇 명을 볼모로 데리고 갔다. 그제야 부랴부랴 글
을 아는 사람들을 불러 서약서의 내용을 읽어보랴, 서약서에 담긴 숨은

뜻을 파악하랴, 부산하게 움직였지만 내용은 별게 아니었다. 언젠가 이런 문양이 새겨진 서찰을 받으면 그 내용을 충실히 이행한다는 내용이었고 그 아래에는 자신들의 손도장과 자신들은 아직 한 번도 보지 못한 다리와 부리가 긴 이상한 새의 그림이 그려져 있었다.

그때부터 그 그림 속의 새는 그들의 공포가 되었으며 꿈에 나타날까 두려운 짐승이었다. 하지만 본 적이 없으니 꿈에서도 제대로 나타날 리 만무했다.

"어떻게 할까요?"

족장 두요 옆에서 한 중년사내가 염려스런 눈빛으로 질문했다.

"어떻게 했으면 좋겠나?"

두요가 반문했다.

"그들은 가장 강맹한 장족(藏族)을 반 시진도 되기 전에 초토화시킨 자들입니다. 장족의 토룬과 치치오란 젊은이가 익힌 흑월도법(黑月刀法)은 누구도 무시하지 못할 수준이었는데 각각 팔다리를 한 개씩 잃었다고 합니다. 우리 부족에서는 토룬과 치치오, 그들 둘을 당할 사람은 없을 것입니다. 그런데 그들을 병신으로 만든 자들이라면… 승산이 없습니다."

중년사내가 기어들어 가는 소리로 말을 맺었다.

"결국 그들의 요구를 받아들여야 한다는 얘기군!"

"죄송합니다."

중년사내가 고개를 들지 못했다.

"후후, 자네가 죄송할 것이 뭐 있겠나? 우리가 맞서기엔 그자들이 너무 강한 것이지, 약육강식의 이치는 고금을 통해 가장 확실한 생존의 법칙이 아니던가? 강자를 원망할 것도 약자를 비웃을 것도 없다네. 현재로썬 우리가 약자이니 먹힐 뿐이지."

두요의 눈빛이 강렬하게 빛냈다.

"하지만 말일세! 파이추와 오카민에게만은 그 약자의 굴레를 씌워주고 싶지는 않구먼. 자네가 데리고 중원으로 떠나게. 그리고 그곳에서 강자의 길을 걷게 하게. 그럼 난 이곳에서 개가 되어 기어다니는 한이 있더라도 웃을 수 있다네."

"족장님."

중년인의 눈이 불길로 일렁거렸다.

파이추와 오카민은 자신의 부족 내 가장 뛰어난 젊은이였다. 그들은 필시 자웅쌍살에 대항할 것이고 죽기 전에는 칼을 놓지 않을 것이다.

"하지만 아드님과 따님은?"

"둘 중에 하나는 인질이 되어 기련산으로 끌려가겠지."

두요의 목소리가 허허롭게 울려 퍼졌다.

"같이 데리고 가겠습니다."

"그들은 그렇게 멍청하지가 않다네. 인질의 가치가 있는 사람이 하나도 남아 있지 않다면 우리 부족을 모두 제거할 것이네. 그리고 내 자식 놈들은 백년을 약초 단지 속에 담가둔다 해도 파이추와 오카민만한 인물은 될 수 없네."

두요의 말을 듣는 중년인의 이빨이 굳게 다물려 턱까지 떨리고 있었다.

"언제라 그랬나, 그들이 온다는 날이?"

"사흘 후입니다."

"지금 즉시 떠나게. 최대한 은밀하고 신속히 떠나 중원으로 가서 강자로 살아가게 만들게. 그리고 되도록 이곳으로 오지 말게. 우린 이제

약자의 운명에 휘말리게 될 터, 이곳은 그들이 올 곳이 못 되네!"

두요가 굳게 입을 다물었다.

"후후! 그렇게 하지요. 족장님도 잊고 아비, 어미도 모두 잊고 한가락 하는 강자가 되어 약자들 위에 군림하며 떵떵거리고 살아보지요. 파이추와 오카민, 그리고 내 몸속에 흐르는 피가 그것을 용납하고 받아들인다면 말입니다."

중년인이 자조적인 웃음을 흘리며 밖으로 나가자 족장 두요가 무너져 내렸다.

"크흑! 내 아들아, 못난 아비를 용서하거라!"

"생각해 보셨소?"

정확히 사흘 후에 나타난 자웅쌍살과 그 뒤에 강시처럼 시립한 스무 명의 청년들이 회족 족장 두요를 보고 물었다.

"생각해 보아 당신들과 다른 뜻이 모아졌다면 들어줄 것이오?"

두요가 대꾸하자 자웅쌍살 중 젊은 사내가 비릿한 미소를 흘리며 천천히 고개를 가로저었다.

"그럼 생각해 보고 자시고 할 것이 없지 않겠소?"

"듣고 보니 그렇군요. 그럼 우리의 요구에 따르겠소?"

"따르지 않는다면 며칠 전에 쑥대밭을 만들어놓았던 부족의 마을처럼 우리 마을도 그렇게 하겠지?"

두요가 담담히 젊은 사내에게 말했다.

"틀림없이 그럴 것이오."

"낭패로군! 젊었을 적 혈기 같았으면 죽어도 못한다고 날뛰며 달려들겠지만 이젠 조금만 움직여도 뼈마디가 시린 늙은 몸이니 그럴 수도 없고, 그렇다고 내 생각만 하고 부족의 젊은이들 자존심을 무시할 수도 없는 노릇이니… 쯧쯧."

두요가 혀를 찼다.

"무슨 개수작인가요? 가부간의 결정만 하세요."

자웅쌍살 중 자살(雌殺)의 위치를 차지하고 있는 젊은 여자가 날카롭게 소리쳤다. 위로 치켜진 눈꼬리와 얇은 입술이 표독함을 그대로 나타내 주었다.

"내기를 하나 합시다. 내가 아무리 족장이지만 젊은 혈기들을 말 한마디로 누를 수는 없는 법이요. 당신들 명성은 익히 들었지만 젊은 사람들은 직접 겪어보지 않고는 잘 믿지 않는 성격상의 특징들이 있지요. 그러니 우리 부족에서 제일 강한 젊은이 다섯 명을 내보낼 테니 당신들이 상대해서 이기면 우린 두말 않고 당신들 말을 따르겠소. 대신 진다면 당신들도 아무 조건 없이 돌아가시오."

"그것참 현명한 방법이오."

웅살(雄殺)이 고개를 끄덕였다.

이런 상황에서는 칼을 들고 서로의 칼을 맞대보는 것이 백 마디 말보다 더 큰 의사 소통이 된다. 서로의 칼을 맞대고 서로의 실력을 확인한다면 그땐 큰 무리 없이 숙일 수도 있는 것이다.

그리고 내기라는 명분을 준다면 무조건적 복종보다는 훨씬 덜 치욕스런 일이다. 그런 면에서 이곳 족장은 무척이나 현명한 사람이라는 생각이 들었다.

곧 이어 다섯 명의 회족 젊은이들이 잡아먹을 듯한 눈빛을 하고 자웅쌍살 앞으로 걸어나왔다.

세 명은 사막 무인들이 즐겨 사용하는 초생달처럼 휘어진 만도(彎刀)

를 들었고, 한 명은 폭이 넓은 도, 그리고 나머지 한 명은 마부들이 휘
두르는 긴 채찍을 들고 있었다.

"어찌하시겠소? 두 사람 대 다섯 사람의 집단 대결로 하겠소, 아니
면……."

"그럴 필요 없어요! 당신들 다섯쯤은 나 혼자면 충분해요."

자살이 예기를 뿌리며 검을 들고 나왔다.

"괜찮겠나, 부대주(副隊主)? 아무리 그래도 사나운 사막 바람과 싸우
던 사내들이다."

웅살이 걱정을 했다.

"제 걱정은 말고 대주님 일이나 확실히 해요!"

자살이 가소롭다는 듯 다섯 사내들을 바라보았다.

자살의 눈빛을 받은 사내들은 잠시 난감한 표정을 지었다. 그들에게
여자란 애들이나 키우고 말똥이나 주워 모아 땔감을 구하는 존재들이
었는데 그런 여자가 칼을 들고 자신들을 상대하려 하니 기가 막힌 일
이었다. 그것도 여자 혼자서 자신들 다섯을 한꺼번에 상대하겠다
니…….

"그렇게 어이없어할 필요들은 없어. 날 이기면 내기에 이기는 것이
니 그걸로 모든 게 해결되는 것 아닌가? 그러니 최선을 다해보라구. 이
제껏 내가 겪은 바로는 사막에서 살아온 놈들의 뼈마디는 모래처럼 푸
석거리더라구."

자살의 도발에 난감한 표정을 짓던 다섯 사내의 눈빛이 서서히 독기
를 품어갔다.

"건방진 계집!"

만도를 든 사내가 먼저 앞으로 나섰다.

씨잉!

자살의 목을 단번에 날리겠다는 듯 만도가 강맹하게 떨어져 내렸다.

"흥!"

자살이 슬쩍 신형을 틀며 사내의 칼을 옆으로 흘리고는 사내의 옆구리로 자신의 칼을 쑤셔 넣었다.

"차!"

청년이 만도의 방향을 급히 변화시켜 자살의 칼을 처 내렸다.

자살이 그럴 줄 알았다는 듯 사뿐 퇴로를 밟으며 어지럽게 검을 휘둘렀다.

슈슈슈!

자살의 검이 표홀하게 청년을 향해 날아들었고 청년의 만도가 허겁지겁 자살의 검을 막아갔지만 사막에서 마구잡이로 휘두르던 칼이 제대로 익힌 상승 검법의 검초를 다 막기에는 역부족이었다.

"으윽!"

청년의 팔목에 허연 뼈가 드러날 정도로 깊은 상처가 생기며 피분수가 튀어 올랐다.

"잔인한 계집!"

다른 네 명의 청년들도 눈에 불을 켜며 자살을 노려보았다.

방금 전 자살이 자신들 동료에게 입힌 상처는 다분히 고의적이었다. 그냥 칼등이나 검끝으로 상대를 찍는 것만으로도 충분히 승리를 확인할 수 있는 상황이었건만 자살은 굳이 칼을 쓰윽 잡아당겨 동료의 팔뚝에 큰 상처를 남겼다.

정말 사갈 같은 계집이라는 생각에 그들은 자신들도 모르게 살심을 품었다.

"귀찮다! 모두 한꺼번에 덤벼라."

자살은 짜증이 묻어나는 음성으로 남은 네 명의 사내들을 노려보았다.

"그 주둥이부터 찢어주겠다!"

말과 함께 한 청년의 채찍이 바람을 가르며 자살의 얼굴로 향해 날아들었다. 평소 같으면 여자를 선제공격한다는 일은, 그것도 얼굴을 공격한다는 일은 생각지도 못할 그들이지만 자살의 모든 행동들에서 느낀 지독한 분노는 이제껏 지켜왔던 그들 고유의 예법들을 깡그리 잊어버리게 했다.

휘익!

뱀의 혓바닥처럼 날름거리는 채찍이 간발의 차이로 자살의 얼굴을 비켜 나갔다.

"개자식!"

하마터면 얼굴에 상처를 남길 뻔한 자살이 얼굴에 독기를 피워 올리며 강맹하게 칼을 휘둘러 나갔다.

변방에서 가끔 나타나는 도적 떼, 부족 간의 큰 싸움에서나 칼을 휘두르던 사람들인 그들로서는 체계적이고 오랜 전통을 가진 중원의 검법을 당해내기란 역부족이었다.

채찍을 휘두르던 사내가 가볍고 어지러운 보법으로 품속으로 파고드는 자살을 보고 놀라 최대한 강하고 빠르게 채찍을 휘둘렀지만 채찍은 적당한 거리가 유지될 때만이 위력을 발휘하는 것이고 거리가 너무 가까워지면 오히려 짐이 되기 마련이었다.

파박!

살아 움직이던 채찍들이 싹둑 잘려 나가고 자살의 칼이 놀란 청년의 가슴으로 곧장 날아들었다.

휘익—

옆에서 보고만 있던 세 명의 청년 중 한 명이 동료의 죽음을 방관할 수 없었던지 칼을 휘둘러 자살을 제지했고, 자살은 찌르던 칼을 거두며 대신 자신을 공격하기 시작한 청년의 칼을 막아갔다.

그렇게 되자 자연스레 사 대 일의 싸움이 되었다. 여자 한 명을 상대로 자신들이 합공을 펼치는 것이 마음에 걸려 미적거리던 청년들도 상대하는 여자가 자신들 네 명이 동시에 상대하더라도 결코 쉽지 않을 상대임을 느끼고는 눈빛이 가라앉았다.

소문은 익히 들었지만 이렇게 직접 칼을 마주하다 보니 그들의 독랄함은 오히려 소문 이상이었다. 아까 채찍을 휘두르던 자신의 동료를 찔러가던 계집의 손속은 추호의 인정도 없었다. 자신들 중 한 명이 뛰어들어 가세하지 않았더라면 계집은 망설임없이 동료의 가슴에 칼을 꽂았을 것이다.

비무라는 형식을 취했지만 이건 절대로 비무가 아니었다.

이 계집은 자신들 다섯을 죽이거나 병신을 만들 참이었다. 그래서 애초에 따른 사람들의 기까지 모두 꺾어버릴 심산이었다.

"하앗!"

한 청년이 손에 든 칼에 힘을 주며 자살의 목을 쳐갔다.

"그렇게 힘을 주어서는 칼이 제대로 말을 듣지 않을걸."

자살이 비웃음을 흘리며 어지러운 검초를 펼쳤다.

휘리릭—

현란하고 표홀한 검무가 자살의 손에서 화려하게 펼쳐졌다.

선녀가 춤을 추는 듯한 움직임에 그녀의 독랄한 손속도 잊은 듯 사내들이 넋을 잃었다.

"그만 하시오!"

그녀의 칼이 넋을 잃고 대처할 바를 찾지 못한 사내들의 급소를 향해 이빨을 들이대려는 순간, 족장 두요가 한소리 외침으로 자살을 제지했다.

"됐소! 더 이상의 대결은 무의미하오. 내기는 당신들이 이겼소."

두요가 무심한 표정으로 패배를 자인하며 청년들에게 손짓을 하자 청년들이 입술을 씹으며 뒤로 물러났다. 도저히 인정하고 싶지 않았지만 그녀는 명백히 자신들의 상대가 아니었다.

"차오를 데려오너라."

"족장님!"

"크흑!"

두요의 말에 회족의 젊은이들이 분루를 흘렸다.

차오는 언젠가는 자신들의 다음 족장이 될 젊은이였다. 그러나 이젠 자웅쌍살이란 자들의 인질이 되어 살아올지도 모르는 험지로 떠나야 한다.

"아버지!"

스무 살을 넘지 않은 곱상하게 생긴 청년이 겁먹은 얼굴로 나타났다.

"이 사람들을 따라 떠나거라!"

"아, 아버지, 저는……."

청년의 눈빛에 절망이 어렸다.

"못난 놈, 썩 나서지 못할까!"

아들의 나약한 모습에 화가 치민 듯 족장 주요가 고함을 치자 청년이 움찔 시선을 내렸다.

"사막을 살아가는 인간들로 강하지 못하면 결국 모래바람 속에서 시체가 되고 만다. 떠나라! 언제 어느 곳에서 무얼 하든 강한 자가 되어라. 그것만이 내가 너에게 해줄 수 있는 말이다."

"그만 가자!"

웅살이 재촉하자 뒤에 서 있던 사내들이 청년의 팔을 끌고 서서히 마을을 벗어나기 시작했다.

"이걸로 일차 소임은 끝낸 것이지?"

마을이 보이지 않게 될 때쯤 자살이 웅살을 바라보며 물었다.

"그렇지. 더 이상은 인질을 잡고 복종을 강요할 만한 부족은 없으니."

웅살이 고개를 끄덕였다.

"아주 긴 길이었어. 그 길을 관통시켜 놓았으니 맹에서도 흡족해할 거야."

자살이 배시시 웃었다. 사적인 관계로 돌아오자 둘은 친구인 듯 허물없이 말하며 대했다.

"어서 서두르자!"

저 멀리서 모래바람이 이는 것을 보고 웅살이 걸음을 재촉했다.

며칠 뒤 자웅쌍살 일행은 좁은 칼날 같은 바위 계곡을 몇 개 돌아 바위가 병풍처럼 둘러싸인 계곡에 도착하자 이젠 큰바위가 앞을 가로막아 아예 길이 끊겨 있었다.

"휴우, 긴 여정이었다."

웅살이 한숨과 함께 말에서 내리자 뒤에 있던 사람들도 말에서 내리며 한시름 놓은 듯한 표정을 지었다.

인질로 끌려온 하서회랑의 한 회족 족장의 아들 차오는 그들의 행동을 이해할 수 없다는 듯 두 눈만 멀뚱히 뜨고 그들을 바라보았다. 아무리 보아도 막다른 바위 절벽이었고 더 이상의 전진은 불가능했는데 이들은 이곳에서 짐을 풀려 하고 있었다. 그러나 그 의문은 곧 풀렸다.

"흑기대주(黑旗隊主)다! 어서 문을 열어라!"

웅살이 바위벽을 향해 고함치자 절벽 꼭대기에서 활을 든 사내 두 명이 나타나 동태를 살핀 후 손을 흔들었다. 조금 후 앞을 막고 있던 바위문이 육중한 신음 소리를 내며 옆으로 밀려났다.

"아!"

바위 암벽에 작은 인공 통로가 열리고 그 아래로 넓은 공간이 펼쳐져 있었다. 공간의 한복판에는 기련산 높은 산꼭대기에서 만년설이 녹은 물이 흘러내려 제법 큰 호수를 이루고 그 옆으로는 요새를 방불케 하는 목조 건물들이 세워져 있었다.

"마음에 드나? 이제부터 네 거처가 될 곳이다. 네 하기에 따라 강자가 되어 많은 부하들을 호령할 수도 있다."

웅살의 말에 차오의 얼굴이 잠시 밝아졌다가 다시 어두워졌다.

"주작당주님께서 모셔오라는 분부십니다."

자웅쌍살 앞에 한 청년이 뛰어오며 말했다.

"주작당주님이? 무슨 일일까, 도착하자마자?"

웅살이 고개를 갸웃거리다 발길을 돌렸다.

"주작당주(朱雀堂主)님을 뵙습니다!"

자웅쌍살이 한 중년인 앞에서 깊숙이 고개를 숙였다.

“그래, 나갔던 일은 잘 끝마쳤나?”

냉막한 인상의 주작당주가 두 사람을 쏘아보았다.

마치 수백 개의 송곳이 망막을 찔러오는 듯한 눈빛에 자웅쌍살이 움찔 시선을 거두었다.

“백호당주(白虎堂主)에게서 연락이 왔다.”

주작당주가 짤막하게 말했다.

“백호당주라면?”

웅살의 눈이 빛을 말했다.

아직 한 번도 공식적으로 언급이 없었던 다른 한 당주의 명칭이 자신이 속한 주작당 당주의 입에서 거론된 것이다.

맹에는 네 개의 당이 있다.

사신수(四神獸)의 이름을 딴 청룡당, 백호당, 주작당, 현무당이 그것이었다.

그런데 이상한 것은 그 네 개의 당이 각각 별개의 세력으로 거의 교류가 없고 동떨어져 존재한다는 것이다. 그리고 자기가 속한 조직이 다른 조직에 대해서 아는 것조차 없었다. 당주가 누구인지, 어디에 있는지, 또 무엇을 하는지도……. 단지 네 명의 당주가 한곳에 모이면 대업이 완성된다라는 뜬구름 잡는 얘기만 수차례 들었을 뿐이었다.

네 명의 당주가 무슨 산이라도 떼오는 것이기에 그들이 모인다면 대업이 절로 완성된다는 말인가?

주작당에서 흑기대주의 직위를 맡고 있는 웅살은 항상 그것이 궁금하였지만 그것을 물어본다는 것은 분위기상 상상도 못할 일이었다. 그래서 그런 뜬구름 잡는 얘기들은 접어두고 자신이 맡은 바 소임을 열심히 해 나갔을 뿐이다.

“그런데 무슨 말씀이신지?”

흑기대주인 웅살은 주작당주를 향해 다시 질문했다.

“너에게 형이 있느냐?”

주작당주는 대답 대신 다시 질문만 던졌다.

“백호당주가 너에게 확인시키라고 보낸 것이다.”

주작당주가 한 장의 그림을 내밀었고 웅살이 고개를 갸웃거리며 그림을 펼쳐 들었다.

“이, 이건?”

놀라 고함을 질렀고 부대주 자살도 고개를 내밀다 깜짝 놀라 비명을 질렀다.

“크, 큰오빠야!”

“맞는 모양이군. 백호당주 말이 그림 속의 인물은 네 배다른 형이고 이름은 설수범이라 했다. 맞는가?”

“대체 이게 어찌 된 일인지……? 그리고 제 형이 백호당주님과 무슨 관계가 있기에……?”

설상일이 귀신에 홀린 듯한 표정으로 주작당주를 바라보았다.

“그건 네가 알 필요 없다. 너는 확인만 하면 되는 것이다.”

주작당주가 짤막하게 말하고는 설상일의 손에서 용모파기를 회수해 갔다.

“가보거라!”

인사를 하는 둥 마는 둥 처소로 돌아오는 설상일과 설상희는 망연한 표정으로 한동안 아무 말도 못하고 생각에 잠겨들었다.

돌이켜 보면 먼 길이었다. 할머니께서 돌아가시고 나서부터 집안이 이상하게 돌아갔다. 형과 누나가 갑자기 사라졌고 그 빈자리가 익숙해지기도 전에 외가댁 식구들의 방문이 빈번해지고 안면 가득 열기를 감추지 못한 아버님이 서두르며 외할아버지, 외삼촌과 함께 모종의 일을 꾸미는 것 같았다.

그리고 어느 날 맹이란 단체에 가입하였고 자신에게는 주작당의 흑기대주 직책이 내려졌다.

뭐가 어찌 돌아가는지는 모르겠지만 흑기대주란 자리는 이십 명의 고수 수준의 부하와 그들이 또한 각각 이십여 명의 부하를 거느리고 있었다. 결국 자신은 사백 명이 넘는 부하를 거느린 우두머리가 되었다. 그들의 생사여탈권은 물론, 그들을 부리는 데 조금의 불편도 없을 만큼의 은자 사용권이 주어졌다.

실로 눈이 번쩍 뜨이는 얘기였다. 그것만으로도 충분했으며 다른 것은 조금도 필요하지 않았지만 부친은 '네가 흑기대의 대주로 맡은 바 소임을 다하면 이 애비는 맹의 새로운 당인 개세당(開歲堂)의 당주가 된다. 그럼 우리 집안은 감숙제일가에서 중원제일가로 발돋움할 수 있는 것이다. 그러니 궁금한 점이 있더라도 그때까지는 모든 걸 접어두고 소임에만 충실해라' 라는 말로 흥분을 감추지 못했다.

그리고 '네 명의 당주가 한자리에 모이고 애비가 새로 생기는 나머지 한 개 당의 당주가 되어 대업을 완성시킬 날이 오면 자연히 궁금증은 풀릴 것이다' 라는 말도 덧붙이며 자신을 독려했다.

감숙제일가에서 중원제일가로 바뀌든, 대업이 완성되어 상전벽해(桑田碧海)가 되든 그런 것은 상관이 없었다. 이 정도면 더 이상 바랄 것이 없었다.

비록 그 후 몇 년 동안은 맹에서 전해진 무공을 수련하는 고통스런 나날이 있었지만 그 수련을 끝냈을 때는 또 다른 소득이 기다리고 있었다. 자신의 무공이 예전에 비해서 몇 배의 성취를 이룬 것이었다. 그야말로 꿩 먹고 알 먹고의 경우인지라 더 이상 아무것도 생각하지 않았지만 최근에 와서는 차츰 궁금증이 늘어났다.

맹의 정체, 맹의 목적, 그리고 맹의 전력 등등…….

그런데 정체를 알 수 없는 맹과 역시 정체를 알 수도 심지어는 존재 여부도 모르는 백호당주에게서 자신에게 확인시킨다고 형 설수범의 얼굴을 그린 그림을 보내 혼을 빼놓았다.

대체 맹의 정체는 무엇일까? 그리고 지금 무슨 일이 일어나고 있는 것일까? 또 형은 이들과 무슨 상관이 있어 자신으로서는 도저히 접촉도 불가능한 사람들이 관심을 가지는 것일까?

오랫동안 잊고 있던 얼굴이 떠올랐다.

냉정하고 빈틈없던 감숙설가의 장남이자 자신의 형인 설수범!

자신의 기억 속에 새겨진 형의 모습이었다.

그리고…….

그러고 보니 더 이상 떠오르는 것이 별로 없다.

이상한 일이다.

비록 이복형제였지만 네 살밖에 차이나지 않는 형이었다. 그런 형제지간이라면 서로 지겹도록 티격거리기도 하고, 또 부모님은 몰라도 자기들끼리는 다 아는 비밀도 있어야 했다.

그런데 형 설수범과는 조금도 그런 것이 없었다.

자신이 하나밖에 없는 형에 대해서 알고 있는 것이 무엇이던가?

얼굴과 이름, 나이, 성격 정도…….

그것밖에는 아는 것이 없었다.

이상하게도 형과는 헤어지기 전까지 대화조차 몇 번 나누지 않은 것 같았다. 까마득한 기억 속에서부터 그랬다.

뭔지 모르지만 형과는 벽이 있었다. 그 벽을 만드는 데 가장 큰 역할을 했던 사람은 자신의 어머니였다. 알게 모르게 어머니는 이복형제들과 되도록 어울리지 않게 했다. 물론 표나게 그런 것은 아니었다. 하지만 분명히 그런 쪽으로 유도했다.

형제 네 명이 같이 노는 모습을 볼 때면 어머니는 어김없이 상희와 자신의 손목을 거칠게 끌어 떼어놓았고, 남들의 이목이 있을 때는 적당한 이유를 대며 자연스럽게 떨어지게 만들었다.

어린 나이였지만 그런 것이 머리 속보다 몸에 익혀지게 되었다.

그래서 차츰 형과 누나와는 피치 못할 사정이 없는 한, 같이 놀아서는 안 된다고 몸이 먼저 반응하게 되었다. 그래도 누나 설수연과는 그런 것이 잘 되지 않았다.

어머니가 보지 않을 때는 오누이로 돌아가 떼를 써서 뭔가를 얻어내기도 하고 잘못을 눈감아달라고 따라다니며 조르다 꿀밤을 맞기도 했다. 물론 어머니가 볼 때는 순식간에 그런 표정을 지워 버렸지만…….

그런데 형 설수범은?

누나 설수연과는 무언가 달랐다.

아무리 어머니가 자신들 사이에 그런 벽을 만들어놓는다고 하더라도 자신들 스스로가 만들어놓은 벽이 없는 한, 어머니의 시선이 사라지는 순간 그들 사이에 막혀 있던 벽 역시 사라지는 것이다. 그런데 형 설수범과 자신들은 어머니의 시선이 사라진 후에도 그 벽이 여전히 남아 있었다.

그렇다면?

그 벽은 형 설수범이 만든 벽이었다.

자신들은 누나 설수연에게처럼 스스로는 벽을 만들지 않았다. 어린 나이에 그런 벽을 만들 줄도 몰랐다.

그런데 형은 그 벽을 만들고 있었던 것이다. 그리고 그 벽 너머에서 자신의 일을 했고 자신의 세계를 만들었다. 때문에 형에 대해선 별로 아는 것이 없다. 굳이 따진다면 남들이라도 알 수 있는 피상적인 것들뿐……

반쪽이지만 피를 나눈 형제이기에 남들보다 더 많이 알아야 하는 그런 것들은 조금도 알 수 없다.

'형은 무엇 때문에 스스로도 그런 벽을 쌓고 지낸 것일까?

이상한 일이있다.

그것은 형이 자신들에게 왜 그런 벽을 쌓아놓았는지보다는 그런 것들을 이제야 곰곰이 생각해 보는 자신에 대한 이상한 궁금증이었다.

그동안 다른 것들을 생각해 볼 겨를도 없이 바빴던 것은 사실이다. 그렇게 앞만 보며 뛰어왔고 뒤돌아볼 겨를도 없었다. 그러나 하나뿐인 형에 대한 생각을 다른 사람을 통해서 하게 되다니?

왜 형과 누나가 비슷한 시기에 집을 떠났고 지금은 어디서 무엇을 할까 하는 생각들을 해보지 않은 것은 아니었다. 단 한 번뿐이었지만 형과 누나가 집을 떠난 후 어머니에게 어찌 된 일인지 물어본 적이 있었다.

"그 천하고 하찮은 것들 생각은 지금부터 잊어라. 그 두 연놈은 언젠가 떠날 것들이었다. 내 손으로 직접 목을 분지르지 못한 것이 한이다."

겉으로는 두 사람을 찾느라 아버지와 함께 온 집안 식구들을 풀고 소란을 떨었지만 자신에게 한 어머니의 말은 분명히 그랬다.

그때 어머니의 광기 어린 눈빛과 살기가 철철 넘치는 목소리……!

두 번 다시는 생각하고 싶지도 않은 모습이었다.

분노, 살기, 광기… 그리고… 두려움!

두려움이었다.

광기 어린 분노 뒤에 어쩔 수 없이 새어 나오는 이질적인 표정 하나
는 두려움이었다. 어머니는 뭔가에 지독한 두려움을 느끼고 있었다.
형과 누나가 집을 떠난 것이 왜 그런 두려움을 주었는지 아직도 의문
이 남는다.

두 번 다시 떠올리기 싫었던 어머니의 그때 모습…….

그 모습이 그와 관련된 다른 기억들까지 한꺼번에 억누르고 있었던
모양이다. 형과 누나의 모습을 떠올리면 자연히 그때 그 어머니의 모
습을 떠올리게 될 것이고 그 모습을 떠올리기 싫은 잠재의식 때문에
형과 누나의 모습도 같이 떠올리지 않은 모양이었다.

그 일이 있은 후 어머니는 쫓기듯이 서두르기 시작했다.

아버지와 뭔가를 밤새도록 의논하기도 하고, 분주히 외가에 연락을
하여 외가 식구들을 불러들였다. 그리고 자신과 동생 상희를 이곳으로
보냈다. 마치 큰 전란을 예고하고 피신을 시키듯이…….

그때 자신은 뭔가 무서운 일이 자기 집안에 일어날 것 같은 느낌을
받았지만 지금껏 설가는 아무런 일이 일어나지 않았다. 오히려 외가인
감숙추가와 힘을 합쳐 감숙에 새로운 문파 하나를 세우려 하고 있다
들었다.

감숙제일가인 감숙설가와 역시 무림백대고수 안에 드는 외조부가
계신 감숙추가가 합쳐 단일 문파를 건설한다면 중원 어느 가문에 밀리

지 않는 힘을 가질 것이다. 이미 부러울 것 없는 일가를 이룬 두 집안이 굳이 힘을 합칠 이유는 알 수 없었지만 그건 집안 어른들끼리의 일이었다.

그런 먼 곳의 일들보다는 당장 자신 앞에 놓인 일이 더 급했다.

흑기대를 자신의 수하로 거둬들이고 흑기대주의 자리를 차고 앉았지만 스무 명의 조장들은 자신보다 강했다. 그것이 더 급한 일이었다.

고생스런 수련 끝에 이젠 진정한 흑기대의 주인이 되었고 맡은 일을 어김없이 해 나가며 겨우 숨을 돌릴 만하자마자 고막을 때리는 이름 하나…….

설수범!

무슨 일들이 일어나고 있는지, 그리고 설수범이란 이름이 그 일들에 어떤 연관이 있는지는 알지 못하지만 절대로 예사로운 비중을 차지하는 것은 아닐 것이다.

도대체 형은 지금 어디서 무슨 일을 하고 있을까?

설상일의 얼굴에 서서히 웃음이 번져 나갔다.

"큭큭! 크하하하!"

"깜짝 놀랐잖아!"

설상희도 한참 동안이나 무슨 생각에 잠겼다가 설상일의 웃음소리에 깜짝 놀라며 상념에서 깨어났다.

"왜 그러는 거야?"

설상희가 이맛살을 찌푸리며 설상일을 흘겨보았다.

"까마득히 잊고 있었던 형의 이름을 이곳에서 듣게 될 줄이야! 그리고 그 이름 속에 가려진 흑막의 정체는 또 무엇일까? 정말 재미있을 것 같아. 그렇지 않니? 후후!"

"뭐가 어떻게 돼가는지 모르겠어, 나도. 이제까지는 아무 말 않고 지냈지만 갑작스레 일어난 우리 집안의 변화가 너무 이상했어. 큰오빠와 언니의 실종, 그리고 우리가 이곳으로 오게 된 일……. 어머니는 언젠가 알 일이니 그때까진 시키는 대로 하라고 하셨지만 이젠 우리도 다 컸는데……."

설상희가 고개를 흔들었다.

"서서히 장막이 걷혀지겠지. 기다리면 자연히 닥쳐올 일이야."

설상일이 계속해서 히죽거리며 말했다.

"속도 편하네, 오빠는……."

설상희가 샐쭉해졌다.

"안 그럼 무슨 수라도 있는 것이라더냐? 무슨 풀이 자라나서 무슨 꽃이 필지는 비가 와봐야 알 일이지."

설상일이 사막의 꽃들을 비유하며 답했다.

몇 달간, 때로는 몇 년간을 땅속에서 숨죽이고 기다리다 비가 오면 순식간에 자라나 꽃을 피우는 사막의 꽃들과 이번 일이 흡사하다는 생각이 들었다.

"사막 사람 다 됐네, 정말."

설상희가 피식 웃으며 말했다.

"그런데 큰오빠 말이야……."

설상희가 다시 조심스럽게 말문을 열었다.

"응, 왜?"

설상일의 대꾸가 바로 이어졌지만 설상희는 뜸을 들이며 말을 아꼈다.

"무슨 말인데 그래?"

설상일이 걸음을 멈추고 물었다.

"지금 생각해 보니 무서운 사람이었다는 생각이 들어."

설상희가 조심스럽게 말했다.

'이 녀석이?'

설상일은 동생의 얼굴에서 언젠가 어머니의 얼굴에서 본 것과 흡사한 두려움이 어리는 것을 보고 흠칫 표정을 굳혔다.

"무슨 소리야, 그건?"

"아냐, 그냥 해본 소리야."

설상희가 고개를 흔들며 급히 걸음을 옮겼고 설상일이 멍하니 그런 동생의 뒷모습만 바라보고 있었다.

사천당가(四川唐家)의 추적

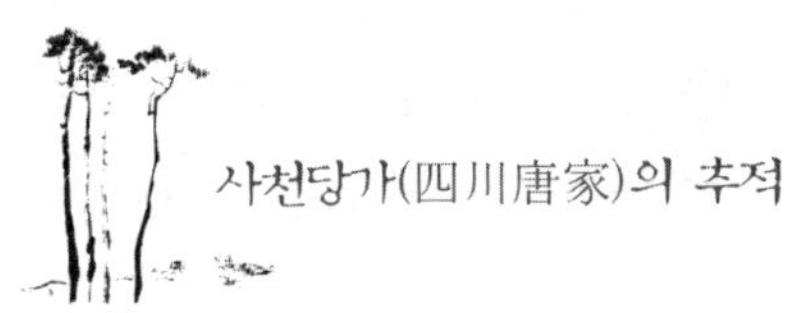

사천당가(四川唐家)의 추적

"문제는 자금이군."

사해표국주 진상곤이 씁쓸한 표정으로 입맛을 다셨다.

자운엽의 활약으로 더 이상 보이지 않는 위험이 없어지게 되자 사해표국을 다시 일으켜 세우려고 계획을 세워보았지만 가로막힌 문제들이 너무 많았다. 예전의 십 분지 일 정도라도 표국의 모습을 갖추려면 표사도 좀 더 뽑고, 그동안 표물을 맡겼던 세가들에게도 찾아다니며 인사를 해야 했다. 그러려면 무엇보다도 돈이 필요했는데 그것이 부족한 것이다.

얼마 정도는 이곳저곳에서 융통을 한다 해도 표국 사업이 어느 정도 궤도에 오를 때까지는 그야말로 밑 빠진 독에 물 붓듯 돈이 들게 될 것이다.

진상곤은 그동안 거래했던 전장들을 떠올려 보았다. 그러나 그곳들은 철저한 상계의 법칙이 적용되는 곳으로 현재의 신용으로는 더 이상 돈을 차용하기란 불가능했다.

"저희들 사정도 뻔한지라 도울 수 없는 것이 안타깝군요, 백부님."

송여주가 안타까운 눈빛으로 진상곤을 바라보았다. 지난 몇 년 동안 처절한 정도로 겪어보았던 고통이었기에 누구보다 지금 진상곤의 심정을 잘 안다.

"아니다. 여주, 너까지 걱정할 건 없다. 너희들로 인해 더 이상 어둠 속에서 우리를 위협하던 무리들이 없는 것으로도 우리는 갚을 수 없는 은혜를 입는 것이야. 그러니 너는 아무 신경 쓰지 말고 푹 쉬며 낙양 구경이라도 좀 하고 오너라. 조만간 무슨 좋은 수가 있을 것이야. 하하하!"

진상곤이 동병상련의 정을 느껴 걱정하고 있는 송여주를 보고 걱정 말라는 듯 너털웃음을 지었다.

"백부님……."

진상곤의 웃음소리가 공허하게 들려옴을 느낀 송여주가 안쓰런 표정으로 입술을 깨물었다.

"금성표국 앞으로 차용 증서를 써주실 수 있겠는지요?"

묵묵히 찻잔을 기울이며 두 표국주들의 대화를 듣고 있던 자운엽이 불쑥 한마디 내뱉자 탁자에 둘러앉아 있던 여러 사람들의 눈이 자운엽에게 고정되었다.

차용 증서를 쓰라는 건 돈을 빌려주겠다는 말인데 그것은 일개 표사의 입에서 나올 수 있는 말이 아니었다. 하지만 이제껏 겪어본 바로 저 청년은 단순한 표사가 아니었다. 자신이 아는 한 잠룡 중의 잠룡이었기에 진상곤을 정색을 하고 자운엽을 쳐다보았다.

“무슨 말인가, 자 공자? 차용 증서라면……?”

“황금 일 만냥을 빌려 드리겠습니다. 그러니 진국주님께서 우리 국주님께 차용 증서와 함께 낙양 제일전장의 이자율과 똑같은 이자를 계산해 주십시오.”

자운엽이 품속에서 전표 한 장을 끄집어내어 탁자 위에 올려놓았다. 호남성의 어느 이름 높은 전장에서 발행한 전표로 지금 당장에라도 현금으로 교환 가능한 신용을 가진 전표였다.

“이, 이렇게 많은 돈을 자네가 어떻게……?”

전표를 든 사해표국주 진상곤의 손끝이 떨리고 있었다. 이 정도 황금이라면 당장 예전의 모습으로 사해표국을 변모시킬 수 있는 것이다.

“셋째 아드님을 납치해 간 놈들에게서 뺏은 것이지요. 그놈들은 모두 저승으로 갔으니 별 필요가 없을 겁니다. 그러니 산 사람들이 요긴하게 써야지요.”

자운엽이 대수롭지 않다는 듯 씨익 미소를 지었다.

“저런 날강도 같은 놈! 그새 그걸 뺏어온 것이냐?”

“세상에……!”

엄한필과 서교영이 한마디씩 하며 혀를 내둘렀고 진상곤 역시 놀란 입을 다물지 못했다.

셋째 아들 진유택을 인질로 놈들은 사해표국의 기반을 모두 인수하기로 하였으니 당연히 인수 대금은 가져왔을 것이다. 웬일인지 놈들은 표국의 인수는 정확히 대금을 치르고 지극히 합법적인 방법으로 하길 원했다.

물론 중간 과정에서 보이지 않는 실력 행사를 무수히 했었다지만 그것은 말 그대로 보이지 않는 곳에서 일어난 일이었다. 그런데 저 청년은 그 보이지 않던 놈들을 깨끗이 해치우고 그 와중에 챙길 것은 모두 챙겨온 모양이다.

"저놈 머리 속에는 대체 무엇이 들어 있는지!"

엄한필이 헛바람을 내쉬었다.

"그 돈을 정말 우리 표국에 빌려주겠단 말인가, 공자?"

진상곤이 활활 타오르는 눈빛으로 자운엽을 바라보았다.

"차용 증서와 담보물을 확실히 기재하신다면 빌려 드리겠습니다. 물론 정확한 이자까지……."

"여부가 있나! 사업을 하는 사람들에겐 그건 기본인 것을."

진상곤이 서둘러 시필묵과 인장을 가져오라 고함을 질렀고 진상곤의 아들 딸들이 너나할 것 없이 우르르 몰려가 지필묵과 인장을 가져왔다. 그들 역시 눈앞에 그려지는 사해표국의 재건에 한없이 흥분하며 가만히 서 있을 수가 없는 것이다.

"그럼 어서 작성하도록 하겠네. 자네 이름 자가……?"

진상곤이 자운엽의 정확한 이름을 물었다.

"아까 말씀드렸을 텐테요… 차용 증서는 우리 국주님 앞으로 작성해 드리라고?"

"그게 무슨 말인가? 이건 이제 자네 것이 아니던가?"

"그건 공차표행을 마친 후 금성표국을 재건하기 위한 자금입니다. 그러니 우리 국주님 앞으로 차용 증서를 써주십시오."

"자 공자, 그건!"

송여주도 망연한 얼굴로 무슨 말을 하려 나서자 엄한필이 송여주를 제지했다.

"점차 사람답게 변해가는 중이니 그냥 지켜봅시다. 저런 놈에겐 그

깟 황금 일만 냥짜리 전표쯤이야 하루에도 몇 장씩 건질 수 있는 종이 쪽지일 것이오."

"그래요, 언니. 저 인간 마음 변하기 전에 어서 하나라도 더 챙겨요. 너 설마 두 장 뺏어서 한 장만 내놓은 건 아니지?"

"아쉽게도. 한 장뿐이었어."

서교영이 뱁새눈으로 자운엽을 째려보자 자운엽이 입맛을 다시며 손을 벌려 보였다.

"어서 언니 이름으로 차용 증서를 써주세요, 국주님. 그리고 한 달 이자는 먼저 좀 주세요. 그 돈으로 우린 낙양 구경 좀 해야겠어요."

북 치고 장구 치는 표사들 앞에서 양대 표국의 국주들은 멍하니 넋을 놓고 있다가 서교영의 재촉에 사해표국주 진상곤이 붓을 들었다.

"허허! 이런 일이……!"

진상곤은 차용 증서를 작성하면서도 몇 번이나 전표와 금성표국 세 명의 표사들을 쳐다보았다. 저런 표사들 셋이 지키고 있는 이상 금성 표국의 앞날은 불을 보듯 뻔하다.

"후후! 일산 의제(義弟), 자네 이제 아무 걱정 안 해도 되겠네그려."

진상곤이 잠시 허공을 쳐다보다 다시 붓을 놀리며 미소를 지었다.

"자, 여기 차용 증서일세. 확인해 보게."

차용증을 다 적은 진상곤이 자운엽에게 내밀었고 자운엽이 꼼꼼히 확인한 후 다시 송여주에게 내밀었다.

"그리고 이건 한 달 이자일세. 낙양 최고전장 이자율로 계산한 것이 니 섭섭지 않을 걸세."

진상곤이 이번에는 반대로 자신이 전표 한 장을 내밀었지만 전표가 자운엽의 손에 닿기도 전에 서교영이 먼저 낚아챘다.

"돈 관리는 여자가 해야 안전한 거야."

서교영이 군침을 흘리며 낚아챈 전표를 이리저리 돌려보았다.

"고양이에게 생선 가게를 맡기는 기분이군."

엄한필이 걱정스런 표정으로 중얼거렸다.

"어딜 그렇게 힐끔거리는 거야?"

자운엽에게는 누님 소리 듣기를 포기했지만 송여훈에게는 꼬박꼬박 누님 소리를 듣고 있는 서교영이 뾰족한 소리를 치르며 송여훈을 쏘아보았다.

서교영이 몽매에도 그리던 낙양 구경을 나온 금성표국 일행들은 주루에 앉아 음식을 시키고 음식이 나오기를 기다리는 동안 송여훈은 자신도 모르게 눈을 돌려 주루에 앉은 여인들을 쳐다보았다.

낙양 한복판에 있는 주루인지라 그 규모와 내부 장식도 화려했지만 그보다도 입추의 여지없이 들어찬 손님들 중에 빼어난 미모를 지닌 뭇 아가씨들의 차림새는 낙양루보다 더 화려했다. 자연 혈기 왕성한 나이의 송여훈이 눈길을 돌려 화려한 소녀들을 쳐다보자 서교영이 도끼눈을 하고 그를 째려보았다.

"으험!"

송여훈이 헛기침을 하며 얼른 눈을 돌렸다.

"팽가삼화(彭家三花)!"

송여훈과 마찬가지로 주루 이곳저곳을 힐끔거리던 엄한필의 눈이 이채를 띠며 한곳에 고정되었고 이번에는 송여주의 눈빛에 서서히 독이 오르기 시작했다. 그대로 두었다간 무슨 평지풍파가 일어날지 모르겠다고 생각한 서교영이 탁자 아래에서 발을 들어 슬쩍 엄한필의 정강이를 걷어챘다.

"사매, 왜?"

엄한필이 눈을 돌려 서교영을 바라보았고 서교영이 슬며시 옆에 있는 송여주에게 눈길을 주었다.

'이크!'

서교영의 눈길을 따라 송여주를 쳐다본 엄한필이 사태를 파악하고는 얼른 애교스런 웃음을 지었다.

"오해하지 마시오, 안면이 있는 사람이기에……."

"안면이 있다니요? 저기 있는 세 명의 아가씨들과 안면이 있단 말인가요?"

여전히 표독스런 안색을 지우지 않은 송여주도 흘깃 세 명의 아가씨들을 다시 한 번 쳐다보았다.

등에는 각각 한 자루 칼을 멘 세 명의 아가씨들은 열예닐곱 정도로 보이는 나이에 그야말로 꽃이 무색하다 할 만한 용모를 지니고 있었다. 세 명 모두 전체적으로 비슷한 분위기를 풍기면서도 뜯어보면 개성이 각각 뚜렷한 절세의 미녀들이었다.

"저들은 하북팽가(河北彭家)의 꽃인 팽가삼화라 부르지요. 각각 사촌들로 이렇게 셋이 한꺼번에 모여서 돌아다니는 일은 극히 드문데……."

엄한필이 고개를 갸웃거렸다.

"사촌들끼리 같이 다니는 게 뭐 그리 이상하다고 그래요?"

여전히 경계심을 풀지 않은 송여주가 저 아가씨들에 대한 엄한필의 관심이 미모 때문인지, 아니면 셋이 같이 다니는 데 대한 의문 때문인지 탐색하느라 눈빛을 빛냈다.

"저 소저들 셋이 한꺼번에 모인 곳에는 꼭 큰 싸움이 일어난다는 전례가 있었소. 대부분은 저 소저들의 용모를 탐낸 파락호들이 일으킨 소란이었고 그런 것쯤이야 자신들의 실력으로도 충분히 해결이 가능했으니 별 걱정 할 것은 없지만 몇 번은 그녀들 가문에서 대대적으로 사람을 보낼 만큼 큰 싸움이 일어났소. 그래서 가문에서도 그녀들 셋을 한꺼번에 묶어서 어딜 보내는 것은 자제하는 지경이 되었지요. 이거 영 예감이 좋지 않군."

엄한필이 으스스한 표정으로 서교영을 쳐다보자 그렇지 않아도 사람 많은 곳에서는 흑살의 무리들이 튀어나오지 않을까 걱정하던 서교영이 눈살을 찌푸렸다.

"우린 훨씬 더 치명적인 여자와 같이 다니는데 뭐가 걱정이야?"

묵묵히 찻잔을 기울이던 자운엽이 정곡을 찌르며 한마디 하자 서교영이 결국 폭발하였다.

"야! 이 호랑나비, 호랑말코야! 너도 그런 놈들에게 시도 때도 없이 공격당하며 하루 열두 시진을 신경 써봐. 그게 얼마나 피곤한지. 그런 사람을 보고 위로해 주지는 못할망정 뭐가 좋다고 히죽거리며 빈정거리는 거야?"

서교영의 고함에 일순 주루 안에 정적이 감돌았다가 다시 원래의 모습으로 되돌아갔다.

"영매! 제발 조심성있게 행동 좀 해. 무슨 여자 목소리가 그렇게 큰 거야?"

송여주가 핀잔을 주면서 두 눈 가득 웃음기를 지었다. 그래도 예전과 같이 살벌한 기세로 싸우지 않는 두 사람이었고 그것으로도 안심이 되었다.

"신경이 쓰이긴 했었나?"

자운엽이 다시 한 번 긁어대자 서교영이 양 주먹을 부르르 떨며 눈을 부라리다 제풀에 주저앉았다. 흑살 놈들이 아직 남아 있었고 그놈들을 모두 처치하려면 사형 엄한필보다 자운엽의 도움이 훨씬 더 필요한 것이다. 사형 엄한필은 눈앞에 보이는 적을 막는 데도 발군의 실력을 발휘했지만 자운엽처럼 귀신 곡할 방법으로 놈들을 찾아내고 유인하는 등의 술수에는 소질이 없었다. 이젠 그녀도 어느덧 자운엽을 더 믿음직하게 생각하는 것이다.

"앞으로 한마디만 더 긁어대면 음식 값 계산 안 하고 나가 버릴 거야!"

서교영이 지금 현재 자신이 가진 가장 우월한 무기로 협박을 했고 그제야 자운엽도 서교영의 눈길을 피했다.

"그런데 무슨 일이지, 이곳 낙양에는?"

엄한필이 다시 팽가삼화가 앉은 자리로 눈길을 보내며 중얼거렸다.

"무슨 일이 있는지 우리가 신경 쓸 건 없잖아요?"

송여주의 날카로운 목소리와 함께 음식이 날라져 왔고 머쓱한 엄한필이 얼른 젓가락으로 음식을 집어 입으로 넣었다.

"아이구, 이거! 팽가삼화께서 이곳에 어쩐 일이신가?"

온 낙양루가 쩌렁쩌렁 울리도록 큰 소리를 울리며 한 명의 젊은이가 들어섰고 점심을 들던 모든 사람들의 시선이 그 젊은이에게로 몰려졌다. 그것은 그 젊은이의 목소리가 큰 이유도 있었지만 팽가삼화란 말이 더욱 그들의 귀를 자극했기 때문이다.

그들 세 여인의 미모에 정신을 빼앗겼던 많은 사람들이 아하! 하고 고개를 끄덕이기도 하고, 그녀들에 얽힌 묘한 소문을 익히 알고 있던 사람들은 혹시 오늘도 이 자리에서 큰 싸움이 일어나지 않을까 호기심 반, 걱정 반인 눈빛으로 수군거리기 시작했다.

큰 소리로 자신들의 정체를 드러나게 하고 온 이목을 집중시킨 목소리에 이마를 찌푸리던 세 명의 여인들은 목소리의 주인공을 알아보고는 곧 환한 표정을 짓고 자리에서 일어섰다.

"위지(尉遲) 오라버니!"

급기야 삼화 중 한 명이 쪼르르 달려나가 그 청년의 팔을 잡고 깡총거렸다. 제일 어려 보이는 듯하였기에 제일 귀염성있어 보이는 소녀의 환대를 받은 청년의 얼굴에는 환한 미소가 어렸고 반면 지켜보는 다른 모든 사내들의 눈빛에는 부러움과 질시의 눈빛이 흘렀다.

"위지세가에서는 이번 남궁세가의 잔치에 아무도 못 오신다더니 어쩐 일이세요?"

"아무리 사정이 여의치 않아도 남궁세가의 잔치인데 안 갈 수가 있어야지. 그래서 내가 대표로 뒤늦게 출발했지."

팽가삼화와 합석을 하며 반갑게 인사를 나눈 사내가 삼화를 보며 말했고 세 명의 소녀들이 고개를 끄덕였다. 그때까지는 많은 시선들이 그들에게 못 박혀 있었고 소란도 그쳐 있어 그들의 이야기를 들을 수 있었지만 그 이후부터는 더 이상 그들의 얘기를 들을 수 없었다.

"남궁세가?"

엄한필이 계속 귀를 쫑긋 세우고 그들의 얘기를 들으려 하다 송여주의 독기 흐르는 눈빛을 대하고는 얼른 고개를 숙이고 음식을 들었다.

"눈치 챘나?"

음식을 먹던 엄한필이 어느 순간 그대로 고개를 숙인 채 자운엽을 보고 나직이 물었다. 자운엽도 그대로 고개를 숙인 채 보일 듯 말 듯 고개를 끄덕거렸다.

"모두 몇 명이야?"

"다섯."

두 사람의 대화가 거기까지 이어졌을 때, 서교영의 표정이 와락 구겨졌다. 이들의 대화는 틀림없이 은밀히 숨어 있는 사람들에 대한 얘기였고 그렇다면 자신을 노린 살수들인 것이다. 이젠 정말 지겨움과 함께 역정이 솟아올랐다. 음식을 들던 수저를 놓고 주위를 집중하자 이곳을 끊임없이 주시하는 다섯 줄기의 기운이 감지됐다.

"모른 척, 밖으로 유인하여 해치우기로 하지."

엄한필이 조용히 속삭이며 음식을 들던 수저를 놓고 밖으로 나가려는 듯 몸을 일으켰다.

"모두 죽인다!"

살수란 생각에 얼굴이 붉으락푸르락 경련을 일으키던 서교영이 발작적으로 칼을 뽑으며 식탁 위를 박차고 몸을 날렸다.

"안 돼, 사매!"

엄한필이 고함을 질렀지만 서교영의 신형은 벌써 한 여인에게로 덮쳐들고 있었다.

이런 복잡한 주루에서 칼싸움을 벌인다면 온 주루가 난장판이 되고 엉뚱한 피해자가 나오기 마련이기에 천천히 밖으로 유인할 생각이었는데 서교영이 천방지축으로 날뛰는 것이다.

휘익—

서교영의 쾌검이 섬전처럼 한 여인의 목으로 젖혀드는 순간, 여인의 양쪽 옆에 있던 네 명의 사내들이 급히 서교영에게로 몸을 날렸다.

“젠장!”

엄한필과 자운엽도 거의 동시에 몸을 날려 각각 두 명의 사내들을 향했다.

“아악!”

날아드는 서교영의 쾌검에 급히 탁자를 박차고 피했지만 어느새 왼쪽 어깨에 자상을 입은 여인이 비명을 지르며 바닥에 신형을 뒹굴어 재차 날아드는 서교영의 칼을 피했다. 그러나 악에 받친 서교영의 칼은 집요하게 그녀를 향해 공격을 계속했다.

휘잉—

순간 주루 한쪽에서 강맹한 장력 한줄기가 서교영의 등을 향해 날아들었다. 위험을 느낀 서교영이 칼을 주춤 멈추고 몸을 돌렸지만 그 장력을 완벽하게 피하기엔 몸이 너무 앞으로 치우쳐 있었다.

우웅…….

우측의 두 명을 찔러가던 자운엽이 급히 칼을 거두고 신형을 날리며 양팔을 동시에 내뻗었다. 우측 손으로는 서교영에게로 날아오는 장력을 막고 왼손으로는 몸을 반쯤 돌린 서교영의 어깨를 강하게 쳐냈다.

펑!

퍽!

자운엽의 장력과 서교영을 향해 날린 사내의 장력이 충돌하며 귀를 찢는 듯한 폭음이 울렸고 서교영 또한 자운엽의 왼손에 어깨를 가격당하고 자신이 공격하던 여인의 몸 위로 나뒹굴었다.

“멈춰! 살수들이 아니야!”

자신이 상대하던 두 명과 자운엽이 상대하려던 두 명의 사내들의 칼을 동시에 쳐내며 도를 휘두르던 엄한필이 고함을 질렀다.

엄한필의 무지막지한 고함에 주루 안의 모든 동작들이 일시 멈춘 듯
했다.

엄한필이 막고 섰던 네 명의 사내들도, 서교영과 밑에 나뒹군 여인
도, 주루 안의 손님들도…….

그 정적을 제일 먼저 깨뜨린 사람은 서교영이었다.

"실수가 아니라면 누구야, 너희들은?"

어깨에 자상을 입은 채 사색이 된 여인의 목에 칼을 댄 서교영이 잡
아먹을 듯 으르렁거렸다. 그러나 너무 갑작스런 상황에 정신을 차리지
못한 여인은 파랗게 질린 채 대답을 하지 못했다.

"누군데 계속 우리를 주시하는 거야?"

서교영이 여인의 목에 칼을 더 바짝 들이밀며 고함을 쳤다.

"우린 사천당가의 사람들이에요!"

서교영의 아래에 깔린 여자가 외치듯 말했다.

"크윽!"

"오라버니!"

여인의 외침 소리와 함께 자운엽과 일장을 마주친 후 벽까지 밀렸던
사내가 선혈을 한 모금 토하며 주르르 주저앉았고 팽가삼화가 비명을
지르며 사내를 부축했다.

서교영의 칼부림을 보고 반사적으로 장력을 날리다 자운엽과 충돌
한 사내는 좀 전에 큰 소리로 팽가삼화를 부르며 주루로 들어선 하북
위지세가의 장남 위지종현(尉遲宗鉉)이었다. 그는 갑작스런 서교영의
칼질에 한 여인의 목이 떨어지는 것을 막고자 장력을 날리다 뜻밖의
곤란을 겪게 되고 말았다.

"사천당문의 사람들이 왜 우리를 노린 것인가?"

엄한필이 여전히 네 명의 사내에게 칼을 겨누고 나직하게 쏘아붙였
다.

"우선 누님의 상처부터 치료하게 해주시오. 자초지종은 나중에 말하
겠소."

사내 중 하나가 초조한 표정으로 말하자 엄한필이 칼을 거두었고 서
교영도 내키지 않는 표정으로 제압하고 있던 여인을 일으켰다.

"아!"

상처를 손바닥으로 감싸 잡고 일어서던 여인이 자신의 허리춤에 간
직하고 있다 싸우는 와중에 바닥에 떨어진 듯한 암기 하나를 보고 상
처에서 흐르는 피도 잊은 채 황급히 그 암기를 주워 들어 품속에 갈무
리했다. 절대로 잊어버려서는 안 되는 보석을 불식간에 떨어뜨리고 얼
른 주워 드는 듯한 모습이었다.

짧은 순간 당가 여인이 주워 드는 암기를 본 자운엽의 눈빛이 번쩍
빛을 발했다.

눈 두 번 깜박일 시간보다 짧은 순간에 일어난 대폭발과 같은 상황
에 혼이 나갔던 사람들도 주춤주춤 자리에 앉았다. 다행히 소란에 비
해 다른 손님들의 피해는 없었고 송여주 남매의 사과와 젊은이들의 분
주한 움직임으로 주루는 곧 원래의 모습을 되찾을 수 있었다. 하지만
손님들의 눈빛은 모조리 자운엽과 당문 사람들이라 밝힌 다섯 명의 젊
은이, 그리고 팽가삼화의 탁자에 모여 있었다. 그들이 다시 한 번 격돌
한다면 이번에는 정말 몸을 날려서라도 밖으로 나갈 준비를 하는 듯했
다.

"우리를 미행한 이유가 무엇이오?"

자상을 입은 여인의 응급 치료가 끝나자 엄한필이 나서서 당가의 사

람들에게 질문을 던졌다.

"여러분들 입장에서 보면 당연히 그렇게 보였겠지만 실은 우린 다른 사람들을 기다린 것이에요. 어쨌든 죄송하군요."

어깨에 붕대를 감은 여인이 조용히 숨을 가다듬으며 말을 이어갔다. 상처가 가볍지 않아 고통이 심할 터인데도 내색하지 않고 침착하게 말하자 그 여인을 대하는 엄한필의 눈빛도 차분해졌다.

"무슨 얘긴지 알 수가 없군요!"

서교영이 여전히 날카로운 음성으로 말했다.

"여긴 긴 얘기를 하기엔 부적당하군요. 그러니 객실로 옮겼으면 합니다."

모든 눈들이 자신들에게로 고정된 것을 의식한 당가의 여인이 제의했고 엄한필도 고개를 끄덕이며 이층 객실로 자리를 옮기려 했다.

"잠깐만요!"

엄한필 일행과 당가 일행 다섯이 이층으로 자리를 옮기려 하자 팽가 삼화 중 한 명이 그들을 향해 소리를 쳤다.

"우리도 피해를 입은 당사자들이니 무슨 연유인지 알 권리는 있다고 봐요. 그리고 위지 오라버니 운기할 장소도 필요하고……."

"같이 갑시다."

자운엽이 그들의 제의를 받아들였고 곧 이어 그들 일남삼녀도 이층으로 자리를 옮겼다.

"그러니까 우리가 기다리던 사람은 흑살이에요."

서로의 간단한 소개가 있은 후 당가의 여인인 당유화(唐柳花)가 설명을 시작하자 서교영과 엄한필의 눈이 크게 뜨여졌다.

자신들은 혹시 어디서 튀어나올까 노심초사하는 자들을 이들은 오히려 기다리고 있다는 말이 도저히 이해가 되지 않았다. 흑살이란 이름만 들어도 이젠 눈이 뒤집히는 서교영은 다시 숨소리가 거칠어졌다.

"이유가 무엇이오?"

엄한필이 당유화에게 질문하며 서교영을 향해 눈을 엄하게 부릅떴다. 대책없는 서교영의 행동만 아니었으면 이런 일이 발생하지도 않았을 것이다. 이들이 흑살이 아닌 이상 섣부른 공격을 하지 않을 것이고 밖으로 유인해 조용한 곳에서 마주하여 미행의 이유를 물었다면 아무런 소란 없이 지금 이런 자리가 마련되었을 것이다. 하여간 저 골칫덩이 때문에 애꿎은 봉변을 당하는 건 자신과 자운엽이었다.

"우리가 그들을 기다린 것은 가문의 비밀이라 자세히 말씀드릴 순 없어요. 어쨌든 우리는 최근에 그들이 당신들을 노리고 있다는 것을 어렵게 알아냈어요."

"그래서 우리를 따라다니며 그들이 나타나기만을 기다렸다는 건가요?"

서교영도 당유화의 침착한 태도에 안정이 된 듯 많이 진정된 모습으로 말했다.

"그래요."

당유화가 고개를 끄덕거렸다.

"그럼 뭐야? 그놈들이 나타나서 우리하고 싸우고 누가 깨어지든 깨어지고 난 후에 당신들은 어부지리를 노릴 생각이었단 말인가요?"

서교영은 씩씩거리며 다시 언성을 높였다.

자신은 살수들의 표적이 되어 신경이 곤두서는 판에 뒤에서 그 장면을 노리는 인간들이 있다니 정말 기가 막혔다.

메뚜기인지 파리인지를 노리는 사마귀를 개구리가 노리고 있고 그 개구리는 뱀이 노리고, 뱀은 독수리, 독수리는 사냥꾼… 그런 우습지도 않은 얘기가 떠오른 서교영이었다.

"여러분들을 이용할 생각은 조금도 없었어요. 우린 단지 그들을 찾아야 할 절실한 이유가 있었고……. 그래서 방법을 강구하다 보니 당신들에게까지 줄이 닿게 된 것이에요."

"차라리 청부를 하나 부탁하지 그랬어요. 그럼 그들을 쉽게 만날 수 있을 텐데."

서교영이 비꼬듯 말했다.

"그 방법도 강구해 보지 않은 건 아니었지요. 그런데 흑살은 요즈음 청부를 전혀 받지 않고 행적이 묘연해요. 그건 소저 일행 때문이더군요."

당유화가 조심스럽게 말했고 그녀의 말이 틀린 것은 아니기에 서교영은 더 이상 토를 달지 않았다.

"그럼 그들을 만날 때까지 계속 우리를 따라다닐 건가요?"

송여주가 조용히 당유화를 바라보았다.

"우린 꼭 그들을 만나야 해요. 이유는 밝힐 수 없지만."

당유화의 눈빛과 꼭 다문 입술에 완강한 의지가 엿보였다.

차르르!

묵묵히 얘기를 듣고 있던 자운엽이 품속에서 연검을 꺼내어 바닥에 펼쳤다. 그리고는 두어 번 가볍게 흔들었다. 손목의 미세한 움직임에 따라 연검이 어지럽게 춤을 추었다.

"자, 자 공자?"

송여주가 얼른 당유화의 앞을 가로막으며 눈을 동그랗게 떴다.

"이걸 한번 봐주시겠소?"

자운엽이 무덤덤한 목소리로 연검을 당유화에게 내밀었고 당유화가
얼떨결에 연검을 받아 살펴보다 와락 당겨 이곳저곳 뚫어지게 관찰하
기 시작했다.

"이, 이건?"

"아까 당신이 넘어질 때 바닥에 떨어졌던 그 암기와 동일인이 만든
것이 분명한 것 같은데, 아니오?"

자운엽이 연검을 받아 들며 자신의 생각을 말했다.

"어떻게? 아니, 그 사람을 알고 있나요? 만날 수는 있을까요?"

당유화가 애절한 눈빛으로 자운엽을 바라보았다.

"나도 그 사람을 찾고 있는 중이오. 빚을 지고 있으니까."

자운엽이 연검을 품에 넣으며 말하자 당유화가 눈빛을 반짝이며 자
운엽을 쳐다보았다. 좀 전에는 자운엽이 내민 칼에 온통 정신이 팔려
딴생각을 하지 못했지만 칼을 내밀고 몇 마디 내뱉는 말을 미루어봐서
는 이 청년은 자신들의 의도나 목적을 이미 꿰뚫고 있는 것이다.

그 짧은 순간에 어떻게 그것이 가능할까? 당유화의 눈빛이 더욱 깊
어져 갔다.

"휴……."

당유화가 포기한 듯 한숨을 내쉬었다.

"저희들의 생각을 꿰뚫고 있는 분이 계시니 더 이상 숨기는 것은 무
의미하군요. 대신 약속을 해주세요. 오늘 제가 했던 말을 다른 사람들
에게는 말하지 않겠다는……. 이건 저희 가문의 비밀이기도 해요."

당유화의 말에 송여주 등이 고개를 끄덕거렸고 운기조식을 마치고
나온 위지종현과 호기심 어린 눈빛을 빛내던 팽가삼화도 같이 고개를

끄덕였다.

"저희 가문이 어떤 곳인지는 잘 알 것이에요. 그래서 다른 설명은 필요없을 것이니 바로 본문으로 들어가겠어요. 우리 가문은 오랜 세월 동안 완성하지 못한 암기가 있어요. 가문의 숙원이자 한(恨)이었죠. 그 것만 완성된다면……."

당유화가 입을 다물었다.

'그것만 완성된다면 우리 당가는 무림제일가로 부상할 수도 있을 텐 데' 하는 식의 내용일 것이다.

"그런데 최근 흑살이 뿌리는 암기에서 우린 그 가능성을 엿보았어 요. 그것들은 이제껏 우리가 생각지도 못한 간단명료하면서도 기발한 것이었어요. 그것을 만든 사람이라면 우리의 소원을 풀어줄 수도 있을 것이라는 결론을 내렸어요."

당유화가 얼굴을 붉히며 고개를 숙였다.

암기나 독의 제조, 사용에 있어서는 타의 추종을 불허하는 사천당가 에서 오히려 그 재능에 감탄하여 누군가를 애타게 찾아다닌다는 것은 정말 웃어야 할지 울어야 할지 모를 일이었다. 그리고 그 찾는 상대가 흑도의 무리인 살수 집단인 것은 더욱 머리 속을 복잡하게 했다. 그런 이유 때문에 말을 끝낸 당유화가 얼굴을 붉히며 고개를 숙인 것이다.

가문의 번영을 위해서라면 살수 무리라도 찾아다니는 세가의 뒷면 을 스스로 내보인 것이 곤혹스러운 일인 것이다.

"그 참, 대단한 사람인 모양이오. 그렇다면 만금을 아끼지 않고 찾아 야지요. 가문의 숙원을 푼다는 건 그리 쉬운 일이 아니며, 또 그런 노 력은 무엇보다 아름다운 것이지요."

위지종현이란 젊은이가 좀 전에 자신이 입은 내상은 까맣게 잊어버리기라도 한 듯이 곤혹스러워하는 당유화의 입장을 두둔하고 나섰다.

'유쾌한 사내로군!'

엄한필이 힐끔 위지종현을 보며 생각했다.

"그렇게 말씀해 주시니 저는 몸 둘 바를 모르겠군요."

당유화가 더욱 고개를 숙였다.

"아니오, 당 소저! 그런 처절한 노력이 없다면 어찌 중원세가의 자리에 오르겠소. 우리 위지세가나… 아니, 중원의 모든 세가들도 까뒤집어 놓고 보면 그런 노력을 안 한 곳은 한군데도 없을 것이오. 그렇지 않느냐, 삼화야?"

"오라버니!"

위지종현의 넋두리에 팽가삼화 중 한 명이 꽥하고 고함을 질렀고 찔끔 놀란 위지종현이 헛기침을 하고는 괜한 창밖을 보며 어슬렁거렸다.

"이제야 이해가 가는군요. 그러니까 당신들은 흑살이 쓰는 암기를 만드는 사람을 찾는다 그 말이군요?"

서교영도 이젠 완전히 상황 파악을 했다는 듯 의기양양하게 나섰지만 누구도 그녀를 칭찬해 주지는 않았다.

"그럼 앞으로 어떻게 할 건가요? 계속 우리를 따라다닐 건가요?"

"우리도 이젠 어떡할지 모르겠어요. 따라다니는 것도 탄로났으니 여러분들이 그건 용납 않겠지요?"

당유화가 난처한 표정으로 말꼬리를 흐렸다.

"당신들 마차 하나 구할 돈은 있겠지?"

서교영이 득의에 찬 표정을 지었다.

"무슨?"

"마차 하나 구할 돈 있으면 구해서 우리와 같이 다니는 게 어때? 그놈들 만나는 것이 가문의 숙원이면 그 정도는 충분히 할 용의가 있을 거 아냐? 그리고 당신은 나하고 키나 체격이 비슷하니 그놈들도 헷갈리면 나도 덕 좀 보고 좋지, 안 그래?"

서교영이 거침없이 내뱉자 엄한필과 송여주의 입이 다물어지지 않았다. 그리고 그 입은 당유화의 반응에 의해 더 커졌다.

"정말 그래도 되나요? 그럼 당장 마차 하나 구해올게요. 기철아! 어서 가서 마차 한 대 구해오너라, 어서!"

당유화가 외치듯 말하자 미처 말릴 새도 없이 네 명의 당가 젊은이들이 바람처럼 객실 문을 빠져나갔다.

"이젠 우리 얘기도 좀 합시다."

한참 입을 벌리고 서 있는 사람들의 의식을 일깨우며 위지종현이 자운엽을 쳐다보며 다가왔다.

"형장의 사문은 어디요?"

위지종현이 자운엽을 똑바로 쳐다보며 질문했다.

"미안하오."

"그렇군요."

위지종현이 고개를 끄덕거렸다.

"지금 하시는 일은?"

"금성표국 삼급표사요."

"삼급표사?"

"세상에!"

삼화가 이구동성으로 비명을 질렀다.

자신들이 아는 한 위지종현은 이제껏 누구에게 그렇게 쉽게 나가떨어질 수 없는 고수였다. 실력에서나 자질에서나…….

천성적으로 낙천적인 기질이 넘쳐 게을러 보이기도 하지만 그건 강자의 여유였다. 그렇게 여유로운 몸짓에서 뿜어져 나오는 장력은 누구든 함부로 마주할 수 없는 기운이 서려 있었다.

그런데 그 장력을 한 손으로는 자신의 동료를 밀쳐 내면서 다른 한 손으로 위지종현과 마주쳐 내상을 입힌 무공을 지닌 사람이 삼급표사라니 도저히 믿을 수 없는 일이다.

"세상 무섭게 변하는군!"

위지종현이 고개를 흔들었다.

"그런데 소저는 왜 득달같이 당 소저에게 달려들어 칼을 휘두른 것이오?"

위지종현은 어느 정도 짐작은 가지만 확실히 의문을 풀려는 듯 서교영에게 질문의 방향을 돌렸다.

"아, 내 사매는 지난 두어 달 동안 흑살의 습격을 열 번 가까이 받았소. 그래서 신경이 날카로워 미행을 하는 사람을 발견하니 다짜고짜 덤빈 것이오. 여러분들께 내가 대신 사과하겠소."

엄한필이 포권을 지었다.

"흑살……? 열 번……?"

"세상에!"

다시 삼화의 비명이 울렸다.

"흑살의 공격을 열 번이나 받고도 멀쩡히 살아 있는 사람이 있다니……."

"소저는 뭐 하는 분이시오? 설마 같은 삼급표사는 아니겠지요?"

"왜 아니겠어요?"

서교영이 짤막하게 답했다.

"세상이 어찌 되려고 이러나……."

위지종현이 천장을 쳐다보며 혀를 찼다.

"이젠 우리가 뭐 좀 물어봐도 되겠소?"

엄한필이 위지종현을 보고 다가앉았다.

"그래야 공평하지 않겠소?"

"남궁세가에는 왜 가는 것이오?"

"어허! 독심술을 익히셨소?"

위지종현이 두 눈을 크게 뜨고 팽가삼화를 쳐다보았다. 혹시 너희들이 쓸데없는 말들을 흘리지 않았냐고 묻는 듯…….

"아까 오라버니께서 큰 소리로 외쳤잖아요. 주루에 있는 사람들 모두 들었을 텐데 뭘 그러세요?"

막내인 듯한 소녀가 어이없는 표정으로 고함을 질렀다.

"그렇지? 설마 독심술까지 익혔을려구?"

위지종현이 안도의 한숨을 내쉬었다.

"현 남궁세가의 최고 어른이신 남궁선유(南宮旋柳) 대협의 팔순 생신 잔치가 얼마 후에 벌어진다오. 그래서 우리 위지가와 팽가에서도 참석하는 길이지요."

"그렇군요, 어쩐지 팽가삼화가 한자리에 모였다 했더니 남궁세가였군요."

엄한필이 수긍이 간다는 듯 고개를 끄덕였다.

남궁세가라면 이들 소저 셋이 가문의 만류를 무릅쓰더라도 따라나설 만한 곳이다. 언제 어떤 시기에도 중원 십대세가의 반열에서 벗어난 적이 없는 중원 최고 세가 중의 한곳이고, 현재 남궁가 젊은이들의 명성은 온 중원 여인들의 방심을 흔들게 만들고 있으니 팽가삼화라고 별수없을 것이다.

"그리고 그곳에서 모인 명숙들끼리 의논할 일들도 좀 있는 모양이더 군요."

위지종현이 한마디 덧붙이자 팽가삼화가 그것까지는 알지 못한 듯 호기심 어린 눈빛으로 위지종현을 쳐다보았다.

"무림맹이라도 소집하는 것이오?"

엄한필은 무림명숙들이 모인다는 말에 가장 상투적으로 어울리는 질문을 던졌다.

"하하! 무림맹이란 게 그리 가벼운 것은 아니지요. 마도나 흑도의 침략으로 인하여 백도무림의 안위가 풍전등화의 상황이라면 그럴 수 있겠지만 이번 일과는 상관없고… 혹시 저 멀리 감숙성에서 비천용문 이란 거대 문파가 창설되었다는 말을 들어본 적 있소?"

"감숙성, 비천용문?"

엄한필은 처음 듣는 얘기인지라 멍하니 위지종현의 입만 주시했다.

"그럴 것이오. 얼마 전 갑작스레 알려진 일이니까요. 감숙성은 변방 에 접한 먼 곳이라 자고로 중원무림과는 그리 큰 인연이 없었던 곳이 지요. 그런데 당대에 와서는 백학신군 설사덕 대협과 용조권의 대가인 비룡환영조(飛龍幻影爪) 추필영 대협 등 무림백대고수 안에 드는 사람 이 두 명이나 포함되어 있었지요. 그런데 그 두 가문이 세력을 합쳐 최 근에 비천용문이란 문파를 건립한다고 하오."

"감숙설가와 감수추가가 세력을 합쳤단 말이오?"

이제껏 아무 말 않고 앉아 있던 자운엽이 앞으로 나서며 소리를 질 렀다. 매사에 한 발 물러서 영민한 눈빛만 반짝거리던 청년의 돌발적 인 행동에 피아를 구분하지 않는 모든 사람들이 자운엽을 쳐다보았다.

"왜 그러시오? 형장이 아는 일이오?"

위지종현이 의미심장한 눈빛으로 자운엽을 쳐다보았다.

깊이를 알 수 없는 무공과 신비로운 듯한 분위기에 온통 관심을 집중하고 있던 팽가삼화도 눈빛을 반짝이며 자운엽을 바라보았다. 어쩌면 이 신비로운 청년의 정체를 알 수 있을지도 모르는 일이다.

"그것보다… 좀 더 자세히 말씀해 주시지요. 어떻게 그 두 세가가 합쳐졌고 각각으로도 부러울 것이 없는 그들이 왜 하나로 합쳐 또 다른 힘을 형성했는지 말이오?"

자운엽이 빠르게 말했다.

"핵심을 짚으시는군요. 중원무림에서도 가장 궁금해하는 점이 바로 그것이오. 형장의 말대로 그들은 감숙 제일, 제이의 가문으로 각각 떨어져 존재해도 크게 부러울 것이 없는 가문들이지요. 그런데 굳이 힘을 합쳐 제삼의 세력을 만든다는 것은 좀체 납득하기 힘든 일이오. 그리고… 어떤 식으로 합쳐졌는지는 별로 알려진 것이 없소. 얼마 전 갑자기 그렇게 선포했고 그때까지는 중원무림에서도 그 사실을 아는 곳이 거의 없었소. 물론 워낙 멀리 떨어진 곳의 일이니 그렇다 치더라도 너무 갑작스럽고 이상한 점이 많은 일이오. 그래서 이번 남궁가의 잔치에서 겸사겸사 그 일에 대한 논의가 있을 모양이오. 변방이란 곳은 평소엔 관심 밖에 두는 곳이지만 유사시에는 중원 한복판보다 훨씬 중요하고 위험한 곳이기도 하지요."

위지종현이 신중하게 결론을 내렸다.

"무슨 뜻인가요, 오라버니? 중요하고 위험한 곳이라니요?"

팽가삼화 중 가장 언니 격인 팽은설(彭銀雪)이 걱정스런 목소리로 물었다.

"서쪽 변방 청해성 쪽에는 뭐가 있지?"

"청해성이라면… 천마성, 천마성을 말하는 것인가요?"

팽유화가 의심 가득한 눈빛으로 반문했다.

"잘 아는군. 그럼 감숙 북동쪽을 살펴보면?"

"몽고족이 있군요."

"그렇지! 중원을 이백 년도 넘게 짓밟은 호전적인 민족들이지. 지금은 사막 밖으로 밀려났지만 그들은 언제나 풍요로운 중원 땅을 군침을 흘리며 바라보고 있는 존재들이지. 그럼 감숙을 넘어 청해 서쪽으로는 뭐가 있을까?"

위지종현이 으스스한 미소를 지었다. 그것은 마치 아이들에게 무서운 귀신 얘기를 해주며 공포 분위기를 조성하는 듯한 모습이었다. 그 모습에 팽가삼화의 눈이 더욱 동그랗게 떠졌다.

"서장 밀교가 있지. 삼화 같은 예쁜 아가씨들을 잡아가 산 채로 재물로 바치기도 하고 꼭두각시를 만들기 위해 온갖 주술을 걸고 생체 실험을 하기도 하지. 으으으!"

"까아악!"

위지종현이 으스스한 목소리로 몸을 떨며 갑자기 팽가삼화 쪽으로 손을 내밀자 팽가삼화가 비명을 지르며 뒤로 물러났다.

"하하하! 겁 많은 건 예나 지금이나 조금도 변함없군."

"뭐예요! 오라버니? 오라버니야말로 어른이 되어도 하나도 달라진 게 없어요. 아휴, 정말!"

깜짝 놀라 비명을 질러댔던 세 명의 소녀가 가슴을 쓸어 내리며 위지종현에게 눈을 흘겼다. 오래전부터 그런 장난에 익숙한 듯 위지종현이 짓궂은 웃음을 흘리며 세 소녀를 바라보았고 뒤로 넘어갈 듯 놀랐다가 제정신을 차린 소녀들은 잠시 더 소란을 피우다 결국은 까르르 교소를 터뜨렸다.

"그러니 이젠 변방이란 곳이 관심 밖이면서도 또 왜 중요하고 위험한 곳인지 알겠지?"

위지종현이 결론을 내렸다.

"그럼 감숙추가와 설가가 합쳐서 새로운 세력을 만든 것도 상당히 위험한 징조일지도 모르겠군요?"

팽가삼화 중 막내인 팽은리(彭銀璃)가 살짝 이마를 찌푸리며 위지종현을 쳐다보았다.

"그럴 수도, 아닐 수도……. 더 두고 보면 알게 되겠지."

위지종현이 묵묵히 답하며 자운엽을 향해 눈길을 주었다.

'흠!'

위지종현의 눈빛을 의식하지도 못하고 깊은 생각에 잠긴 채 미동도 않고 있는 자운엽의 모습에서 뭔가 심상찮은 기운이 느껴졌다.

'도대체 정체가 뭘까?'

위지종현은 내심 지독한 궁금증이 솟아났다.

비록 천성적으로 유쾌한 성격이라 아까의 격돌에서 입은 상처를 밖으로 내색은 않았지만 한 손으로 펼친 장력만으로도 자신의 장력을 받아내고 더 나아가 무섭게 밀고 오는 반력은 태산 같은 무게를 느끼게 했다.

오해에서 비롯된 순식간의 충돌이었고 적대감을 가질 상대가 아니었기에 그 모든 것을 억누르고 태연한 듯 행동하지만 가슴 밑바닥을 가득 채운 패배감과 호승심은 자운엽에 대한 끊임없는 관심을 유발시켰다.

　그런 심정은 팽가삼화 역시도 위지종현 못지않았지만 누군가의 시선을 받고만 자란 그들이었기에 자신들이 누군가에게 시선을 뺏긴다는 것은 도저히 용납할 수 없어 애써 무관심한 척하고 있었다.

　"넌 또 뭘 그렇게 생각하는 것이냐? 가만, 그러고 보니 저번에 살려보낸 그놈이 추 무어라 하지 않았나? 그래 추달화! 그놈도 용조권을 썼어!"

　엄한필은 갑자기 생각난 듯 자운엽을 보고 소리쳤다.

　"그리고 복수할 일도 있다고 했고… 넌 뭔가 그들과 관련이 있는…….."

　엄한필이 계속 소리치다 슬며시 말꼬리를 흐렸다. 자신들만 있는 곳이 아니었고 동료라는 사람이 오히려 타인보다 더 서로를 모르는 듯 비쳐지는 것이 싫었다. 그게 명백한 사실이긴 하지만…….

　"감숙추가와 인연이 있는 것이오?"

　위지종현이 정색을 하고 자운엽에게 질문을 했다.

　"글쎄요… 그렇게 직접적인 인연은 없소. 그런데 앞으로는 훨씬 많은 인연이 생길 것 같은 예감이 드는군요. 재미있는 일이야, 후후!"

　자운엽이 뭔가 감이 잡힌다는 듯한 미소를 지었다.

　입술 한쪽 끝에서부터 피어올라 온 얼굴로 신비스럽게 퍼져 나가는 그 미소를 쳐다보는 삼화의 눈빛이 심하게 흔들렸다.

　'휴우.'

　급기야는 삼화의 제일 언니 격인 팽은설이 슬쩍 몸을 돌리며 나직이 한숨을 터뜨렸다.

　"누님, 마차를 구했습니다!"

이런저런 대화가 계속 이어지는 사이 당가의 네 젊은이가 상기된 표정으로 돌아왔다.

"그래, 수고했다."

당유화가 고개를 끄덕이며 비장한 표정을 지었다. 이제부터는 금성표국 일행을 따라다니며 흑살을 기다리겠다는 굳은 결심이 어린 표정이었다. 그런 당유화와 다른 네 젊은이들을 바라보며 자운엽은 피식 미소를 지었고 엄한필은 웃지도 울지도 못한 표정으로 멀뚱히 송여주만 바라보았다. 동행하게 되면 저들이 방패막이 역할을 해줄지 귀찮은 방해꾼이 될지는 알 수 없는 일이었다.

"심심하지는 않을 것 같아요."

엄한필의 심정을 이해한다는 듯 송여주가 미소 지었다.

"젠장! 나도 모르겠다. 어쨌든 앞으로 음식에 독이 들었는지는 걱정 안 해도 되겠군."

엄한필도 고개를 흔들며 나가떨어졌다.

"한 가지는 확실히 알아두는 게 좋겠소."

결의에 찬 표정을 짓고 있는 당가 사람들을 보고 자운엽이 단호한 음성으로 말했다.

"당신들이 그 사람을 만나는 것은 당신들 자유요. 하지만 그 사람이 당신들을 따라가고 안 가고는 그 사람 자유인 것이요. 만약 당신들이 그 사람의 의사와 상반되는 행동들을 한다면 그땐 난 칼을 뽑을 수밖에 없소."

단호하게 말을 맺은 자운엽이 밖으로 나갔고 남은 당가 형제들의 표정이 조금씩 무거워졌다.

"혹시나 해서 하는 소린데… 고목신군, 적발노괴, 자비소면이란 별

호들을 들어본 적 있소?"

엄한필이 세 노괴의 이름을 입에 올리자 여러 사람들의 표정에 얼핏 공포감이 어렸다.

"모두 저놈 칼에 고혼이 됐지요. 그러니 되도록이면 저놈이 칼을 뽑게 만들지 마시오."

엄한필도 등을 돌리자 서교영이 뭔가 못마땅한 표정으로 뒤따르며 결국 한마디 했다.

"그 괴물들 중 한 명은 내가 죽였잖아요?"

"그야 사전에 저 자식이 한 방 먹여놓았으니까 가능했지. 안 그랬으면 사매는 지금쯤 처녀귀신 신세야."

"안 그래도 죽일 수 있었다구요!"

서교영이 지지 않고 대꾸했다.

"시끄러! 이 골칫덩어리야!"

엄한필이 전에 없이 큰 소리로 고함을 지르자 서교영이 목을 움츠리며 뒤를 따랐다.

◆ 제20장

뇌전(雷前)

뇌전(雷箭)

뇌전은 벼락이 때리듯 강력한 힘으로 목표물을 파괴시키는 화살이다.

번개가 바위를 부숴 버리듯, 말 그대로의 파괴력을 가진 화살을 만들려면 화약의 도움이 필요하다.

화살촉에 기폭 장치와 함께 화력이 강한 고품질의 화약을 장착하여 화살이 쏘아지고 화살촉이 목표물에 부딪치는 순간 거대한 폭발을 일으키며 주위를 불바다로 만든다.

그러나 그런 화살은 손재주만으로 되는 것이 아니다. 화약을 다루는 고도의 전문 기술이 있어야 한다. 그런데 화약을 다루는 기술자를 구하기는 쉽지 않다. 그들은 걸어다니는 폭탄이기 때문에 철저히 국가에 예속되어 화약 제조 기술을 절대로 사사로이 전하거나 사용할 수 없다.

독나근(督奈瑾)은 언젠가 그런 진정한 의미의 뇌전을 갖고 싶었지만 지금 현재로써는 화약 제조 전문가를 구할 수가 없었다. 그래서 그는 오로지 손재주만으로 최대한 그 이름에 걸맞는 효용을 발휘하는 화살을 구상했다.

화살촉에 화약이 포함된 뇌전은 한 번에 큰 폭발력과 함께 대량 살상의 효용이 있다. 그러나 화약이 없는 상태에서 손재주만으로 만든 뇌전에 폭발력을 기대할 수는 없는 일이고 대신 한 개의 화살에 대량 살상의 기능은 살릴 수 있을 것 같았다.

그렇게 대량 살상 능력을 갖추어, 화약을 장착한 화살보다 못지않은 살상력을 갖춘 화살이라면 뇌전도 부럽지 않을 것이다.

"정말 멋진 생각이야!"

독나근은 자신의 뇌리에 떠오른 생각들을 하나하나 구체적으로 적어 나갔다.

첫째, 화살의 모양은 일반 화살과 거의 차이가 나지 않아야 한다.

둘째, 화살이 시위를 떠나 아래로 숙여질 때쯤 화살촉 속에 담긴 세침(細針)들이 튀어나와 최소한 열 명 이상은 절명시킬 수 있어야 한다.

"절명?"

두 번째의 조건을 써 넣던 독나근은 고개를 갸우뚱하며 절명이란 단어를 되씹어보았다. 멋진 말이긴 하지만 조금 어려운 단어 같았다.

"좋아, 되도록이면 확실하게 의미 전달이 되어야겠지?"

독나근은 절명이란 단어에 줄을 긋고는 '숨통을 끊어놓을 수 있어야 한다' 로 바꾸고 다시 세침이란 말 대신 '머리털보다 더 가는 침' 이라 바꾸었다. 그리고 다음 조건들을 써 나갔다.

셋째, 급박한 상황에서 시위에 재울 수 없는 경우, 손으로 던져서도 같은 효력을 발생해야 한다.

그 외 몇 개의 잡다한 효용을 추가하여 총 여섯 개의 조건을 자세히 적은 독나근은 흡족한 미소를 띠며 조건들을 다시 읽어보았다.

"이 정도면 뇌전이 부럽지 않다."

독나근은 마치 자신이 원하는 화살을 손에 든 것처럼 기뻐했다.

이제껏 이런 식으로 구상을 하고 그 효용을 세세히 적어본 암기는 기필코 자신의 것이 되었다.

그만큼 그놈은 솜씨가 좋았다.

식구들이 먹고 남긴 밥 한 사발과 망치를 두드리는 데 힘이 부치지 않을 만큼의 영양을 공급해 줄 수 있는 약간의 기름진 반찬들…….

그것만으로도 그놈은 열심히 망치를 두드리고 풀무질을 하며 기발한 솜씨로 자신이 원하는 암기를 제조해 냈다.

잊은 것이 있다!

식은밥 한 사발과 고기 반찬보다 더 중요한 것은 그것들을 날라다 주는 계집애였다.

부금란(符琴蘭)!

어쩌면 그 계집애가 더 중요한 역할을 했을 것이다.

음식 쟁반을 들고 살랑살랑 교구를 흔들며 콧소리와 함께 그놈에게 암기 제작 요구서를 내밀면 피로에 지친 그놈의 눈은 꺼져 가는 불꽃에 기름을 부은 듯 환하게 되살아나며 다시 미친 듯이 망치를 휘둘러 요구한 조건들을 십분 충족시키며 기이한 암기들을 만들어냈다.

그리고 며칠 후엔 암기가 완성되었고 계집애가 받아온 암기를 손에 쥐며 너무 단순하고도 평범한 생김새에 '뭐가 이래?' 하고 실망의 목소리를 매번 내질렀지만 그 목소리는 금세 탄성으로 바뀌고 말았다.

대개의 경우 기묘하고 복합적인 효용을 발휘하는 암기일수록 그 생김새 또한 복잡하고 사용 방법들은 더 더욱 복잡했다.

그런데 그놈이 만든 암기는 그런 상식을 완전히 뭉개 버린 것이다. 다시 말해 가장 단순하고 일반적인 방법으로 복잡한 효용들을 만족시켜 버렸다.

가령 여러 개의 날개를 붙어야 원하는 방향으로 날아갈 수 있는 기존의 방법을 무시해 버리고 암기의 표면에 작은 구멍과 흠집을 몇 개 뚫어버림으로써 기존의 기능을 그대로 살려냈다. 아니, 오히려 기능을 높이기까지 했다.

그런 면에서 그놈은 천재였다.

그런데 다른 면에시는 이찌 그렇게 멍청하단 말인가?

발목에 쇠시슬을 달고 볼일마저 옆에 놓아둔 나무통에 해결하며 노동을 착취당하면서도 자신의 처지를 모른단 말인가?

자신 같은 놈이 쳐다보는 것만으로도 모욕이라 생각하고 칼을 휘둘러 목을 쳐버릴 사갈(蛇蠍) 같은 계집애가 정말 자신이 좋아서 그런다고 믿는 것일까?

어쨌든 그놈으로 인해 흑살의 명성은 하늘 높은 줄 모르고 치솟았고, 청부의 증가와 그로 인한 막대한 수입을 올리게 되었다.

그런데 그 멍청한 놈의 기름을 짜내어 금화와 은화로 바꾸어주던 계집애가 죽어버렸으니 앞으로도 계속 그놈의 기름을 짤 수 있을지가 문제다.

계집애가 밖에 나가서 아직 돌아오지 않았다고 하여 몇 번은 더 그놈의 기름을 짤 수는 있겠지만 한계가 있을 것이다. 약 기운이 떨어지면 손이 무디어지고 다시는 원하는 암기를 얻지 못할지도 모른다.

"그놈에겐 그 계집애가 양귀비, 앵속이었는데 살수행에 내보낸 것이 실수다."

　흑살부의 부주 독나근이 혀를 찼다.

　저런 돼지 같은 놈에게 매끼 밥을 가져다 주며 솟아오르는 소름을 참으며 억지 교태를 부리는 짓은 더 이상 못하겠으니 잠시라도 세상 구경을 보내주지 않으면 다시는 저놈에게 밥 쟁반을 나르지 않겠다고 앙탈을 부리는 바람에 살수행에 참가시켰는데 설마 계집 하나를 상대로 전멸당할 줄이야……!

　그 일만 생각하면 머리가 아파왔다.

　쾅! 와르르―!

　독나근이 자신도 모르게 탁자를 내려쳤고 탁자가 부서지며 집기들이 바닥으로 떨어져 내렸다.

　한 칼이면 끝날 줄 알았던 계집 하나 때문에 그동안 이루어놓았던 흑살의 명성은 곤두박질쳤고 살수도 열 명이 넘게 잃었다. 이제 남은 살수는 단 여섯 명, 자신까지 포함하면 일곱 명이다. 그동안 축적해 두었던 황금이 있는 이상 흑살을 다시 일으키는 것이 불가능한 것은 아니다. 시간이 많이 걸리겠지만 노예 시장에서 근골이 뛰어난 몇 놈을 더 사와 지옥 훈련을 시키고 살아남은 놈은 살수로 만들면 된다.

　그런 면에 있어서는 숨겨놓은 황금만큼이나 많은 방법이 있다.

　인질을 잡고 살수행을 시키는 일, 독에 중독시켜 해약을 미끼로 살행을 내보내는 일, 그것 말고도 수십 가지 넘는 방법들이 더 있으니 걱정할 건 없다. 걱정할 건 아무것도…….

　그런데 흑살을 이 꼴로 만든 애송이 계집만큼은 기필코 도륙해야 할 일이다. 그것은 이성이고 감정이고 하는 것을 떠나서 근본적인 자존심의 문제이다. 그것을 해결하지 않고는 황금이고 뭐고 다 필요없다.

살수행을 떠나서 아직 돌아오지 않은 나머지 살수가 돌아오면 여섯을 다 모아서 자신이 직접 그 계집을 처리하러 갈 것이다.

이미 흑살부의 살수 열 명 이상을 죽인 계집이니 자신이 직접 살수행을 나선다 하더라고 성공할지 모르는 일이기에 뇌전의 완성이 절실히 필요했다.

"그놈을 구워삶아 보자!"

독나근은 자신이 적은 암기 제작 요구서를 들고 자리에서 일어섰다.

땅! 땅!

규칙적인 망치질 소리가 어둠침침한 실내에 자욱히 울려 퍼졌다. 짐승처럼 웅크리고 망치를 두드리는 건장한 청년의 몸에서 풍기는 땀 냄새가 망치 소리와 어우러져 한층 더한 열기를 품어냈다.

"푸우!"

풀무에서 뿜어져 나오는 열기와 땀 냄새, 그리고 벌겋게 달구어진 쇠를 물통 속에 집어넣으며 담금질할 때, 치이익! 하고 물이 끓으며 풍기는 매캐한 냄새 때문에 대장간 문을 열고 들어서던 독나근은 인상을 쓰며 숨을 뿜어냈다.

'한 마리 짐승이 따로 없군!'

누가 들어오던 상관 않고 자기 일에만 열중하는 종리재정을 바라보며 독나근은 속으로 중얼거렸다.

"이걸 만들 수 있겠나?"

독나근은 종이를 내밀었다.

종리재정이 힐끔 종이를 쳐다보고는 다시 자기 일에 몰두했다.

"이놈이?"

독나근은 눈살을 찌푸렸다.

흡사 한 마리 짐승 같은 놈이 감히 나찰이나 마찬가지인 흑살부의 부주인 자신에게 이런 태도를 보이다니?

눈살을 찌푸리며 일장을 날리기라도 할 듯, 공력을 끌어올리던 독나근은 힘을 풀었다. 자기 일 외엔 관심이 없는 이런 인간들은 자기 일만큼은 천재적인 자질을 내보이지만 그 외의 분야에서는 백치나 마찬가지이다. 살수부가 어떤 곳이고, 살수부의 부주가 무엇을 하는 사람인지도 모르는 게 이런 부류의 인간들이다.

돼지는 살코기가 탐이 나서 키우는 것이지 예절이 발라서 키우는 것은 아니다. 고개를 흔든 독나근은 다시 종이를 종리재정의 코앞으로 내밀었다.

"만들 수 있겠느냐 물었다?"

"난 다른 사람 부탁은 받지 않소!"

종리재정이 무뚝뚝하게 답했다.

'역시 이놈은?

독나근은 고개를 끄덕거렸다.

이놈은 한참 동안 보이지 않는 그 계집을 찾고 있는 것이다.

'사갈 같은 계집이 이놈 하나는 확실히 구워삶아 놓았군!

독나근은 재빨리 염두를 굴렸다.

"이것은 그녀가 급히 만들어달라고 나한테 부탁한 것이다. 그러니 넌 아무 생각 말고 어서 그것을 만들기나 하여라."

"그럼 그녀가 보낸 서찰이라도 보여주시오."

독나근은 일순 기가 막혔지만 지금 현재로써는 이놈을 설득시켜 뇌전을 만드는 것이 급선무다.

"그렇게 여유로운 처지가 아니어서 서찰 같은 것은 전하지 못하고 말만 전해왔다. 그러니 어서 그것을 만들어라."

독나근이 다시 한 번 재촉하자 망치질을 멈춘 종리재정이 천천히 몸을 돌려 독나근을 바라보았다. 순간 독나근은 한줄기 서늘한 기운이 짐승 같은 놈의 눈을 통해 자신의 가슴으로 스며드는 것을 느낄 수 있었다.

그 눈빛은 결코 백치의 눈빛도, 짐승의 눈빛도 아니었다.

'착각이었을까?'

잠시 마주하고 이내 돌려 버린 놈의 눈빛은 무척이나 복잡했었다. 어찌 보면 너무나 많은 생각이 딤겨 있는 듯했고, 또 어찌 보면 일체의 생각들을 떨쳐 내버리고 체념의 끝에 나타나는 허허로운 눈빛 같기도 했다.

독나근은 머리를 가로저어 그런 상념들을 떨쳐 버렸다.

발목에 쇠사슬이 묶이고 매끼, 먹다 남은 식은밥 한 사발만 얻어먹으며 짐승처럼 사육되는 놈의 눈빛이 어떤들 무엇 하겠는가? 그 눈으로 열심히 쇠를 쳐다보고 열심히 망치질하여 암기만 잘 만들어주면 되는 것이다.

"그녀가 직접 사용할 것이오?"

종리재정이 찬찬히 종이를 들여다보며 질문했다.

"그렇다."

독나근은 짧게 답했다.

"열흘만 기다리시오."

종리재정이 종이를 불길 속에 던져 넣으며 등을 돌렸다.

'병신 같은 놈!'

독나근은 속으로 비웃었다.

사갈 같은 그 계집의 말이라면 심장을 빼내어서라도 부탁한 것을 모두 만들어줄 것이다. 그리고 나중에는 가죽만 남은 채 죽어갈 것이다.

그런데 그 계집이 죽어버렸으니 앞으로 어떻게 이놈을 고분고분 말을 듣게 할까? 거처로 돌아오는 길 내내 생각해 보았지만 마땅한 수가 떠오르지 않았다.

"뇌전을 넘겨받아 흑살을 이렇게 만든 계집부터 처치하고 나서 그 문제는 다시 생각하자."

그렇게 생각을 굳힌 독나근은 가벼운 걸음걸이로 자신의 처소로 돌아왔다.

피잉—

정확히 열흘 후, 미약한 파공성을 울리며 한 대의 화살이 쏘아져 나갔다.

보통의 화살보다 약간 길고 두꺼워 보이는 화살이었지만 그 외 별다른 특색은 없었다. 날아가는 속도나 방향, 모두 일반적인 화살과 똑같았다.

그런데!

피피피피핑—

위로 향해 날아가던 화살의 끝이 아래로 숙여지는 순간, 화살촉이 뱀의 아가리인 양 입을 쫙 벌렸고, 그 안에서 수없이 많은 세침들이 온 사방으로 비산했다. 극독이 발린 세침은 스치기만 하여도 상대를 죽일 수 있는 치명적인 암기였다.

꾸에엑!

세우(細雨)처럼 쏟아지는 세침에 맞은 돼지들이 비명을 내지르고는 바닥에 배를 뒤집고 드러누워 경련을 일으켰다. 그러나 그것도 잠시, 이내 미세한 경련마저 멈춘 돼지들은 단 한 마리도 남김없이 숨이 끊겼다.

"크크크. 정말 맘에 드는 물건이야. 저 짐승 같은 놈은 천재 중의 천재이자 바보 중의 바보야."

흑살부의 부주 독나근은 음소를 흘리며 중얼거렸다.

종리재정을 재촉하여 오늘 완성시킨 뇌전을 처음 시험해 보고 내린 결론은 기대 이상이었다.

단순한 듯 날아가는 화살을 보고 별 위험을 느끼지 못해 방심하다가는 화살 속에 든 또 다른 암기에 고슴도치가 되어 순식간에 명줄이 끊길 것이다.

머리카락보다 더 가는 수십 개의 세침을 막을 수 있는 자는 몇 되지 않을 것이다. 그리고 방심한 상태에서라면 거의 없다고 해도 과언이 아니다.

"이것이면 우리 흑살의 자존심을 뭉그러뜨린 그 계집과 일행들을 모두 처치할 수 있을 것이다."

독나근은 다시 한 번 입꼬리를 말았다.

"이젠 이것을 몇 개 더 만들어서 사냥을 나간다. 기다려라, 천둥벌거숭이 계집!"

독나근은 뛰듯이 대장간으로 향했다.

*   *   *

“사천당문의 형제와 일행입니다.”

낙양의 구경을 나섰다. 낙양루를 발칵 뒤집고 사해표국으로 돌아온 금성표국 일행이 사해표국주 진상곤에게 당유화 일행을 소개하자 진상곤과 아들들의 눈빛이 빛났다.

사천당가라면 경우에 따라서는 귀신도 옆에 가기를 꺼려하는 가문이었다.

한 방울 독으로 수백 명의 사람들을 몰살시킬 수도 있고, 머리카락보다 가는 세침으로 가는 줄도 모르게 상대를 저승으로 보낼 수 있는 사람들이 바로 그들이다 보니 진상곤과 다른 식구들은 무의식적으로 호흡을 멈추며 한 걸음 뒤로 물러섰다.

그런 모습을 본 당유화는 고소를 머금은 채 고개를 숙였다.

“당유화입니다.”

“당기철입니다.”

“어, 어서들 오시오!”

아직도 진상곤은 호흡을 최대한 자제하고 있었다.

“명성이 자자한 사천당문의 사람들을 이렇게 직접 만나게 될 줄은 몰랐소. 그런데 내가 지금 멀쩡히 살아 있기는 한 것인지요?”

의외로 대담한 사람은 셋째 진유택이었다.

빙긋 웃으며 인사를 하고는 자신의 볼을 쓰다듬어 보기도 하고 킁킁거리며 대기의 냄새를 맡기도 하는 과장되고도 여유로운 모습에 당유화가 그만 교소를 터뜨렸다.

“호호호! 여러분들께서는 저희들이 무슨 걸어다니는 독 주머니라도 되는 것처럼 행동하시는군요.”

당유화가 솔직하게 자신의 심정을 말하며 손으로 입을 가렸다.

“사실이 그렇잖아?”

서교영이 당유화의 전신을 흘낏 훑어보며 말했다.

“소문은 항상 과장되기 마련이에요. 선조들 중에는 그 소문이 무색케 하실 분들도 계셨지만 그런 분은 소수이고 대다수는 여러분들과 다름없는 평범한 사람들이에요.”

당유화가 안심을 시켰지만 그 말을 곧이 듣는 사람은 몇 되지 않았다.

“어쨌든 잘 오시었소. 이렇게 귀한 손님들이 하나둘, 우리 집으로 모여드는 것을 보니 이건 필시 기울었던 가운이 다시 일어날 징조요. 오늘 저녁은 내 그동안 꿍쳐 놓았던 비자금을 모두 털어 한턱 거나하게 낼 터이니 신나게 한번 마셔봅시다. 당문의 사람들에게 술기운은 어떻게 작용하는지 꽤 궁금하기도 하다오.”

진유택이 쾌활하게 농을 하며 낙양 구경을 나갔던 금성표국 일행과 함께 온 당유화 남매를 환대했다.

언제나 중원에 이름이 드높은 사천당가의 자녀들과 친교를 맺을 수 있다는 사실이 그에게는 무척이나 고무적인 일이었다. 이런 뜻밖의 만남이 앞으로 사해표국이 번성하는 데 크나큰 밑거름이 될 수도 있을 것이다.

사업적인 수완에서도 뛰어난 자질을 보이는 진유택이었다.

“흐흠! 그런데 두 분 남매께서는 어찌 이 먼 곳까지 오시게 되었는지?”

장남 진유문이 찻잔을 권하며 궁금증을 털어놓았다.

“가문의 숙원 사업을 해결하러 왔는데 날 따라다니면 그게 자동으로 해결되나 봐요. 그래서 죽자 사자 날 졸졸 따라다녀야 할 입장이에요.”

서교영이 거침없이 설명했다. 그 설명을 들은 사해표국의 가족들은 '저 망나니가 또 무슨 말도 안 되는 헛소리를 하나?' 하며 미심쩍은 얼굴로 서교영을 쳐다보았다.

"서 소저의 말이 맞아요. 우리는 앞으로 서 소저와 한시도 떨어지지 않고 행동을 하기 위해 이곳에서 신세를 좀 져야 할 것 같습니다."

당유화가 서교영의 말을 인정해 주자 진유문 형제들도 일단은 그 말을 믿겠다는 표정이었지만 언제라도 그 표정은 바뀔 여지를 남겨놓았다.

"할 말이 좀 있어요."

잠시 후, 저녁 식사를 마치고 진유택의 선언대로 술자리가 이루어졌고 몇 잔의 술이 돌고 술자리의 분위기가 무르익어 갈 때, 당유화가 자운엽에게로 다가와 조용히 속삭였다.

"무슨……?"

자운엽이 고개를 들어 당유화를 올려다보았다.

"잠시 자리를 옮기면 안 될까요?"

당유화가 주변의 시선을 의식한 듯 낮게 말했고 자운엽이 잠시 당유화를 쳐다보고는 당유화를 따라 사해표국 후원으로 향했다.

"뭐야, 저것들은?"

서교영이 뱁새눈을 하고 엉덩이를 들썩이다 송여주의 제지를 받고 도로 주저앉았다.

"영매는 가만히 앉아서 술이나 마셔. 당 소저는 가문의 일 때문에 자 공자와 의논할 일이 있나 봐."

"그래도 신경 쓰이네. 나를 대신해 미끼가 될 수도 있는 여잔데 내가 보호해 줘야 하는 거 아냐?"

서교영이 여전히 의심스런 표정으로 자운엽과 당유화가 사라진 방향으로 시선을 보냈다.

"저놈이 어련히 알아서 할까 봐 걱정이야?"

엄한필이 눈 사이를 좁히며 쳐다보자 서교영이 마지못해 고개를 돌렸다.

"공자님은 우리가 찾는 사람을 잘 알고 계시는지요?"

후원 한곳에서 걸음을 멈춘 당유화가 자운엽을 쳐다보며 질문했다.

"직접적으로 그 사람에 대해서 아는 것은 없습니다. 이 칼을 나에게 선물한 노인으로부터 아들 얘기를 들었고 우연한 기회에 흑살에 그가 잡혀 있다는 것을 추측하게 되었지요."

"그래서 그 노인의 부탁을 들어주기로 한 것인가요?"

"누구에게 부탁을 하는 사람이 아니었소, 그 노인은."

자운엽이 잘라 말했다.

"무슨 말인가요?"

당유화가 말뜻을 이해하지 못하고 의문 가득한 표정을 지었다.

"당문에도 그런 사람들이 있을 줄 아오. 자기 일에 대해서는 세상 그 누구보다 자부심이 강하여 설사 황제 앞이라 할지라도 자기 일에만큼은 굽히지 않으려는 사람들 말이오."

"알겠어요, 어떤 사람들을 말하는지. 그런데 그건 왜……?"

"그런 사람들은 좀처럼 남에게 부탁 같은 것은 하지 않소. 목이 말라 자신의 피를 마실지언정 남의 손에서 물 주머니를 얻으려 하지 않지요. 그런 사람과의 약속은 꼭 지켜야 한다고 생각하오."

여전히 알 듯 모를 듯한 자운엽의 얘기에 당유화가 몇 번씩이나 눈을 깜박거리며 생각을 거듭하다 여전히 풀리지 않는 한 가지 의문에 다시 질문을 던졌다.

"여전히 이해하기 힘들군요. 그 노인이 부탁을 하지 않았다고 했는데 어떻게 약속을 했다는 건가요? 전 도무지……."

"며칠 전 낙양루에서 만난 위지 공자를 생각해 보시오. 아주 유쾌하고 여유로운 사람이지 않았소? 당 소저의 난처한 입장을 스스럼없이 나서서 변론해 주기도 하였지요."

자운엽의 말에 당유화가 그때의 일을 떠올리며 차분히 가라앉는 눈빛이 되었다.

독과 암기의 명문인 당가에서 자신들보다 더한 솜씨를 가진 사람을, 더욱이 그가 살수 집단에 속한 것을 알면서도 그런 사람을 가문의 번영을 위해 쫓아다니는 사실을 아무런 수치로 느끼지 않게끔 변론하며 바람막이가 돼주었다. 그것을 다시 떠올리자 당유화의 가슴 가득 고마움이 밀려왔다.

"당 소저도 언젠가는 그 사람에게 빚을 갚고 싶다는 생각을 하고 있을 것이요. 설사 무의식 속에서라도 말이오."

당유화의 불식중에 고개를 끄덕였다.

"그건 바로 약속이지요. 백 마디 말로 한 언약보다 훨씬 강한 약속… 그런 약속은 절대로 어길 수 없지요."

"이젠 무슨 얘긴지 알겠군요. 그 노인에게 그런 약속을 하였군요?"

당유화가 별빛보다 더 초롱한 눈으로 자운엽을 바라보았다.

"그렇소."

자운엽이 짤막하게 답했다.

그 짤막한 대답 속에는 어떤 일이 있어도 그 청년을 노인에게 데려다 줄 것이라는 강한 결심이 스며 있었다. 그것을 느낀 당유화가 천천히 심호흡을 했다.

"만약 우리가 그 노인의 아들을 억지로 데려간다면 어떻게 할 것인가요?"

잠시 뜸을 들이던 당유화가 약간은 도발적인 음성으로 말했다.

당유화의 말을 들은 자운엽이 한동안 찌를 듯이 당유화의 눈을 쏘아보았다.

"소저는 그럴 사람이 못 되오."

"어떻게 단정하나요?"

"그런 사람들의 눈빛에는 두려움이 숨어 있소. 자신의 욕망을 이루지 못할 경우에 대한 두려움… 자신이 남보다 더 가지지 못할 경우에 대한 두려움……. 그런 두려움은 순간순간 자신도 모르게 드러나는 법이오. 소저의 눈에는 열망은 가득하지만 그런 두려움은 없군요."

"……."

"우리 국주 역시 그런 눈빛을 하고 있지요."

자운엽의 말에 당유화가 멍하니 할 말도 잊은 채 자운엽을 바라보았다.

폐부를 훑는 듯한 눈을 가진 이런 사람에게는 언제 어떤 때라도 거짓말 같은 건 통하지 않을 것 같았다. 처음 만났을 때 자신들의 의도를 순식간에 파악하는 모습에서 언뜻 비슷한 감정을 느끼긴 했지만 이렇게 가까이서 대하고 보니 전율이 일어날 정도였다. 만약 일이 잘못된다면 당가는 무서운 적을 상대하게 될 것이라는 생각이 절로 들었다.

당유화의 그런 심정을 짐작이나 하듯 다시 자운엽의 말이 이어졌다.

"하지만 세상일이란 것이 왕왕 그런 눈빛과는 반대로 흘러갈 수도 있는 법이오. 그때는 난 내 약속을 지키려 최선을 다할 것이오."

자운엽이 다시 한 번 당유화의 눈을 쳐다보았고 언제나 당당하던 당유화의 눈빛이 심하게 흔들리고 있었다.

"공자는 무서운 분이군요. 하지만 그 사람이 기꺼이 우리를 따라가겠다면 그땐 공자도 아무 말 없이 보내주겠지요?"

"물론이오. 그 사람을 속여서 데려가는 것이 아니라면 난 막을 이유가 없소."

"잘 알겠어요."

"무운을 빌겠소."

"둘이서 무슨 얘기를 나누다 온 거야, 술 마시다 말고?"

당유화와 자운엽이 돌아오자 서교영이 의심의 눈빛으로 반짝이며 당유화 옆으로 바짝 당겨 앉았다.

"설마 너 저 인간을 홀리려고 꼬리친 건 아니겠지?"

천방지축으로 자기 할 말을 하는 서교영을 보며 송여주가 걱정스런 표정으로 눈짓을 주었지만 서교영은 미동도 하지 않았다.

"왜? 그러면 안 돼? 저 청년만 홀려간다면 우리 당가는 몇 년 안에 중원제일가에 올라설 수 있을 것 같은데."

당유화가 생글거리며 서교영을 바라보았다.

"이거 보기보다 불여우네. 야! 저 인간이 어떤 인간인데 너한테 홀린단 말이야?"

"어떤 사람인데?"

당유화의 미소가 점점 짙어졌다.

"그러니까 뭐냐… 얼마나 지조있고, 의리있고, 약속을 잘 지키는 사람인데 네가 꼬리친다고 따라간단 말이야? 어림없다, 어림없어!"

"후후! 열 여자 안 좋아하는 남자도 있다던?"

"우와! 이거 큰일 낼 기집애네. 너 정말 작정이라도 한 거야 뭐야?"

서교영이 눈을 부라리며 당유화를 노려보았지만 당유화는 여전히 미소를 지우지 않고 서교영의 반응을 즐기는 듯했다.

"얘기 들으니 서로 앙숙이라던데 왜 그래? 내가 홀려서 데려가면 넌 앓던 이 빠진 것처럼 편할 거 아니야?"

당유화가 계속 서교영의 약을 올렸다. 칼을 들고 설칠 때는 여자 살귀가 따로 없지만 이런 면에 있어서는 어린애처럼 단순한 그녀가 재미있는 당유화인 것이다.

"이게 정말! 칼맛을 한 번 더 봐야 정신을 차릴 건가? 행여라도 그런 생각 하지 마! 저 녀석이 그래도 우리들 중 제일 뛰어난 표사야. 금성표국의 이름이 온 하남에 휘날리려면 저 녀석이 있어야 돼. 그러니 넌 네가 찾는 사람이나 찾아서 데려가. 혹시 저 녀석이 방해하면 그땐 내가 도와줄게. 그러니 딴생각은 아예 품지 마. 알았지?"

서교영이 정색을 하며 다짐을 했다.

"아까 무슨 얘기를 한 건가요, 두 분은?"

송여주가 조심스럽게 당유화에게 물었다. 무슨 얘기인지 대강은 짐작이 갔지만 혹시라도 얘기가 잘못되어 서로 충돌이라도 일어나면 큰일인 것이다.

"송 소저 얘기를 좀 했어요."

당유화가 생긋 웃으며 답했고 전혀 생각지도 못한 당유화의 답변에 송여주가 눈을 동그랗게 떴다.

"내 얘기라니? 그게 무슨 말인가요?"

"글쎄요… 말로 표현하기 힘들지만 자 공자가 왜 송 소저를 위해 온 힘을 다하는지 확연히 알게 해주는 대화를 몇 마디 나눴어요. 아울러 우리가 찾는 사람에 대한 이야기도 했구요."

"무슨 말을 하는 거야, 도대체?"

서교영이 이마를 찌푸리며 투덜거렸다. 자신으로서는 도저히 알아들을 수 없는 복잡한 말을 하고 있다는 생각이 들었다.

"아무튼 부러워요. 그리고 자 공자는 절대로 적으로 만들지 말아야 할 사람이에요. 자 공자를 적으로 만들었다간 언젠가 우리 당가 전체가 폭삭 내려앉을지도 모르는 일이 생길 거예요. 그런 바보 같은 짓은 할 생각이 없으니 송 소저께서는 아무 걱정 마세요."

당유화가 말을 맺고는 자리를 옮겨 자신들 일행이 있는 곳으로 돌아갔다.

"저 여우가 뭐라는 거야, 언니?"

서교영이 뚱한 표정으로 저쪽에 앉은 당유화를 바라보며 말했다.

"속이 무척 깊은 소저구나. 자 공자와 충돌없이 잘 해결할 것 같아 안심이야."

송여주의 얼굴에 안도의 기운이 조금씩 퍼져 나갔다.

며칠 후 사해표국은 방을 보고 표사가 되기 위해 찾아온 사람들을 맞이하느라 부산해졌다.

자운엽으로부터 막대한 자금을 확보한 사해표국은 기울었던 가세를 일으키기 위하여 우선 부족한 표사부터 뽑기 시작했다.

장남 진유문이 일차 관문을 통과한 사람들을 한 사람, 한 사람 면접하며 서류를 검토했고 그 옆에는 뜻밖에도 당유화가 자리를 함께하여 표사로 결정된 사람들에게 일일이 붓을 건네주며 자필 서명을 하게 했다.

자운엽의 부탁이라면 이젠 무엇이든 들어주는 진상곤은 잠시 어리둥절한 표정을 지었지만 자운엽의 의견에 따라 표사 모집의 자리에 당유화를 참석시킨 것이다.

"당신은 이급표사의 대접을 받게 될 것이오. 옆에서 자필 서명을 하고 저기 왼쪽 건물로 가보시오."

진유문의 지시에 따라 사람들은 얼른 옆 탁자로 옮겨 당유화의 미모를 힐끔거리며 서명을 했다.

"당신은 삼급표사의 대우와 수당을 받게 되오. 오른쪽 건물로 가보시오."

"아, 아니? 내가 왜 삼급표사란 말이오? 최소한 이급은 대접해 주어야 하는 것 아니오?"

삐삐 마른 사내 하나가 진유문 앞에서 불만 가득한 목소리를 질렀다.

"당장 드러난 사실이 그러한데 어쩌겠소? 표사 경험도 전무하고 무공 수준도 그만하고… 하지만 이 년만 여기서 열심히 하다 보면 이급표사로 승격될 것이오. 그러니 너무 섭섭해하지 마시오."

진유문이 타이르자 삐삐 마른 사내가 고개를 몇 번 저으며 한숨을 쉬고는 서명을 하고 진유문이 가리킨 건물 쪽으로 사라졌다.

"자, 다음 사람!"

진유문이 다시 장부를 들고 다음 사람을 불렀다.

그렇게 하루 종일 바깥채 넓은 마당에서 심사와 등급이 매겨졌고 그것을 바탕으로 조가 나누어지고 숙소가 정해졌다. 실로 오랜만에 활기가 가득 찬 사해표국이었고 그것을 바라보는 진상곤 부부와 표사를 뽑는 아들들의 얼굴에는 만감이 교차하고 있었다.

표사 모집 하루가 지나가며 제법 많은 표사들이 뽑혔다.

첫날이라 그런지 이급, 삼급 표사들은 별문제없이 충당할 수가 있었지만 일급표사는 한 명도 없어 아쉬움을 느끼게 했다. 더구나 자운엽, 엄한필, 서교영 같은 금성표국의 표사를 보고 난 사해표국의 가족들은 더 더욱 뛰어난 일급표사의 갈증을 느끼게 되었다.

세 아들의 수준이 일급표사의 수준은 되었지만 아들들은 이제 셋째 진유택만 빼면 가정도 꾸렸고 집안의 일을 도맡아야 할 입장이었다. 진상곤 자신도 이제는 하나하나 손을 떼며 큰아들에게 물려주어야 할 생각이었으므로 아들 중 셋째 진유택이나 가끔 일급표사로서 표행에 참가할 수 있을 뿐이었다.

"휴~ 일급표사의 수준에 미치는 사람은 한 명도 없군 그래."

진상곤이 큰아들 진유문의 장부를 들여다보며 한숨을 쉬었다.

"며칠 더 시간이 있으니 두고 보기로 하지요."

진유문이 장부를 접으며 부친 진상곤을 안심시켰다.

"저들 같은 표사가 한 명만 있었으면……."

진상곤은 멀찌감치 서서 표사 모집 광경을 구경하는 엄한필과 서교영 등을 바라보며 부러워했다.

"한 사람은 안 보이는군요."

진유문이 자운엽의 모습을 찾아 고개를 두리번거렸다.

"아침 일찍 밖으로 나간 후 아직 안 들어온 모양이더구나. 무슨 일을 하는지 하루 종일 바쁜 청년이야, 그 청년은……."

"무얼 하는 청년일까요, 그 청년은? 그리고 또 저들은?"

진유문이 가을 햇살 속에서 송여주와 환담을 나누는 엄한필과 또 그
옆에서 송여훈에게 뭔가를 열심히 가르치고 있는 서교영을 쳐다보았
다.

"글쎄다. 분명 표사나 할 사람들은 아니고 무슨 목적이 있는 사람들
이다. 자신의 성만 가르쳐 주고 이름을 안 가르쳐 주는 것만 보아도 그
렇고……. 무공 실력으로도 온 무림을 뒤져 저 나이에는 쉽게 짝을 찾
을 수 없는 고수들이다."

"금성표국이 부럽군요, 솔직히."

"나도 그렇구나. 하지만 아무런 도움도 줄 수 없었던 얼마 전보다는
백배 나은 일이지. 이젠 저들이 있는 한 금성표국은 언젠가 하남제일
의 표국이 될 것이다. 우리도 최선을 다해 잃었던 힘을 되찾자꾸나."

"그래야지요, 아버님! 어쨌든 오늘같이 흥분되고 기분 좋았던 날은
내 생애에 처음입니다."

"들어가자. 오늘은 우리 부자끼리만 한잔하자꾸나."

진상곤 부자가 다정하게 안채로 향했다.

첫날의 표사 모집이 끝나고 저녁 늦게, 밖에 나갔던 자운엽이 양손
가득 뭔가 한 보따리씩 들고 들어왔다. 표국 문을 들어서자마자 들고
있던 보자기를 당유화가 받아 들었고 당가 남매 두 사람은 미리 비워
두게 한 사해표국의 창고로 사라졌다.

"저것들이 대체 뭐 하는 짓거리들이야?"

서교영이 도끼눈을 하고는 당유화와 자운엽이 사라진 창고 쪽을 바
라보았다.

당유화와 당기철이 동행하고 나서부터 자운엽은 당씨 남매와 자주

머리를 맞대고 무언가를 은밀히 의논하였다. 특히 당유화와 같이 있는 시간이 많았고 서로 심각한 표정으로 뭔가 의논을 하고 난 후엔 자운엽은 밖으로 나가 무슨 물건들을 사 들고 들어오자 당유화가 반갑게 그것들을 받아 들었다.

누군가 멀리서 보면 선물을 사 들고 오는 신랑과 그것을 다정하게 받아 드는 신부처럼 두 사람의 모습은 깨가 쏟아지는 신혼부부 같아 보였다.

그리고 어제는 사해표국주에게 부탁하여 작은 창고 하나를 비워달라고 하고는 부지런히 세간살이(?)들을 옮기기 시작했다. 그리고 그곳은 누구의 접근도 허용하지 않았다.

그런 모습을 보고 서교영이 제일 민감하게 신경을 썼고 나중에는 송여주마저도 언뜻언뜻 근심스런 표정을 내비쳤다.

"수확이 좀 있었소?"

창고 안에서 들고 온 물건들을 펼쳐 놓던 자운엽이 당유화에게 물었다.

"이급표사 두 명과 삼급표사 한 명뿐이었어요."

당유화가 뭔가 적힌 종이를 자운엽에게 내밀었다.

"더는 없는 게 확실하오?"

"오늘은 그뿐이에요. 그런데 자 공자께서 준비한 재료들은 어김없겠죠? 한 가지라도 틀리면 제대로 성공할 수가 없어요."

"틀림없을 거요. 하루 종일 쏘다니며 구한 거니까요."

그 말을 끝으로 두 사람은 자신들이 챙긴 도구들로 열심히 살림을 차리기 시작했다.

"물을 좀 길어와야겠어요. 그리고 장작도 더 있어야 하겠고."

"가져오겠소."

자운엽이 물통을 들고 밖으로 나가자 당유화는 그릇을 달그락거리며 부지런히 손을 움직였다.

"창고에서 아주 살림을 차리는 거야 뭐야?"

우물가에서 물을 긷는 자운엽을 보며 서교영이 다가와 못마땅한 표정으로 시비를 걸었지만 서교영이야 무슨 말을 하든 자운엽은 들은 척도 않고 물만 길어 올리자 서교영의 표정이 점점 더 험악해졌다.

"이것 좀 들어다 창고 앞에 갖다 놔! 난 장작을 구하러 가야 하니까."

자운엽이 물을 한 통 길어 서교영에게 맡기고는 장작 더미가 있는 곳으로 휑하니 가버리자 서교영은 성질을 이기지 못하곤 물통을 걷어찼다. 그렇게 한동안을 씩씩거린 후 제풀에 지친 서교영은 결국 물통을 들고 창고 쪽으로 걸어갔다.

"언니, 대체 저 인간들 지금 무슨 짓을 하고 있는 거야?"

볼이 부을 대로 부은 서교영이 송여주에게로 달려와 씩씩거렸다.

"놔둬봐. 무슨 생각이 있겠지. 항상 그랬잖아?"

송여주도 약간은 근심스런 표정으로 서교영을 달랬다.

"아무래도 이상해. 꼭 새살림을 차리는 사람들 같아."

서교영이 고개를 갸웃거렸다.

다음날 아침 당유화의 얼굴은 밤을 꼬박 새웠는지 피로한 기색이 역력했다. 그러나 그녀는 조금도 아랑곳 않고 사해표국 표사 모집 장소에 나타나 하루 종일 표사들의 친필 서명을 받았다. 간혹 가다 글을 쓸 줄 모르는 사람들에게는 붓을 주고 수결이라도 찍게 하여 일일이 확인했다.

그런 당유화의 모습을 보고 사해표국 사람들은 남의 집에 신세지는 것이 부담스러워 저러는 것인가? 하고 고개를 갸웃거렸으나 표사로 합격한 사람들은 미모의 소저 앞에서 필체를 자랑하거나 그녀가 이끄는 대로 수결을 찍는 것을 조금도 불편해하지 않고 몇 번이라도 해줄 용의가 있는 눈빛이었다.

사흘간의 표사 선발 과정이 모두 끝났다.

밤중에는 동생 당기철과 자운엽 두 사람과 함께 창고에서 무언가를 열심히 만들고 낮에는 합격한 표사의 친필 서명과 수결을 받느라 거의 뜬눈으로 지샌 당유화의 눈이 퀭해졌다.

"그동안 고생했소."

자운엽이 당유화 남매를 독려했다.

"우리보다 자 공자가 더 고생했지요. 온갖 잔심부름에 신경 쓰는 일까지……."

당유화가 자애로운 눈빛으로 자운엽을 바라보았다.

"저것들이 정말?"

서교영이 멀찌감치서 도끼눈을 하였지만 두 사람은 아랑곳 않고 자신들의 대화를 이어갔다.

"몇 명이오?"

"마지막까지 확인한 바로는 일곱이에요."

"됐소, 그리고 약은?"

"완벽하게 만들어졌어요. 모두 공자님 덕분이에요. 재료들이 너무 튼실했어요."

"이젠 실행할 일만 남았군요."

두 사람은 의미심장한 표정으로 고개를 끄덕거렸다.

표사 모집이 끝난 며칠 후, 어수선하던 사해표국은 서서히 체계가 잡혀가고 보름을 하루 앞둔 가을 저녁 달이 휘영청 밝게 떠오르자 표국 후원은 대낮에는 볼 수 없었던 정취가 느껴졌다.

이젠 가을도 깊어 만추의 서늘함이 느껴졌지만 그 서늘함 속에 녹아드는 달빛은 교교롭기 한이 없었다.

"이 불여우가 또 무슨 해괴망측한 짓거리야, 정말?"

그 교교한 달빛 아래로 서교영이 투덜거리며 걸어오고 있었다.

저녁 늦게 당유화로부터 후원 정자나무 밑에서 좀 보자는 전갈을 받았고 졸린 눈으로 정자나무 밑으로 걸어나오는 그녀의 눈에는 짜증이 가득했다. 그녀에겐 가을이니, 달빛이니, 정취니 하는 것들은 뒷집 강아지 이름만큼이나 의미가 없는 단어들이었다. 그랬기에 잠이 들락 말락 하는 시간에 서늘한 가을바람을 맞고 여기까지 나오게 한 당유화가 짜증스럽기만 했다.

"어디 있는 거야, 이 불여우?"

막상 정자나무 아래로 오고 보니 당유화는 보이지 않았다.

두리번거리며 당유화를 찾던 서교영은 마침내 욕지거리를 내뱉었다.

"망할!"

다시 한 번 더 두리번거렸지만 당유화의 모습이 보이지 않기는 마찬가지였다.

"내가 잘못 들은 것인가? 분명히 후원이라 했는데……."

앉아서 조금 더 기다려 볼 양으로 작은 바위 옆으로 가던 서교영의 가슴속으로 가을밤의 기온보다 더 서늘한 기운이 밀려들었다. 교교한 달빛 아래 자신을 둘러싼 주변 정물들이 까닭 모르게 신경을 자극했기 때문이다.

가을밤의 정취를 가득 머금은 정물들이었지만 서교영의 본능은 그 정물들 이면에서 느껴지는 이질적인 기운들을 감지했다.

'이것들이?

서교영의 신경이 급속하게 반응했다.

그제야 자신이 처한 상황이 인식되어졌다.

미끼!

자신은 바로 미끼였다.

그러고 보니 이 시간쯤에 이곳을 거닐었던 것이 오늘로 세 번째다.

처음인 이틀 전에는 사형 엄한필과 이곳을 걸었다.

그럼 사형도 자신을 미끼로 내몰았단 말인가?

그건 절대 아니다. 이곳으로 온 것은 앞으로의 계획들을 얘기하면서 우연히 발길이 돌려졌던 것이지 결코 처음부터 정해진 발걸음이 아니었다.

그렇다면 어제는?

자운엽에게 이것저것 따지다 교묘히 이곳까지 따라오게 되었다. 평소에는 말대꾸도 안 해주던 놈이 어쩐지 좀 고분고분하다 싶더니 꿍꿍이가 있었던 것이다.

오늘이 세 번째!

삼 일을 연달아 같은 시간대에 같은 장소를 거닐며 살수들의 예측 반경에 드는 행동을 자신도 모르게 하게 된 것이다.

서교영은 굳혔던 기색을 누그러뜨리며 아무것도 모른 척 행동했다.

'여우 같은 놈!'

조만간에 자신을 미끼로 그놈들을 유인하리라 생각했지만 이렇게 감쪽같이 당하고 보니 기분 나쁜 건 어쩔 수 없다.

그놈은 살수가 표사들 틈에 섞여 있는 것을 알았고 당사자인 자신도 눈치 채지 못하게 함정을 파놓았다. 왼손이 하는 일을 오른손이 눈치 채지 못할 정도로 완벽히 파놓은 함정이었기에 살수들도 덥썩 미끼를 물려 하고 있는 것이다.

“아함~”

무방비 상태로 크게 기지개를 켰다.

파앗!

정자나무 위에서 수직으로 떨어져 내리는 칼날이 섬전(閃電)인 듯했다.

“하앗!”

기지개를 켜며 뒤로 젖히던 상체를 그대로 눕히며 떨어져 내리는 칼을 옆구리로 흘리고 수직으로 떨어져 내리는 흑의인의 정수리를 차올렸다.

퍼억—

둔탁한 타격음과 함께 떨어져 내리는 흉수가 바닥에 나뒹굴었다.

슈욱!

뒤쪽 연못에서 수십 개의 암기가 한꺼번에 쏟아져 나왔다.

사람은 보이지 않고 수면을 뚫고 발사되는 암기에 서교영은 깜짝 놀라며 신형을 급히 옆으로 이동했다.

‘아차!

눈앞을 가리며 날아드는 암기를 피할 곳은 그곳뿐, 그러나 정확히 그곳 토담에 뚫린 작은 구멍에서 한 개의 칼날이 불쑥 튀어나왔다.

“크윽!”

허리 한쪽의 큰 상처는 피할 수 없는 것으로 체념하며 이빨을 앙다물었으나 고통에 앞서 칼날의 주인인 듯한 사내의 비명이 토담 뒤에서 먼저 들려왔다.

“나비?”

살수의 검이 더 이상 뻗어 나오지 못하고 토담 위로 피보라가 튀어 올랐다.

파르르―

토담 뒤에서 나비의 검이 춤을 추고 있었다.

실제로는 보이지 않고 미약한 칼바람 소리만이 들렸지만 서교영의 눈에는 어떤 실체보다 더 명확하게 그 칼이 떠올랐다.

파악!

연못 속에서 검은 그림자가 물귀신처럼 튀어 오르며 또 한 번의 암기가 쏟아지자 얼른 정신을 차린 서교영이 벼락처럼 몸을 날려 암기들을 피해냈다.

휘익―

서교영의 움직임과 거의 동시에 토담 끝을 박차며 포탄처럼 연못 위로 날아간 자운엽이 쾌속하게 수운검을 휘둘렀다.

“크아악!”

한 번 더 암기를 날리며 연못 밖으로 몸을 빼내던 흑의인이 처절한 비명과 함께 허리가 쩍 갈라지며 연못 속으로 곤두박질쳤다.

철썩!

붉은 선혈이 연못물에 섞여 허공으로 튀어 올랐다.

“아직 네 명이 더 있어. 어서 따라와!”

살수의 칼을 집어 서교영에게 던져 준 자운엽이 바람처럼 표사들의 처소로 달려갔다. 잠시 넋을 잃었던 서교영도 땅을 박차고 신형을 날렸다.

"내가 쫓아낼 테니 넌 밖에서 기다려. 그리고 내가 쫓아내는 놈들 중 한 놈은 절대로 죽이지 말고 도망치게 만들어!"

그 말과 함께 자운엽이 벼락처럼 표사들 숙소의 문으로 뛰어들었고 날벼락을 맞은 듯한 소란과 함께 몇 명의 인영들이 문을 박차고 뛰어나왔다.

서교영은 기다렸다는 듯이 칼을 휘둘렀고 사내들 역시 칼을 마주쳤다.

깡! 깡!

쨍강!

한밤중에 벌어진 느닷없는 난동에 사해표국은 벌집을 쑤신 듯 소란스러워졌고, 처음 튀어나온 세 명 이외에도 잠을 청하던 표사들이 이곳저곳에서 뛰어나왔다. 그들은 잠이 들락 말락 하는 시간, 갑자기 일어난 소동에 반사적으로 칼을 들고 영문도 모르며 덩달아 뛰어나온 것이다.

"저놈들이 바로 살수들이야."

자운엽이 셋을 가리키며 퇴로를 차단하자 서교영의 눈에 불이 튀었다. 이젠 살수라면 치가 떨리는 그녀는 이번에야말로 모두 끝장을 보겠다는 심정으로 칼을 고쳐 잡았다.

파앗!

그러나 공격을 살수 쪽에서 먼저 이루어졌다.

"조심해!"

엄한필이 뛰어들며 살수 한 명이 날린 암기를 넓은 도로 쳐냈다.

파앗!

쏜살같이 날아드는 암기를 쳐내자 암기가 조각나며 그 속에서 작은 강침들이 비산했다.

“으악!”

“으윽!”

여기저기서 비명성이 터지며 애꿎은 표사들이 강침 세례를 받고 바닥을 뒹굴었다. 강침에는 극독이 발라진 듯, 뒹굴던 표사들은 금세 안색이 시커멓게 변하며 숨을 멈추었다.

“모두 안으로 들어가시오. 어서!”

자운엽과 엄한필이 고함을 지르며 우루루 몰려나온 표사들을 숙소로 몰아넣었다. 그들 역시 강침에 동료들이 속절없이 죽어가는 무서운 광경을 목격했기에 누가 먼저랄 것도 없이 기겁을 하고 자신들의 숙소로 뛰어들었다. 그들 중 몇몇은 그래도 자존심이 있는지 칼을 꺼내 들곤 멀리서 둥글게 포위망을 형성하고 섰다.

장내가 정리되자 살수 세 명과 엄한필, 자운엽, 서교영이 각각 대치했다.

“아직 한 놈이 남아 있어!”

자운엽이 세 명의 살수를 견제하면서도 빠르게 눈을 돌려 주의를 살폈다. 당유화와 함께 은밀히 파악한 살수들은 일곱 명이었다. 세 명은 죽었으니 네 명이 남아 있어야 했는데 한 명이 보이지 않았다.

“일급표사! 유주만(劉主慢)!”

장부상으로 파악한 한 놈의 이름이 떠올랐다.

“여길 맡아! 그리고 저놈들 중 한 놈을 도망시키는 거 잊지 마!”

자운엽은 서교영에게 낮게 말하고는 얼른 신형을 옮겼다. 뭔가 꺼림칙한 예감에 자운엽의 신형은 화살을 방불케 하며 건물 모퉁이를 돌았다.

"어엇!"

자운엽이 당혹성과 함께 급히 신형을 멈추었다.

꺼림칙하던 예감이 현실로 닥쳐온 것이다.

"오너라! 어서, 이 애송이 놈!"

흑살의 부주 독나근이 한 팔로 송여주의 목을 감은 채 괴소를 흘리고 있었다.

"서놈이!"

자운엽이 이빨을 앙다물며 칼을 거머쥐었다.

자신이 당유화와 함께 그들의 존재를 캐는 사이 저놈도 자신들 일행을 유심히 관찰하고 약점을 노리고 있었던 것이다.

"자, 이년이 네놈들이 보호하는 보물 단지인 모양이던데 오늘 밤 내 손에 죽어 나자빠지는 꼴을 보겠구나? 흐흐흐!"

독나근이 송여주의 목에 두른 팔에 더욱 힘을 주며 앞으로 밀고 나왔다. 목이 조여 벌겋게 얼굴이 달아오른 송여주가 아무 소리 못한 채 자운엽을 보고 어서 멀어지란 듯 손을 내저었다.

"누, 누나!"

송여훈이 피칠을 한 얼굴로 숨이 넘어갈 듯한 고함 소리와 함께 비틀거리며 다가왔다. 아마도 송여주의 숙소에서 일어나는 소동에 달려들었다가 독나근에게 공격을 당한 모양이었다.

"어헉!"

"언니!"

　자운엽과 송여훈은 뒤로 밀려 어느새 엄한필 등이 서 있는 마당까지 밀려왔고 이미 두 명의 살수를 더 해치운 엄한필과 서교영은 뜻하지 않는 광경에 비명을 질렀다.

　그들 역시 송여주가 살수들의 인질이 될 것이라고는 생각지도 못했기에 어떻게 대처할지를 몰라 얼어붙어 버렸다.

　"호호호! 건방진 놈들! 제법 한가락 하는 놈들이란 것은 인정하겠다만 흑살의 표적이 되고도 살아남은 놈은 아직 없었다. 너희들이라고 예외일 수는 없다. 지금까지는 잘 버텨왔지만 결과는 마찬가지야. 너희 놈들을 모조리 내 손으로 처단해 주겠다."

　독나근이 잇새로 내뱉으며 허리춤에서 활을 꺼내 들었다.

　"선택은 남아 있다. 이년이 어떻게 되든 너희들은 달아나라. 그럼 너희들은 살 수가 있다. 아무 상관 없는 표사 주제에 그런 개 충성을 할 필요가 있을까?"

　"죽일 놈!"

　엄한필이 고함을 치며 다가섰다.

　"그래, 어서 다가오너라. 이년의 목을 부러뜨려 줄 테니."

　독나근이 송여주의 목을 감은 팔에 힘을 주었고 송여주가 숨이 막힌 듯 괴로운 표정으로 캑캑거렸다.

　"개새끼! 사지를 잘라 죽이고 말 테다."

　엄한필이 더 이상 접근하지 못하고 서서 으드득 이빨을 갈았다.

　"호호호. 그럴 기회가 있을까?"

　독나근이 천천히 소형 석궁을 들어 올렸다.

　"위험해요! 보통 화살이 아닌 것 같아요!"

　당유화가 파랗게 질려 고함을 쳤다.

"안 돼! 여훈아!"

필사적으로 독나근의 팔을 조금 밀친 송여주가 넘어갈 듯 비명을 질렀다.

독나근이 시위를 걸고 있는 방아쇠를 당기려는 순간 송여훈이 훌쩍 독나근이 겨눈 석궁 앞으로 뛰어든 것이다.

"이런, 미친놈!"

독나근은 깜짝 놀라며 방아쇠를 당기려던 손가락을 멈추었다. 이 상태로 화살을 날린다면 뇌전은 송여훈에게만 모든 세침들을 쏟아 부을 뿐, 다른 사람들에게는 타격을 주지 못할 것이다.

"이, 이놈, 죽고 싶으냐?"

독나근이 한 발 뒤로 물러서며 화살을 송여훈의 얼굴로 겨누었다.

"후후. 나 한 사람은 죽이겠지만 그 후엔 너도 틀림없이 죽어. 무슨 기상천외한 장치가 된 화살인지는 몰라도 이렇게 가까이에서 목표물을 맞힌다면 제대로 위력을 발휘하진 못하겠지. 내 기꺼이 죽어주지. 대신 넌 가장 고통스럽게 죽게 될 것이다."

송여훈이 양팔을 벌린 채 계속해서 독나근의 시야를 가리며 한 발, 한 발 다가섰다.

"여, 여훈아! 안 돼! 난 어떻게 돼도 괜찮아. 어서, 어서 넌 이 자리에서 피해!"

송여주가 목을 감고 있는 독나근의 팔을 필사적으로 밀치며 째지듯 외쳤다.

"어서 쏴라. 쏘지도 못할 활을 왜 겨누고 있는 것이냐?"

송여훈이 계속 팔을 벌리며 한 발, 한 발 다가섰다.

"이, 이런 육시랄 놈이!"

독나근은 너무 어처구니없는 상황에 양 볼이 푸들거리며 뒤로 물러나기만을 계속했다.

새파란 애송이가 이렇게 죽을 작정을 하고 막무가내로 달려들 줄 몰랐던 독나근은 어이가 없었다. 지금 즉시 화살을 날린다면 이놈은 떨쳐 버릴 수 있겠지만 그 다음엔 같은 패거리들이 바람처럼 달려들 것이다. 정면 대결로는 절대로 그들을 이길 수 없음을 누구보다 잘 아는 독나근이었다.

"가까이 오지 마라. 더 이상 가까이 오면 네놈 누이부터 죽이겠다."

독나근이 이번에는 화살을 송여주의 머리에다 겨누었다. 그 말에 송여훈이 잠시 주춤했다.

"어서 쏴라, 이놈! 여훈아, 어서 도망가! 넌 살아야 돼. 어서!"

송여주가 악을 쓰며 발버둥 쳤고 송여훈이 주춤거리는 사이 독나근의 눈이 뱀눈 같은 빛을 발했다. 시야를 가리며 화살의 진로를 가로막고 있던 송여훈의 몸이 잠시 주춤거리는 사이 거리가 생겼고 그 틈으로 화살을 날릴 공간을 확보한 것이다.

"잘 가거라, 애송이들!"

"아악!"

목을 감고 있던 송여주를 송여훈에게 집어 던진 독나근이 석궁의 방아쇠를 당겼다.

몇 번의 연습을 통해 이 정도의 거리에서 이 정도의 각도로 화살을 날린다면 저 앞에서 주춤거리고 있는 애송이들은 모두 고슴도치가 되어 삽시간에 숨통이 끊길 것이다.

방아쇠에 걸렸던 시위가 풀려 나갔다.

피잉—

“크아악!”

석궁의 시위가 퉁겨지는 소리가 들렸고 그와 동시에 독나근의 처절한 비명 소리가 같이 터져 나왔다.

당유화의 경고로 보통의 화살이 아님을 눈치 채고 화살이 발사됨과 동시에 장막처럼 칼을 휘두르며 오히려 화살을 향해 쏘아져 가던 자운엽과 엄한필, 서교영 등은 뜻밖의 상황에 움직임을 멈추고 서서 독나근을 쳐다보았고, 석궁을 발사함과 동시에 처절한 비명성을 내뱉은 독나근은 얼굴과 가슴, 배에 온통 세침 세례를 받고 쓰러지고 있었다.

독나근이 석궁의 방아쇠를 당기고 화살이 시위를 떠나기 직전, 놀랍세도 화살은 두 쪽으로 쩍 갈라지며 그 속에서 세침들이 화살의 뒤쪽으로 전부 쏘아져 나왔고, 쏘아지던 화살은 두 쪽으로 갈라진 채 얼마 나가지도 못하고 독나근의 발 앞에 나뒹굴었다.

“그… 놈!”

독나근이 쥐어짜는 듯한 음성으로 내뱉었다.

자신이 방금 쏜 화살은 그 천치 같은 대장장이 놈이 그를 홀려온 계집에게 주라며 특별히 만든 것이었다. 그렇다면 훨씬 더 강력한 성능일 것이고 그래서 애지중지하며 항상 준비하고 다녔던 화살이다.

그런데 그 화살이 역공을 할 줄이야!

그 대장장이 놈은 결코 어리석지만은 않는 것이다. 자신을 꼬드겨와서 짐승처럼 부려먹는 계집에게 처절한 복수를 준비하고 있었던 것이다. 그래서 이 화살을 선물한 것이리라.

뇌전을 만들어줄 것을 요구하던 그때, 왠지 자신의 가슴을 서늘하게 하던 그놈의 눈빛을 좀 더 숙고해 보았어야 했다. 생을 포기한 듯하면서도 한 가지만은 이루고 싶어하는 듯한 그 눈길…….

　그놈이 이루고 싶어했던 한 가지는 두말할 필요도 없이 부금란, 그 계집애를 죽이는 것이었다. 그녀를 위해 특별히 만든 이 뇌전으로…….

　어쨌든 그놈은 성공했다. 덤으로 독나근 자신까지…….

　그 생각을 끝으로 더 이상 아무런 생각이 이어지지 않았다.

　"끄르륵."

　바닥에 뒹구는 독나근의 입에서 시커먼 핏물이 흘러나오며 어느 순간 미세한 경련마저 멈추었다.

　"여, 여훈아!"

　"누나!"

　정지했던 움직임들이 한꺼번에 부챗살처럼 퍼져 나갔다.

　송여훈 남매가 서로를 부둥켜 안았고 엄한필과 서교영이 그들에게 달려왔다. 그리고 그 움직임에 앞서 자운엽이 방위를 차단하며 무너져 내린 독나근의 시체 옆으로 조심스럽게 다가갔다.

　"조심하시오! 아직 안심할 때가 아니오."

　자운엽의 고함에 엄한필이 얼른 송여주 남매를 한쪽으로 데리고 갔다.

　"이젠 됐소."

　아주 조심스럽게 독나근의 주검에서 더 이상 위험 요소가 없는 것을 확인한 자운엽이 시체를 처리하게 했다.

　"준비됐소, 당 소저?"

　독나근의 시체에서 등을 돌린 자운엽이 다시 급박하게 당유화에게 재촉하자 당유화가 질린 얼굴로 고개를 끄덕였다.

　"갑시다!"

정신없이 허둥대는 사람들을 남겨놓고 두 사람은 동시에 신형을 날렸다.

"누나를 따라 공차표행을 나설 때부터 던져 버린 목숨이었어. 그리고 그때는 금성표국의 이름이 더 중요하다고 생각했는데 지금은 아니야."

대폭풍이 휩쓸고 지나간 것 같은 상황이 종료된 후 조금 여유를 갖게 되자 송여훈의 무모한 행동을 송여주가 통곡을 하며 질책했고 송여훈은 담담히 대답했다.

"그럼, 그럼 뭐가 더 중요하다는 거냐, 이 자식아!"

송여주가 계속 눈물을 펑펑 쏟으며 절규했다.

"이젠… 친구들 목숨이 더 중요해!"

그 말과 함께 송여훈이 자리를 떴다.

"으아아앙!"

송여훈의 말에 얼이 빠진 채 잠시 울음을 멈추었던 송여주가 다시 통곡성을 내질렀다.

"언니, 그만 울어. 다 잘됐잖아? 여훈이 때문에 우리 모두 무사한 것이고."

서교영이 송여주의 등을 두드리며 달랬지만 송여주의 울음은 그치지 않았다.

"어린앤 줄 알았는데 이젠 다 컸어. 이제부터는 오히려 내가 저 녀석에게 기대야 할 것 같아."

한참을 울고 난 송여주가 눈물을 닦으며 일어섰다.

정말 모든 것이 끝나는구나 하는 생각이 들 정도로 아찔한 순간이었다. 그런 상황에서 여훈이 막무가내로 활을 든 사내 앞에 막아설 줄은 꿈에도 생각 못한 일이었다. 그동안 가문이 풍비박산되는 꼴을 보며 속으로 얼마나 독을 품었으면 저런 행동을 거침없이 할 수가 있었을까 하는 생각에 송여주는 지금 이 순간 동생의 한이 자신보다 몇 배는 더 깊다는 것을 느낄 수 있었다.

"그만 들어가, 언니. 난 나비, 그 인간과 당유화 고것이 이제껏 무슨 일을 꾸미고 지금은 또 무슨 짓을 하고 있는지 궁금해. 저기 당유화의 동생에게 뭐가 어떻게 돌아가는지 들어봐야겠어."

그 말을 들은 송여주도 궁금한 것이 많은지라 눈물을 닦으며 서교영의 손에 이끌려 안으로 들어갔다.

"지금껏 당신들이 우리 쪽 표사 한 사람과 무슨 일들을 꾸몄는지 자세히 말해 봐요. 그동안 우리만 멍청이 된 기분이잖아요!"

서교영의 재촉에 당기철이 잠시 생각을 정리하는 듯 숨을 골랐다.

"먼저 저 창고에서 무엇을 만들었는지부터 알고 싶군요."

송여주도 제일 궁금한 것을 물었다.

"당신들이 나비라고 부르는 사람이 모든 걸 계획했고 그 계획에 따라 누나와 난 천리추종향(千里追蹤香)과 쇄혼혈편독(碎魂血蝙毒)이란 극독의 흔적을 찾아낼 수 있는 시약(試藥)을 만들었어요. 그리고 그 시약을 붓에 묻혀 누나가 일일이 표사들 손에 쥐어주며 자필 서명을 하게 했지요. 우리가 알아본 바에 의하면 살수들이 던진 암기에는 모두 쇄혼혈편독이란 극독이 묻어 있었습니다. 워낙 극독인지라 아무리 조심을 해도 미세한 흔적이 손에 남게 되기에……."

"가, 가만. 그러니까 그 물질로 표사들 중에서 살수를 색출해 냈다는 거요?"

엄한필이 뭔가 감이 온다는 듯 언성을 높여 말했다.

"꼭 표사들 틈에 섞여 들어온다는 보장은 없었지만 가능성이 높다고 하더군요. 그래서 그 가능성에 매달렸지요. 아나나 다를까, 이번 표사 모집에 일곱 명이나 되는 사람들의 손에서 그 독의 흔적을 찾아냈습니다."

"그럼 천리추종향은 도망간 한 놈을 쫓기 위해……."

서교영도 눈을 반짝이며 다른 의문에도 짐작이 간다는 표정을 지었다.

"쇄혼혈편독의 흔적이 나타난 살수들에게 우린 역으로 천리추종향을 은밀히 뿌려두었으니 달아난 한 놈의 몸에서도 그 향이 흘러나올 것이고 누이와 당신네 표사 한 명은 천천히 그자를 쫓고 있겠지요."

"그렇게 된 일이군. 하긴 그 자식이 하는 일에 이유없는 일은 없었다니까."

엄한필은 이젠 모든 것이 이해가 간다는 듯 어이없는 표정으로 헛바람을 내쉬었다. 가장 가까이에 있는 자신들조차 도저히 짐작할 수 없는 일이었으니 은밀히 숨어든 살수들은 꿈에도 생각 못하고 걸려들었을 것이다. 그리고 본거지로 도망간 나머지 한 명도 결국은 본거지를 가르쳐 주고 자운엽, 그놈 손에 잡힐 것이다. 이로써 사매 서교영을 괴롭히던 흑살은 뿌리째 뽑혀 나갔다 해도 무방하다.

"좌우간 여우 같은 놈이야. 덕분에 사매는 더 이상 살수에 대한 신경은 끊어도 되겠군."

엄한필은 서교영을 쳐다보며 빙그레 미소를 지었다.

"완전히 본거지를 소탕하고 돌아올 때까지는 모르는 일이에요."

서교영은 아직도 불안한 듯 눈살을 찌푸리며 말했다.

"충분히 그렇게 하고 돌아올 놈이니까 아무 걱정 마."

엄한필이 확신에 찬 목소리로 답했다.

"정말 줄기차게 달리는군요."

잠시 경공을 멈춘 후, 당유화가 질렸다는 듯 이마를 찌푸리며 가쁜 숨을 몰아쉬었다.

천리추종향이 뿌려진 채 도망가는 살수 한 명을 쫓아 꼬박 밤을 새워 경공을 펼쳤지만 도망가는 살수의 속도는 조금도 줄어들지가 않았다. 물론 당유화와 자운엽은 어느 정도 거리 이상은 좁히지 않고 추적하는 중이었지만 밤새 조금도 멈춘 흔적은 발견하지 못했다.

"우리가 쫓고 있다는 것을 눈치 챈 것은 아닐까요?"

자운엽이 예상외로 줄기차게 달려가는 살수의 행적을 되짚어보며 의문을 품었다.

"그렇지는 않을 거예요. 만약 눈치를 챘다면 자신의 몸에 천리추종향이 뿌려져 있다는 것을 안다는 얘기가 되는데, 그 향은 우리 당가에서 특별히 제조한 추종향이라 우리 당가 사람들만이 감지할 수 있어요. 뭔가 다른 이유가 있어 저렇게 급히 달려간다고 봐야 해요."

"다른 이유라……?"

자운엽이 잠시 생각에 잠기는 표정을 지었다. 그런 자운엽을 곁눈질로 쳐다보며 당유화가 눈을 반짝였다. 볼수록 정체 모를 청년이었다. 깊이를 알 수 없는 내력과 빈틈없고 예측 불허한 계책을 순간순간 막힘없이 뽑아내는 모습에서 이젠 신비감마저 들려했다.

"아무래도 당 소저와 내가 찾으려는 그 사람이 목적인 것 같군요."

잠시 생각에 잠겼던 자운엽이 조심스런 얼굴로 말했다.

"그 사람을 죽이고자 저렇게 쉬지 않고 달려간단 말인가요?"

당유화가 눈을 동그랗게 뜨며 자운엽을 바라보았다. 자신과 동생이 몇 달 동안 고생을 한 것은 오로지 가문의 숙원을 이루어줄 만한 재주를 가진 그 사람을 찾기 위함이었다. 그런데 도주하는 살수가 가슴 가득 복수심을 품고 쉴 새 없이 달려가 그 사람을 죽여 버린다면 그동안의 노력이 모두 헛수고로 돌아가는 것이다. 자신들의 수고야 가문을 위한 일이니 몇 배 더한 수고가 물거품이 된다 한들 아까울 게 없으나 그렇게 되면 가문의 오랜 숙원을 푸는 일이 허사로 돌아가는 것이다. 그것은 어떤 희생을 치르더라도 성사를 시켜야 하는 것이다. 설사 자신의 목숨을 바친다 하더라도……

당유화가 입술을 깨물었다. 그리고 지친 몸을 다시 추스렸다.

"이젠 좀 쉬었으니 다시 쫓아가요. 그자가 우리가 찾는 사람을 먼저 죽인다면 평생 한이 될 것이에요."

당유화가 마음이 급한 듯 재촉했다.

"급할수록 돌아가란 말이 있지 않소? 아무리 지독한 살수의 훈련을 받았다 하더라도 사람인 이상 한계가 있는 법이오. 아침 해가 밝아올 즈음이면 그자도 지쳐서 걸음이 늦어질 겁니다. 자칫 너무 가까워져서는 만사를 망치게 될지도 모릅니다."

자운엽이 재촉하는 당유화를 제지하며 천천히 걷게 했다. 자신이야 앞으로 하루를 더 경공을 펼친다 하더라도 문제가 없었지만 당유화의 상태는 그리 좋아 보이지가 않았다.

천리추종향과 쇄혼혈편독의 흔적을 찾아내는 시약을 만드느라 보통의 경우보다 몇 갑절 더 심신의 기력을 소모하며 사흘 밤을 꼬박 새우다시피 했고, 낮에는 또 그것으로 살수를 색출하기 위해 한숨도 눈을 붙이지 못했던 것이다. 그 상태에서 지금껏 혼신의 힘을 다 짜내어 밤새도록 경공을 펼쳤으니 아무리 무림인이라도 무리가 올 수밖에 없었다. 보통 사람 같았으면 벌써 나가떨어졌겠지만 어떠한 일이 있어도 목적을 수행하고자 하는 집념이 그녀의 육신을 아직 지탱하고 있는 것이다.

"당신은 지치지도 않는군요."

당유화가 이제껏 가쁜 숨소리 한번 내뱉지 않는 자운엽을 보고 신기한 듯 쳐다보았다.

"난 당 소저처럼 며칠 연속으로 잠을 설치지 않아서 그렇소."

"그런 말 마세요. 자 공자도 나 못지않게 신경을 곤두세우며 살수들의 움직임을 살폈다는 것을 알아요. 그런데도 지금껏 조금이라도 지친 기색을 보이지 않았어요. 그건 아마 몸속 깊이 감추어진 내력 때문이겠지요?"

낙양루에서 위지공자와 서로 장력을 마주쳐 내상을 입힌 정도의 내력을 간직한 젊은이이기에 당유화는 그렇게 짐작했다.

"글쎄요… 그럴지도……."

당유화의 질문에 자운엽이 남의 말을 하듯 답했지만 따지고 보면 맞는 말이었다. 태음토납경 속의 아홉 개 호흡 중 자신이 익힌 여덟 개의 호흡은 언제 어떤 상황에서도 자신의 몸을 부드럽고 가벼운 상태로 유지시켜 주었다. 그리고 위급한 순간에는 강력한 힘을 한꺼번에 쏟아낼 수 있게 해주었다.

"자, 잠시만요!"

갑자기 당유화가 걸음을 멈추며 자운엽의 팔을 끌었다. 아마도 풍겨오는 천리추종향에서 무슨 변화를 느낀 모양이었다.

"갑자기 향이 짙어졌어요. 틀림없이 멀지 않은 곳에서 쉬고 있다는 증거예요."

"그런가요? 그럼 얼마나 떨어져 있는지 알 수 있겠소?"

"한 오 리(五里)정도의 거리예요."

오리라면 경공을 펼쳐 순식간에 추적할 수 있는 거리였다. 하지만 지금의 경우에는 잡는 것이 목적이 아니었기에 거리의 단축은 크게 의미가 없었다. 단지 자운엽과 당유화 자신들도 추적을 멈추고 조금 쉴 수 있다는 여유는 생긴 것이다.

"그럼 우리도 이곳에서 조금 더 쉬도록 합시다."

자운엽이 근처 나무 아래에 있는 작은 바위로 걸음을 옮겼다. 지금 이 순간 우선 급한 것이 당유화의 휴식이었다. 도망가는 살수가 계속 길게 휴식을 취한다는 보장만 있으면 자신들도 편히 쉴 수가 있겠지만 그것을 확신하지 못하는 상태에서는 이곳에서 휴식을 취하면서도 당유화는 깨어 있어야 한다는 부담이 있었다. 자운엽도 천리추종향의 냄새를 맡을 수 있다면 교대로 잠을 청할 수가 있겠지만 상황이 그렇지 못하니 당유화만 계속 혹사를 해야 한다.

"아, 안 돼!"

바위 위에 잠시 엉덩이를 걸치고 앉자마자 당유화가 자신도 모르게 졸았는지 깜짝 놀라 머리를 흔들고는 코를 킁킁거렸다. 다행히 살수도 다른 움직임이 없었는지 당유화가 안도의 한숨을 쉬었다.

"무슨 얘기든지 좀 해봐요, 잠이 오지 않게."

당유화가 자운엽에게 부탁을 했다.

"언제까지나 잠을 자지 않을 수는 없는 일이오. 그러니 나무에 기대서라도 잠시 자두시오. 천 리를 떨어지지 않는 한 놓칠 일은 없지 않겠소?"

자운엽이 피곤에 지친 당유화의 모습을 보며 걱정스런 표정으로 권했다.

"놓치지 않는 것이 중요한 게 아니잖아요? 언제 어떤 순간에도 일정 거리 이상을 떨어지지 않고 따라가다 본거지라고 생각되는 곳으로 찾아들면 그때 덮쳐야 해요. 저놈이 우리가 찾고 있는 사람을 먼저 죽인다면 백 번을 더 붙잡아도 무슨 소용이 있겠어요?"

당유화의 말대로 지금 가장 애로 상황이 그것이었다. 자운엽도 당유화의 그 지적에는 대책이 없었다.

"가문이란 것이 그렇게 중요한 것이오?"

잠시 침묵했던 자운엽이 당유화에게 불쑥 의외의 질문을 던졌다.

"무슨… 얘긴가요?"

당유화가 언뜻 자운엽이 던진 질문의 진의를 파악하지 못하고 반문했다.

"어린 시절, 내가 아는 어떤 사람도 가문의 이름을 더럽히지 않으려고 온갖 추악한 음모 속에서도 반격하지 않고 고스란히 당하기만 하더군요. 그리고 우리 국주 남매도 금성표국이란 가문의 이름을 지키고자 화약을 지고 불 속으로 들어가는 중이고, 또 당 소저도 그렇고……. 가문이란 한 집단을 위해 철저히 개인을 희생하는 당신들이 난 언뜻 이해가 가지 않소."

"그런 뜻이었군요."

당유화가 이젠 질문의 의미를 모두 이해했다는 듯 고개를 끄덕이고는 잠시 말을 멈추었다. 자운엽이 던진 가장 근본적인 이런 질문에 답을 하려면 생각을 정리해야 했다. 대체로 이런 사람이 던지는 이런 종류의 질문일수록 답이 어려워지게 마련이었다. 어쩌면 이제껏 살아오면서 지켜온 자신의 신념이나 가치관을 몇 마디 말로써 압축해야 하기 때문이다.

짧은 기간이었지만 옆에 있는 이 청년의 눈빛은 언제나 눈에 보이는 현상 이면을 꿰뚫어 보려 한다는 것을 느꼈다. 별 의미가 없는 말이나 행동들은 철저히 생략하고 내면에 숨겨진 보이지 않는 뭔가를 끊임없이 살피는 이런 유형의 인간은 언젠가는 초인이 되어 저 높은 정점에서 천하를 내려다볼 것이다.

당유화가 가볍게 한숨을 쉬었다.

옆에 있는 이 청년에게는 몇 살 더 먹은 자신의 나이가 큰 장점이 되지도 못한다. 그리고 입에 발린 듯한 형식적인 말 또한 의미가 없을 것이다. 차라리 아무런 가식 없는 솔직한 자신의 생각만이 오히려 거부감을 덜 일으킬 것이다.

"사랑하는 사람이 있다고 들었어요. 그리고 그 사람을 찾아가는 중이란 말도……."

"……."

"그것은 언젠가는 그 사람을 찾아 지켜주려 하는 것이 아닌가요? 나역시 그래요. 부모님과 조부님을, 그리고 가문의 선조들과 피를 나눈 많은 혈육들을 사랑해요. 그래서 그 사람들은 지키려 하는 것이에요. 가문이란 내가 사랑하는 사람들을 지키는 울타리이니까요."

당유화가 자신의 뜻을 또박또박 말하고는 자운엽을 쳐다보았다.

"뭔가 좋은 말인 것 같소. 난 애초에 그런 것이 없어서 전적으로 공감은 가지 않지만 말이오."

자운엽은 생각을 읽을 수 없는 표정으로 묵묵히 말했다.

"자 공자도 연인을 찾고 가정을 가지고 가문을 이루어보세요. 그럼 그것을 느낄 수 있을 것이에요."

"그럴 수도 있겠지요. 하지만 당신들은 좀 더 유별난 것 같소. 당신들이 그럴수록 나 같은 사람들이 설 땅은 더 좁아지지 않을까 하는 반감이 들 정도로……. 위지 공자가 말했듯이 그 유별남 속에는 어두운 그림자도 많이 감추어져 있겠지요?"

"……."

잠시 말을 멈췄던 자운엽이 다시 입을 열었다.

"우리가 찾고자 하는 사내는 부디 그 어두운 그림자 속으로 묻히지 않기를 바랄 뿐이오"

자운엽의 목소리가 낮게 가라앉았다.

"그럴 일은… 없을 것이에요!"

당유화가 하얗게 질린 얼굴로 조심스레 답했다.

직설적인 표현은 아니지만 이 청년은 자신에게 '어떠한 일이 있어도 그 사내의 의지가 아닌 이상 당신들은 그 사람을 데려갈 수 없다' 고 다시 한 번 엄중히 경고하고 있는 것이다. 그런 자운엽에게서 당유화는 절대로 길들일 수 없는 맹수의 냄새를 맡았다.

"천리추종향을 갖고 있소?"

바위 위에 몸을 걸치고 조금 더 쉬자 날이 밝아오고 있었다. 그것을 본 자운엽이 느닷없이 당유화에게 질문했다.

"그건 왜……?"

"날이 밝았으니 이제부터는 나 혼자 그자를 쫓겠소."

"안 돼요, 그건!"

당유화가 눈을 동그랗게 떴다.

"어차피 당 소저는 한계에 도달했소. 단 몇 시진이라도 눈을 붙이지 않으면 쓰러질지도 모르오. 그럼 오히려 짐만 되오. 마을 객점에서 눈 좀 붙이고 뒤따라오시오. 내 몸에 천리추종향을 뿌리면 내가 살수를 처치한 후에라도 날 찾을 수가 있지 않겠소?"

"하지만……."

여전히 당유화의 표정이 안정되지 않았다. 자신의 손으로 직접 종리재정이란 사내를 구출하고 싶었다. 그래서 그 사내의 마음을 움직이고 싶은 것이다. 그런데 길들일 수 없는 맹수 같은 이 청년이 먼저 그를 구하고 맹수의 몸에 배인 초원의 냄새를 한껏 맡게 해준다면 자신들의 목직은 더욱 이루기 힘들어질지도 모르는 것이다.

"억지로 그 사람을 빼앗아가지는 않을 것이오. 그러나 쉬었다 따라오시오!"

당유화의 내심을 눈치 챈 자운엽이 한마디 뱉고는 성큼 걸음을 옮겼다. 그새 말끔히 피로가 회복되었는지 자운엽의 걸음걸이는 깃털처럼 가벼워져 있었고 당유화는 다시 신비감에 싸였다.

"어쩔 수 없군요. 하지만 아무리 조심을 해도 끝까지 추적의 낌새를 느끼지 못하게 하면서 그를 따르는 일은 실패할 확률이 높아요. 특히 그자는 살수 훈련을 받은 자이니 그런 면에서는 누구도 따르지 못할 감각을 지녔을 것이에요."

당유화의 말을 듣고 보니 틀린 말은 아니었다. 당장 따라잡는 일이라면 어려운 일이 아니겠지만 상대에게 미행의 낌새를 조금도 눈치 채지 않게 하며 똑같은 거리를 지속해서 따른다는 것은 불가능한 일이다. 자칫 미행을 눈치 채게 되면 살수는 절대로 본거지로 돌아가지 않고 엉뚱한 방향으로 도망갈 것이다. 그리고 극단적인 방법으로 그자를 잡아서 본거지로 캐물으려 한다고 해도 저런 자들은 독단을 깨물든지 하는 최악의 수단을 강구할 것이다.

"그건 그럴 것 같소. 좋은 방법이라도 있는 것이오?"

"천리추종향을 따라가는 방법뿐이에요."

"난 당문 사람이 아니오."

"비밀을 지켜준다면 방법을 가르쳐 드리겠어요."

당유화가 품속에서 작은 병을 꺼내었다.

"비밀은 지켜 드리겠으니 방법이나 알려주시오."

"이 물약을 복용하세요."

"……?"

"당가 사람이라고 날 때부터 개코를 달고 태어나는 건 아니에요. 보통 사람과 다를 게 없지요. 이 약은 우리 몸을 당가에서 만든 천리추종향에 민감하게 반응하도록 만들어주지요. 물론 한시적이긴 하지만."

"그렇군요."

자운엽이 이해가 간다는 듯 답하고는 약을 입에 털어 넣었다. 쓰디쓴 맛이 목구멍을 타고 흘렀고, 즉시 온몸을 퍼져 나가는 느낌이 들었다. 독과 암기로 수백 년 동안 세가의 자리를 지켜온 당가의 위력을 곧바로 느낄 수 있는 순간이었다.

"어떤가요?"

당유화가 의미심장한 눈빛으로 자운엽을 쳐다보았다.

"냄새가 솔솔 나는군요. 아주 자극적이오."

"그럼 됐어요. 이젠 절대로 눈치 채지 않게 따를 수 있을 겁니다."

당유화가 한시름 놨다는 표정을 지었다. 그녀는 지금 이 순간 이 자리에서라도 꼬꾸라져 깊이깊이 잠들고 싶었다. 그것을 억누르고 계속 살수를 추적한다는 건 자신이 생각해도 무리였다. 언제 체력의 한계를 느껴 쓰러질지도 모르는 일이었다. 그렇게 된다면 자운엽의 말대로 짐만 될 것이고 모든 일은 수포로 돌아갈 공산이 크다. 그것을 미리 예상하고 일 처리를 하는 자운엽이 더없이 미더웠다. 이젠 천리추종향을 쫓는 능력까지 주었으니 이 청년은 하늘이 무너져도 실패하지 않을 것이다. 이젠 정말 쉬고 싶은 그녀였다.

"그럼 한숨 푹 자고 뒤를 쫓을 테니 혼자 수고 좀 해주세요, 자 공자."

당유화의 목소리에서 벌써 잠이 묻어 나오고 있었다.

"흐흐. 이놈, 아직 살아 있었군."

대장간으로 뛰어든 냉을영이 종리재정을 보며 이빨 사이로 웃음인지 원망인지 모를 소리를 질렀다. 그런 냉을영을 마주 보는 종리재정의 눈이 바람처럼 무심했다.

"이 짐승 같은 놈! 네놈이 감히 배반을 했단 말이냐? 네놈 따위가……."

냉을영이 천천히 종리재정에게로 다가갔다.

"그년은 죽은 것이오?"

종리재정이 무심하게 질문을 던졌다.

"이, 이놈이!"

살기를 잔뜩 머금고 종리재정에게로 다가들던 냉을영이 주춤 걸음을 멈추었다. 한 점 두려움없는 종리재정의 눈빛이 냉을영의 전신을 가득 덮어왔기 때문이다.

부금란이란 계집에게 홀려서 그년이라면 사족을 못 쓰고, 그년이 시키는 것이라면 뭐든지 하는 놈인 줄 알았는데, 지금의 눈빛을 미루어보아 그것은 완전히 자신들만의 착각이었다는 것을 느끼게 해주었다.

이놈은 자신을 속이고 이리로 꾀어온 그년을 죽이려고 그 화살을 만든 것이 확실했다. 그것을 부주 독나근이 사용했고, 결코 실수가 아니라 애초에 그렇게 만들어진 화살에 처참하게 죽은 것이다. 그리고 이자는 지금 자신이 어찌 될지도 환히 내다보고 있는 것이다.

"네, 네놈이 감히!"

냉을영이 기가 막힌 듯 중얼거렸다.

"짐승인 줄 알았던 놈이 목을 물어뜯으니 기가 막히는 모양이오?"

종리재정이 씨익 웃으며 냉을영을 마주 쳐다보았다.

"이런 처죽일 놈!"

"후후! 그럴려고 온 것이 아니오? 난 애타게 기다렸소. 누군가 이렇게 찾아오기를……. 그건 바로 그년이 죽었다는 명백한 증거이니까. 어서 칼을 휘두르시오. 더 이상은 나도 미련이 없으니."

종리재정이 피곤하다는 듯 등을 돌렸다.

"오냐, 이놈! 내 네놈을 죽여주겠다. 아주 천천히, 그리고 아주 고통스럽게……. 흑살부의 고문 수법을 모두 맛보여 준 후 천천히 죽여주지."

냉을영이 부르르 떨며 칼을 뽑아 들었다.

"우선 네놈 살을 갈라 그 속으로 펄펄 끓는 소금물을 조금 뿌려주지. 얼마나 고통스러운지 느껴보거라!"

냉을영이 칼을 들어 올렸다. 그러나 손톱만큼도 흔들림없이 등을 돌리고 있는 종리재정의 모습에 자연 행동이 멈추어졌다.

파르르.

멈칫거리던 냉을영이 등 뒤에서 들리는 섬칫한 음향에 벼락같이 몸을 돌렸다.

"네놈은?"

냉을영의 입이 다물어지지 못했다.

자신들의 표적이었던 계집과 한패인 놈이었다. 자신들의 숙소로 쫓아 들어와 밖으로 뛰쳐나가게 만든 그놈이 귀신같이 등 뒤에서 서 있는 것이다. 이곳까지 달려오면서 수백 번도 더 뒤돌아보고 수십 번도 더 걸음을 멈추고 혹시라도 모를 미행에 대비했건만 어떻게 이렇게 따라올 수가 있단 말인가? 필시 이건 귀신의 장난만 같았다.

"아직 남은 잔당들이 있느냐?"

자운엽이 나직하게 물었다.

"대체! 네놈이 어떻게 여기를?"

"그런 것은 알 필요가 없다. 안다고 해서 달라질 것도 없고. 내가 보기엔 네놈이 흑살의 마지막 생존자 같은데 그렇지 않나?"

자운엽이 비릿하게 미소를 지었다.

"이놈들이!"

냉을영의 눈빛이 시퍼렇게 귀화를 내뿜었다. 처음부터 끝까지 하나도 성공하지 못한 완벽한 패배였다. 천방지축 계집을 죽이는 일에서부터 준비한 뇌전을 사용해 보지도 못하고 한밤중에 쫓겨나 동료를 잃고 도망친 일……. 겨우 부주 한 사람만이 뇌전을 사용했지만 그것마저도 이 짐승 같은 놈의 수작으로 역공을 당하고 말았다. 그리고 지금은 귀신 곡할 노릇으로 추적을 당하여 본거지까지 발각당했다.

쉬이익―

냉을영이 이빨을 앙다물고 종리재정에게 칼을 내려쳤다. 자신은 죽더라도 자신들을 배신한 이놈은 죽이고 싶었다. 그러나 그것은 오직 생각만으로 그쳐야 했다. 이미 냉을영의 행동을 예측하고 있던 자운엽의 연검이 한 발 먼저 내을영의 목을 쳤고 냉을영의 몸뚱아리는 칼을 반도 내리지 못하고 뻣뻣하게 뒤로 넘어졌다.

쿵!

냉을영의 몸이 바닥에 뒹굴고 나서야 종리재정이 놀란 눈빛으로 자운엽을 바라보았다. 그리고 자운엽이 들고 있는 칼을 보고 심하게 눈빛이 흔들렸다.

"이 칼, 이 칼은……? 당신은 누구요?"

종리재정이 떨리는 목소리로 자운엽을 보고 외쳤다.

"당신 부친께서 이 칼로 당신 발목에 묶인 쇠사슬을 끊어주라고 했소."

말과 함께 자운엽이 연검을 휘둘렀고, 종리재정의 발목을 묶고 있던 굵은 쇠 밧줄이 매끈하게 끊겨 나갔다.

"당신 같은 솜씨라면 이런 사슬 정도는 쉽게 끊을 수 있었을 텐데, 왜 여태껏 그것을 묶고 있는 것이오?"

자운엽이 종리재정의 음울한 눈을 쳐다보았다. 모든 것을 포기하고 생명의 원기가 모두 빠져나간 허무 가득한 눈이 그곳에 있었다.

"계집에게 속아… 늙은 부친을 버리고… 묶여진 사슬이었소. 내 손으로 어찌… 그것을 끊을 수 있겠소? 이렇게 밧줄을 묶인 채 죽으려 했소."

종리재정이 공허하게 답했다.

"당신의 부친이 당신 발목에 묶인 밧줄을 끊었으니 이젠 부친에게로 돌아가도록 하시오."

자운엽이 칼을 거둬들이며 종리재정을 바라보았다. 생명의 원기를 잃은 종리재정의 눈에서 뿌연 막이 생겨나기 시작했다. 그리고는 그 막에서 굵은 눈물이 쏟아져 내렸다.

"크흐흐흑!"

짐승의 울부짖음 같은 목소리가 음침한 실내에서 울려 퍼졌다.

그 울음소리는 한참 동안이나 계속되었다.

"이 칼 정말 멋진 칼이오."

한참을 울부짖던 종리재정의 울음이 잦아들 즈음 자운엽이 연검을 만지작거리며 입을 열었다.

"당신 같은 재주를 가진 사람이라면 앞으로도 수없이 많은 사람들이 찾아올 것이오. 그리고 당신을 데려가려 할 것이오. 당신이 원한다면 그들에게 보내주겠소. 하지만 그렇지 않다면 난 철저히 그들을 막겠소. 선택은 당신이 하시오!"

"이젠 누구도 따라가고 싶지 않소. 예전처럼 자유롭게 살고 싶소!"

"그럼 결정됐소."

자운엽이 성큼 일어서자 종리재정도 주춤주춤 일어서며 자운엽을 따라 어두운 실내를 벗어났다. 잠시 밝은 햇살에 눈이 부신 듯, 두 손으로 얼굴을 가린 종리재정이 천천히 손을 떼고 태양을 향해 얼굴을 쳐들었다.

"흐흡."

온 세상의 공기를 다 빨아들이려는 듯 종리재정이 길게 대기를 빨아들였다.

◆ 제21장

명검(名劍)은 스스로 주인을 찾는다

명검은(名劍) 스스로 주인을 찾는다

땅―

땅―

묵직한 망치 소리가 병기점 안에 울려 퍼지고 있었다. 규칙적이고 일정한 힘이 들어간 망치 소리는 망치를 두드리는 사람의 솜씨를 고스란히 나타내 주고 있었다. 첫 망치 소리를 들을 때는 조금 이질적인 기분을 느낄 수 있겠지만 세 번, 네 번 반복된 소리를 듣는다면 마치 어릴 때부터 들어왔던 소리처럼 자연스러워 금세 그것을 의식하지 못할 만큼 망치 소리는 규칙적이고 똑같은 힘의 분배가 이루어져 있었다.

뚝!

어느 순간 망치 소리가 멈추어졌다.

와장창!

이제껏 울리던 규칙적인 소리와는 전혀 어울리지 않는 불협화음이

울려 퍼지고 망치를 두드리던 노인의 손이 덜덜 떨리며 담금질하던 쇳
조각을 잡고 있던 집게와 망치가 한꺼번에 바닥으로 굴러 떨어졌다.

"이, 이놈!"

종리 노인이 아직도 떨리는 몸을 주체하지 못하고 두 눈을 부릅떴
다.

밤이고, 낮이고 가슴에 한이 되어 미친 듯이 망치만 두드리게 했던
아들의 얼굴이 노인의 동공 가득 담겨져 왔다. 그리고 그 뒤로 자신에
게서 연검을 얻어가던 청년과 비슷한 또래 처녀의 얼굴이 나중에서야
들어왔다.

"이놈, 재정아!"

노인이 달려나와 아들을 끌어안았다.

"크흐흐흑! 아버님!"

두 부자가 한참 동안이나 회한의 눈물을 흘렸다. 그리고 언제까지나
그칠 것 같지 않던 울음을 그친 부자가 천천히 몸을 일으켰다.

"언젠가 이런 날이 올 줄 알았지만 이렇게 빨리 닥칠 줄은 몰랐네."

종리 노인이 자운엽을 보고 믿음 가득한 눈빛으로 말했다.

"운이 좋았지요."

자운엽이 간단히 말하고는 입을 다물었다.

"들어감세. 내 술 한잔 대접하지."

노인 역시 짧은 한마디 말로 모든 표현을 대신했다.

당유화는 자운엽과 노인 사이에 얽힌 사연들을 조금이라도 더 들어
보고 스스로 짐작해 보고자 하였지만 더 이상은 아무 말도 없었고 앞
으로도 그 이상은 알 수 없을 것이라는 생각이 들었다.

틀에 박힌 인사치레나 자질구레한 격식 따위를 이렇게 한 가닥 눈빛

이나 한줄기 미소로 대신하는 저런 사람들에게 말이란 것은 오히려 자신을 숨기기 위한 연막일 뿐이었다. 단 한 순간의 눈빛만으로도 서로를 절대적으로 신뢰하고 믿음을 저버리지 않는 저런 사람들일수록 서로에게 말로써 전할 수 있는 것은 별로 없었다.

그런 사람들의 틈 속으로 과연 자신이 끼어들 수 있을까?

당유화는 길게 한숨을 내쉬었다.

흑살의 본거지에서 자운엽이 종리재정을 구한 직후 당유화 자신 역시 그곳으로 달려와 나란히 걸어나오는 두 사람을 보고 안도의 한숨을 내쉬었지만 자신의 짐작대로 종리재정이란 사내는 자운엽의 몸에서 풍기는 자유로운 맹수의 냄새를 한껏 들이킨 후였다. 이젠 더 이상 어떤 말로도, 어떤 위협으로도 종리재정을 당가로 데려가는 것은 불가능해 보였다. 이미 한 여자에게 속아 아무도 믿지 않을 그 청년을 어떻게 설득하여 당가의 사람으로 만들 수 있을 것인가?

당유화는 커다란 벽 앞에서 암담할 뿐이었다. 그때부터 지금껏 한마디 말도 없이 이곳까지 따라온 것이다.

"제가 하겠습니다."

술상을 차리는 노인을 대신하려던 당유화는 노인의 몸에서 뻗어 나오는 엄한 거부의 기운에 움찔 놀라며 손을 거둬들였다. 노인은 이미 당유화 자신의 의도를 몸으로 느끼고 있는 것이다. 그리고 다시 자신의 아들을 데리고 가려 하는 자신에게 무서운 반감을 드러내고 있었다. '나는 결코 당신의 아들을 우리 속에 가두고 일만 시키게 하지는 않겠다'는 식의 말은 지금 이 순간 아무런 소용이 없는 말이다.

당유화의 눈빛이 조용히 가라앉았다.

이젠 자신과의 싸움이다.

인간이 쏜 화살에 상처를 입고 온몸 구석구석까지 인간에 대한 경계심을 가득 채운 맹수에게 모든 사람이 다 사냥꾼이 아니라는 것을 인식시키는 데는 많은 시간과 한없는 인내가 필요한 것이다. 그것은 바로 자신과의 싸움에서 이길 때만이 가능해질 것이다.

당유화는 조용히 손을 모으고 노인의 움직임이 끝날 때까지 옆에 서 있었다. 그리고 노인이 상을 들고 들어가자 자신도 조심스레 따라 들어왔다.

"무슨 말로 이 고마움을 표해야 할지 모르겠네. 그때 자네가 내가 준 칼을 들고 대장간 문을 나서며 쇠 밧줄을 자르는 순간, 난 내 아들놈 발목에 묶인 밧줄이 끊어지는 환상을 보았지. 그리고 이런 날이 틀림없이 올 것이라 학수고대하고 있었지. 허허! 결국 그날이 왔구먼. 그것도 이렇게 빨리……."

한동안 말없이 자운엽과 아들 종리재정에게 술을 따라주며 자신도 잔을 비우던 노인은 약간 취기가 오른 눈으로 자운엽을 바라보며 입을 열었다.

"그렇게 고마워하실 필요는 없습니다. 내 칼은 이제 내 몸의 분신이나 마찬가지입니다. 그리고 노인장의 아드님은 그 칼을 만든 사람이고……. 노인장께서 제게 그 칼을 아무 조건 없이 건네주는 순간부터 노인장의 아드님을 구하는 일은 자연히 제 일이 되었지요. 그건 지극히 당연한 일이라 생각합니다."

자운엽이 술잔을 내려놓으며 조용히 답했다.

"자넨 이제껏 내가 본 사람들 중 가장 특이한 사람이네. 내가 무식해서 표현을 잘 못하겠네만, 처음 이곳을 들어오는 순간부터 자네 몸에서는 사람의 심장을 서늘하게 하는 기운이 흘러나왔다네. 내 아들놈이 만든 그 칼과 비슷한 기운이 뿜어지더란 말일세. 그래서 내가 그 칼을 자네에게 준 것이지. 칼은 쇠를 두드려 만들지만 그것이 한 자루 칼로 완성되면 생명을 띠고 태어난다네. 그리고 주인을 찾아간다네. 자넨 내가 그 칼을 자네에게 조건없이 주었다고 생각하겠지만 절대 그렇지 않네. 그 칼이 자네를 이리로 부르고 스스로 주인을 찾아간 것이네."

종리 노인이 깊숙한 눈빛으로 자운엽을 쳐다보았다.

"어쨌든 노인장의 아드님이 만들었고 노인장께서 제게 주셨지요. 제겐 그것이 중요합니다. 이제 이 칼은 완벽히 제 것이 되었습니다. 그럼 훨씬 더 날카로워질 것입니다."

자운엽이 입술을 말아 올리며 미소 지었다. 그 미소를 바라보는 종리 부자와 당유화가 한참 동안 아무 말을 못하고 있었다. 무언가 강한 마력을 지닌 미소……. 그 미소에는 보통 사람으로서는 이해할 수 없는 현기(玄氣)가 어려 있었다. 평생 칼을 만지고 살아온 종리 노인마저도 알지 못하는 칼의 비밀을 알고 있는 듯한 그런 빛이 내비치는 미소였다.

"자넨 은원이 너무 확실한 것 같구먼. 그건 때론 약점이 될 수도 있다네."

묵묵히 자운엽의 미소를 바라보던 종리 노인이 다시 말했다.

잠시 동안 묵묵히 술잔만 기울이던 종리 노인이 다시 자운엽을 보고 말했다.

"글쎄요. 은원을 갚은 것이기도 하지요. 하지만 난 그 이전에 내 칼에 매달려 있는 한(恨)의 끈을 끊고 싶었습니다. 그것을 끊어버림으로 해서 이 칼은 완벽히 제 것이 되고, 그리고 제가 휘두르는 대로 한 치의 어긋남도 없이 날카롭게 움직일 것입니다.”

좀 전과 비슷한 자운엽의 말에 언뜻 이해가 가지 않은 종리 노인은 두 눈만 껌벅거렸다.

“무슨 말인가, 그건?”

종리 노인이 결국 질문을 던졌다.

“노인장께서도 말씀하셨듯이 칼은 생명을 띠고 있습니다. 그리고 그 칼 속에는 요마(妖魔)란 놈이 도사리고 있지요. 그건 제가 어느 산속에서 칼을 익히면서 뼈저리게 느낀 사실입니다. 이 칼 역시 생명을 띠고 있습니다. 그리고 그 생명의 원천 속에는 이 칼을 만든 아드님의 한(恨)과 이 칼을 제게 건네준 노인장의 염원(念願)이 같이 얽매여 있지요. 이 칼을 받는 순간 그것을 느꼈습니다. 그리고 그것을 끊어내지 않는 한, 절대로 이 칼은 제 것이 될 수도, 완벽하게 제 뜻대로 움직일 수 없다는 것도 느꼈지요. 이젠 그 얽매인 사슬들을 모두 끊어냈으니 이 칼은 완벽히 제 것이 된 겁니다.”

자운엽이 다시 한 번 만족한 미소를 짓고는 품속에서 연검을 꺼냈다.

파르르.

연검이 방바닥에 빛을 뿌리며 펼쳐졌다.

무엇을 하려는지 몰라 멀거니 쳐다보고 있는 세 사람 앞에서 자운엽은 손가락 끝을 연검 끝에 갖다 대었다.

팟!

손끝을 살짝 움직이자 핏방울이 튀어 올랐다.

“후후! 진정한 내 칼을 얻었으니 이제 혈연의 의식을 맺어야지요.”

자운엽은 손끝에 흐른 피 한 방울을 연검의 얇은 검신에 뿌렸다.

검신 위를 둥글게 구르던 핏방울이 어느 순간 파문이 퍼져 나가듯 천천히 옆으로 퍼져 나갔다. 그리고는 서서히 사라졌다.

"넌 이제 완전히 내 것이 되었다."

자운엽의 얼굴에 다시 한 번 미소가 번져 나갔다.

"자넨 검귀가 될 사람일세."

한동안 넋을 놓고 자운엽을 쳐다보던 종리 노인이 두려움 섞인 눈으로 그를 바라보았다.

"그런 소리는 어떤 인간들로부터 벌써 듣고 있지요."

자운엽은 홀가분한 표정으로 연검을 가슴속에 말아 넣었다.

"이것으로 제 문제는 깔끔히 해결되었습니다. 그럼 이제 당 소저의 문제를 해결해야 되겠군요."

한 잔 술을 더 마신 자운엽이 종리 부자를 쳐다보았다. 두 사람은 지금껏 당유화를 마치 없는 사람 대하듯 하고 있었다. 특히 종리재정은 흑살부에서 지금까지 단 한 번도 당유화와는 눈을 맞추지 않았다. 그런 종리재정의 태도에 당유화도 이제껏 말없이 자운엽과 종리재정을 따라 이곳까지 왔다.

"당 소저는 사천당문의 사람입니다. 사천당문은 예로부터 암기와 용독술에 있어서……."

"알고 있네!"

종리 노인이 자운엽의 말을 끊었다.

"그러시군요. 그럼 왜 당 소저가 지금껏 우리를 따라다니는지도 짐작하리라 생각합니다. 정확히 말하면 우리를 따라다니고 있는 것이 아니라 아드님을 따라다닌 것이지요."

"저번에 이놈을 홀려갔던 그 계집과 다를 것이 없겠지!"

종리 노인의 눈빛이 무섭게 굳어졌다. 세상 어떤 것도 믿을 수 없다는 불신감이 그 눈빛 속에 고스란히 드러났다.

당유화는 종리 노인의 눈빛을 보고 온몸이 오그라드는 듯한 느낌을 받았다. 자신이 아무리 굳은 결심을 하여도 그 굳어진 눈빛을 녹일 수는 없을 것 같은 생각이 들었다.

"촌부에게는 죄가 없지만 촌부가 가진 금덩이가 죄라는 말이 있지요."

잠시 노인의 격앙된 감정이 가라앉기를 기다린 자운엽이 다시 말을 이어갔다.

"아드님의 재주가 퇴색되지 않는 한, 앞으로도 계속해서 이렇게 찾아오는 사람들이 생길 것입니다. 이제껏 두 명의 여자가 찾아왔으니 앞으로는 남자들이 찾아올 수도 있겠지요. 그들 중에는 칼을 든 사람들도 있을 것이고……."

"무슨 얘기가 하고 싶은가, 자네는?"

노인의 음성에는 이젠 자운엽에게까지 믿을 수 없다는 불신감이 섞여 있었다.

"저보다는 몇 갑절을 더 산 노인장 앞에서 이런 얘기를 하는 것은 무척 건방진 일이라 생각합니다만, 전 인간이 타고난 운명에 대해서 얘기를 하고 있습니다."

"운명이라니?"

전혀 뜻밖의 얘기에 종리 노인이 고개를 들고 자운엽을 쳐다보았다.

"제 손에서 칼을 떼어낸다면 살 수 없듯이, 아드님의 손에서 망치와 집게를 뺏어간다면 살 수 없을 것이라는 생각을 해보았습니다. 그건 타고난 운명이지 않을까 생각합니다."

강한 거부감으로 굳었던 노인의 표정에 짧은 순간 공감의 빛이 지나
갔다.

"그 운명을 거스를 방법이 없다면 아드님을 사천당문으로 보내는 것
이 제일 좋은 선택이라 생각합니다."

"자넨?"

종리 노인이 자운엽과 당유화를 번갈아 쳐다보았다. 필시 둘이 한통
속이구나 하고 짐작하는 듯했다.

"처음부터 그런 생각을 한 것은 아닙니다. 저도 처음에는 노인장의
생각처럼 누구든 아드님을 다시 어디로 데려가려 하는 사람들은 무조
건 막으려고 생각했지요. 칼부림을 해서라도……. 하지만 아드님의 운
명마저도 제 칼로 막을 수는 없다는 생각이 들었습니다."

자운엽의 말에 종리 노인이 아무런 반박도 하지 못했다.

"이곳까지 아드님과 오는 동안 며칠이 걸렸지요. 그동안 아드님의
목숨을 연명하게 해준 것은 당 소저의 피였습니다."

자운엽의 말에 종리 노인 부자는 물론 당유화까지도 놀란 눈을 하고
는 자운엽의 입만 쳐다보았다. 결코 평범하지 않은 청년이란 생각은
처음부터 하고 있었지만 뱉어내는 한마디, 한마디가 예측을 불허하는
말들뿐이었다.

"대체 무슨 말인가, 그건?"

"며칠 동안 매번 식사 시간 전에 당 소저는 잠깐씩 어디론가 사라지
더군요. 전 궁금한 건 절대로 못 참는 성미지요. 그래서 사라진 당 소
저가 팔뚝에서 피를 뽑아내는 것을 알아냈습니다. 그리고 그것을 아드
님이 먹을 음식에 은밀히 섞는 것도……."

당유화가 한숨을 쉬며 동그랗게 뜨고 있던 눈을 바닥으로 내렸다.

자신으로선 쥐도 새도 모르게 한 행동이라고 생각했는데 이 청년의 눈을 속일 수 없구나! 하는 체념 섞인 표정이었다.

"혹살의 살수들은 신기에 가까운 솜씨를 가진 아드님에게 쇠사슬 한 줄로 발목을 묶어놓은 것으로는 절대로 안심할 수가 없었을 것입니다. 그래서 만일의 경우에 대비해 중독을 시켜놓은 것이지요. 혹시라도 도망치면 내가 못 먹는 떡, 남도 못 먹게 하자는 생각이었는지 모르지요. 그리고 제 짐작이 맞는다면 그 독의 발작을 막고 있는 것은 당 소저의 피가 아닐까 생각합니다."

자운엽의 말이 끝나자 종리 노인이 놀란 눈으로 아들의 얼굴을 이리저리 살펴보았다. 그리고 당유화의 표정을 살폈다. 종리재정 역시도 멍한 표정으로 자운엽과 당유화를 바라보았다.

"저 처자의 피를 마시고 멀쩡히 살아 있는 것이더냐?"

한참을 복잡한 표정으로 생각에 잠겼던 노인이 아들을 보고 낮은 목소리로 물었다.

"저는 그런 줄 몰랐습니다."

종리재정이 천천히 고개를 떨구었다.

"얼마나 더 처녀의 피를 마셔야 내 아들놈이 살 수 있는 것이오?"

종리 노인이 처음으로 당유화의 존재를 인정한 듯 눈을 맞추어갔다.

"이제 모두 해독이 되었습니다. 마침 제 혈액 속에 있던 약 기운이 종리 공자의 몸에 있던 독과 상극이었던지라……."

"모두 해독을 시켰다……?"

당유화의 말을 끊으며 노인이 탄식조로 중얼거렸다.

"나 같았으면 절대로 다 해독시키지 않을 텐데……."

그 말을 끝으로 종리 노인은 눈을 감은 채 한동안 아무 말도 하지 않왔다.

자운엽의 말대로 촌부는 죄가 없으나 촌부가 가진 금덩이가 죄가 되듯, 아들은 앞으로도 수없이 거듭하여 같은 위험에 처할 것이다. 그런 위험 속에서 또다시 이렇게 멀쩡히 살아 돌아온다는 보장이 없었다.

사천당문이라면?

아들을 한 인간으로 대접해 줄지도 모를 일이다.

노인이 천천히 눈을 떴다. 그리고 당유화의 눈을 쳐다보았다.

"처녀의 눈빛은 저번에 내 아들을 홀려간 계집의 눈빛과는 많이 다르구먼! 그 눈빛이 언제까지 변하지 않을 자신이 있다면 아들놈을 데려가시게!"

"어르신!"

당유화의 눈에 눈물이 그렁하게 맺혔다.

잠시 그렇게 망연하게 눈물을 흘리던 당유화가 얼른 몸을 일으켰다. 그리고는 종리 노인을 향해 큰절을 올렸다.

"왜 이러시는가, 처녀?"

종리 노인이 황급히 손을 내저었다.

"우리 당가의 애물 단지가 이제야 짝을 찾은 것인가?"

방문 밖에서 들리는 인자한 목소리에 절을 하던 당유화가 깜짝 놀라며 고개를 돌렸다. 그와 함께 종리 부자도 두 눈을 크게 뜨고 불안한 듯한 표정을 지었다.

'역시 당문의 사람이었군. 대단한 고수다!'

자운엽은 긴장을 풀었다.

동물처럼 예민한 자신의 감각으로도 겨우 조금 전에야 그들의 기색을 느낄 수 있었고, 그들에게서 살기를 느끼지 못했기에 이제껏 긴장을 유지하며 기다린 것이다.

"할아버지!"

당유화가 마치 어린애가 된 듯한 표정과 음성으로 밖으로 달려나갔다.

"어이구! 이 말만한 녀석이 짝을 찾아도 이 모양이니 시집은 제대로 보낼 수 있으려나 모르겠네. 허허!"

품을 파고든 당유화의 어깨를 두드리며 노인이 너털웃음을 터뜨렸다.

"노인장! 잠시 들어가도 되겠소?"

열려진 문을 통해 엉거주춤 밖을 내다보던 종리 노인이 방 옆으로 옮겨 서서 자리를 만들었다.

"고맙소."

계피학발의 노인과 한 중년인이 들어오고 그 뒤에서 당기철이 방 안으로 들어서고 있었다.

"처음 뵙겠소. 나는 이 녀석의 할아비 되는 당문정(唐文丁)이라 하오. 손녀딸이 그동안 찾던 사람의 흔적을 발견하고 따라갔다는 말을 듣고 불원천리 달려오는 길이오. 내 이곳에 도착한 지는 조금 되었소만 저 청년의 얘기가 하도 명쾌하고 흥미진진한지라 나도 모르게 잠시 밖에서 엿듣게 되었소. 그 점 용서하시오."

당문정이 그렇게 사과를 하자 종리 부자도 불안했던 표정을 지우고 묵묵히 경청하게 되었다.

"그리고 이 사람은 내 큰아들이자 현 사천당가의 가주이오."

"당천의(唐天義)라고 합니다. 유화의 백부가 되지요."

중년인이 종리 노인을 향해 고개를 숙이자 종리 노인도 황급히 고개를 숙였다.

"그리고 마지막으로 저놈은 유화의 동생인 놈이지요."

차례대로 당가 손님들의 인사가 끝나자 종리 노인은 아들에게 술 몇 병을 더 가져오게 했고, 종리재정이 얼른 나가 술병을 들고 들어오자 잠시 끊어졌던 대화가 다시 이어졌다.

"아까 내가 밖에서 들은 바로는 노인장께서는 당가를 잘 알고 있는 것 같았소. 그러니 우리가 왜 이렇게 노인장의 아들에게 관심을 보이는지는 짐작하리라 생각합니다. 우리 당가는 노인장의 아들 같은 사람이라면 온 식구들이 모두 몰려와 무릎을 꿇고 빌어서라도 모셔가고 싶어하는 사람들이 사는 가문이지요. 그런데 저 청년이 정확히 본질을 꿰뚫었고 노인장 역시 현명한 판단으로 아드님을 데려가라는 결정을 내렸을 때는 뛸 듯이 기뻤소. 다시 한 번 감사드리오."

당문정이 깊숙이 고개를 숙이자 당천의와 당유화, 당기철이 따라 고개를 숙였고 종리 부자도 놀란 눈으로 같이 고개를 숙였다.

"그런데, 노인장. 노인장 아들이 우리 당가로 간다는 것은 평생 당가의 사람이 되어야 한다는 뜻이오. 그래도……."

"저 처자가 아니었으면 벌써 죽었을 놈이지요. 그러니 죽을 때까지 은혜를 갚아도 모자라는 일이지요."

종리 노인이 잘라 말했다.

"그렇게 생각해 주신다면 우리도 맘이 편하오. 그렇다면 결론을 지읍시다. 여기 있는 내 손녀를 노인장의 자제와 짝을 지워주고 싶소."

당문정의 말과 함께 종리 부자가 벼락을 맞은 듯 고개를 들었다.

중원무림에 있어서 그 명성이 높디높은 사천당가의 금지옥엽과 천하디천한 자신의 아들이 짝을 맺다니? 이건 도저히 있을 수 없는 일이

라는 생각이 들었다. 종리 노인은 필시 자신이 잘못 들은 것이라 생각
했다.

"비록 노인장의 자제에 비해 내 손녀가 많이 부족하지만 그건 살면
서 노력하면 맞춰질 수 있는 일이고……."

"지금 무슨 말씀을 하시는 것이요? 천하디천한 내 자식 놈과 대인의
손녀딸이 짝이 되다니요? 그 무슨 말도 안 되는… 대장간 한구석에서
짐승 취급이나 받지 않고 살면 될 일을……."

종리 노인이 숨이 넘어가는 듯한 목소리로 당문정의 말을 잘랐다.

"어허! 이거야 원……."

너무나 당황해하며 펄쩍 뛰는 종리 노인의 태도에 당문정이 혀를 찼
다.

"아까 내가 듣기론 우리 당가를 잘 아는 듯하더니만 이제 보니 제대
로 아는 게 하나도 없는 것 같구려."

당문정이 종리 노인의 태도가 조금 누그러지기를 기다렸다가 다시
말을 이었다.

"모든 건 제쳐 두고 우리 당가의 여식들에 대해서 몇 가지 말씀드리
리다. 우리 당가의 여아들도 나이가 차면 여느 가문의 여식들과 마찬
가지로 혼인을 시키지요. 그런데 그 혼인의 성격을 따져 보면 두 부류
로 나누어진다오. 하나는 다른 여염집 규수와 마찬가지로 시집으로 출
가하는 경우이지요. 그런 여식들은 자라면서부터 평범한 자질을 보인
아이들로, 평범하게 자라 그렇게 시집을 가지요. 그런데 유화 저놈처
럼 어릴 때부터 범상치 않은 자질을 타고난 여아들이 드물게 있지요.
그런 녀석들은 자랄 때도 그렇게 자란다오. 아무리 대장간 옆을 얼씬
거리지 못하게 해도 어느새 가문의 비전암기 제조법이나 사용법을 귀

신처럼 자기 것으로 만들고 아들들보다 더 뛰어난 용독술을 펼치지요. 그런 아이들은 절대로 당가를 떠나지 못할 운명을 부여받게 된다오. 가문에서도 그런 아이들은 처녀귀신으로 늙혔으면 늙혔지 출가를 시킬 수가 없지요. 그 이유는 충분히 짐작하리라 생각하오. 그런데 그런 여식들은 대개의 경우 가문에 대한 애착심 역시 남달리 강해 스스로 가장 당가에 어울리는 남자를 찾아 당가의 사람으로 만들어 그와 짝이 되더군요."

당문정이 잠시 말을 멈추고 한없이 자애로운 눈으로 당유화를 바라보았다.

"유화, 저 녀석은 당문 역사상 이제껏 유례를 찾아보기 힘들 정도로 당가 사람다운 자질과 가문에 대한 애착이 강한 아이지요. 저 아이가 노인장 자제를 만난 건 어쩌면 하늘이 정해놓은 운명이란 생각이 드오."

"……."

"사람이 귀하고 천한 것은 인간 스스로가 만든 굴레일 뿐, 하늘이 정해준 것이 아니오. 우리 당가는 그런 것을 믿지 않소. 내가 볼 땐 노인장의 자제는 내 손녀딸이 평생을 두고 우러러볼 만한 자질을 가진 청년이오. 그러니 누구보다 좋은 한 쌍이 될 것이오."

차분하게 이야기를 풀어가는 당문정의 말에 펄쩍 뛰던 종리 노인도 더 이상 아무 말 없이 듣기만 했다.

"유화야, 어서 시아버님께 술 한잔 올리거라."

이번에는 당천의가 나서서 한마디 하자 당유화가 살며시 술병을 들어 종리 노인에게 다가갔다.

"아버님! 소녀 누구 못지않은 좋은 아낙, 좋은 며느리가 되겠습니다."

"어허! 무엇 하시는 게요, 사돈! 내 손녀딸 팔 빠지겠소."

당문정의 고함 소리에 종리 노인이 덜덜 떨리는 손으로 술잔을 잡았
고 술잔에 술이 다 따라지기도 전에 종리 노인의 노안에서는 눈물 두
줄기가 먼저 흘러내렸다.

◆ 제22장

결의형제(結義兄弟)

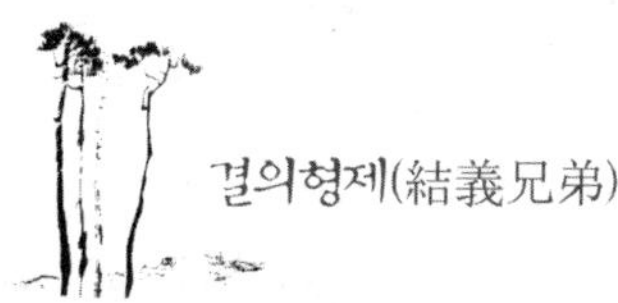

결의형제(結義兄弟)

“표사라 그랬나, 자네?”

다음날 아침 종리 부자의 대장간 근처 한 객점에서 묵은 당가 사람들과 자운엽이 식사를 하는 자리에서 당 노인이 묵묵히 수저를 놀리는 자운엽을 보고 물었다.

어제저녁에는 온통 손녀딸과 짝이 될 청년에 대한 관심으로 자운엽에게 관심을 보일 틈이 없었지만 이제는 자운엽에게도 손녀사위 될 청년만큼이나 큰 관심과 궁금증이 이는 중이었다.

“그렇습니다.”

자운엽이 고개를 끄덕이며 짤막하게 답했다.

“고맙다는 인사부터 해야겠구먼.”

그 말에 음식에서 눈을 떼지 않던 자운엽이 눈을 들어 당 노인을 바라보았다.

“무슨 말씀이신지요?”

“내 손녀사위가 될 청년과 그 부친의 마음을 돌리는 데 가장 큰 공헌을 한 사람이 자네일세. 짐작컨대 자내의 그 현기 어린 설명이 아니었으면 그들 두 부자는 목에 칼이 들어온다고 해도 우리의 말을 듣지 않았을 것이네. 어린 나이에 운명마저 꿰뚫어 보는 듯한 그런 통찰력 깊은 얘기를 한다는 사실이 도무지 믿어지지 않더구먼, 어제는……..”

당 노인이 감탄 어린 얼굴로 자운엽을 쳐다보았다.

“저보다는 당 소저의 역할이 더 컸습니다.”

자운엽은 짤막하게 말하고 수저를 놓았다.

“산책을 좀 하겠나?”

당 노인도 식사를 마쳤는지 물잔을 비우고는 깊은 눈빛으로 자운엽을 쳐다보았다.

진지하게 자신을 쳐다보는 당 노인의 표정에서 자운엽은 뭔가 심상치 않은 분위기를 느꼈지만 백발이 성성한 노인의 말을 일언지하에 거절하지 못하고 승낙했다.

“그러시지요. 소화도 시킬 겸.”

자운엽의 대답과 함께 두 노소는 자리에서 일어섰다.

“자네 사문은 어딘가? 풍기는 기도로 봐서는 유서 깊고 뼈대있는 문파 같은데…….”

객점을 벗어나 약간 좁은 골목길을 걸으며 당 노인이 단도직입적으로 자운엽에게 질문을 했다. 식사 시작 때부터 내내 자운엽의 눈치를 보며 전전긍긍하던 당 노인의 궁금증이 그것이었다.

‘역시 그거였군!’

지극히 고지식적이고 틀에 박힌 정파 노인네다운 질문에 자운엽은 그동안 실수들을 신경 쓰느라 팽팽한 긴장 속에 조여져 있던 피로가 한꺼번에 몰려드는 듯한 느낌을 받았다.

'가문이니, 사문이니 하는 것이 그렇게 중요한가? 사문도 모르고 가문도 없는 놈 서러워서 못살겠군!'

자운엽의 입꼬리가 슬쩍 말려 올라갔다.

"별로 변변한 곳이 아닙니다."

"허허! 그런가? 그 변변치 못한 사문이 배출한 제자가 하북팽가와 쌍벽을 이루는 위지세가의 장남을 한 손으로 벽 구석에 처박아 버렸는가? 그렇다면 이 세상에 변변한 사문을 가진 사람은 한 명도 없을 걸세."

당 노인이 너털웃음을 터뜨렸다.

비록 무심한 듯, 너털웃음을 지었지만 당 노인의 얼굴에는 기어코 자운엽의 사문을 알아내겠다는 의지가 넘쳐흘렀다. 그것을 느낀 자운엽은 급히 염두를 굴렸다.

이런 틀에 찍어낸 듯한 정파 노인네들의 질문에 자신의 모든 것을 그대로 답해줘 봤자 절대로 믿지 않을 것이다. 오히려 그들이 듣고 싶어하는 대답을 들려주는 것이 훨씬 덜 피곤한 일일지도 모를 것이다. 자운엽은 최대한 빠른 시간 내에 사문을 하나 만들 필요성을 느꼈다.

"제 사문은 태음문(太陰門)이라는, 일인계승으로 맥을 이어가는 거의 알려지지 않은 곳입니다."

자운엽이 빠르게 말하고는 슬쩍 당 노인의 표정을 살폈다.

"역시!"

당 노인이 노안 가득 '그럼 그렇지!' 하는 강한 만족의 기운이 충만했다.

"그럼 사부님의 별호나 존함은 어찌 되시나?"

예상대로 당 노인은 자운엽의 사문에 대해서는 더 이상 귀찮게 하지 않았다.

"그러니까… 태을신군(太乙神君)… 원가후(元可后) 대협이라는 함자를 들어보셨는지요?"

"태을신군? 원가후……? 모르겠는걸."

당 노인이 고개를 갸웃거리다가 얼른 정색을 했다. 자신의 강한 고갯짓에 자운엽이 온 얼굴 가득 섭섭한 표정을 지었기 때문이다. '다른 사람은 몰라도 노인장쯤 되는 연세면 그 정도는 알고 있을 텐데 정말 실망했다' 는 그런 표정이었다.

"미, 미안하네. 내 나이는 많이 먹었으나 중원을 활보한 날보다는 당가에 처박혀 있었던 날이 훨씬 많았던지라……."

당 노인의 말이 끝났음에도 자운엽의 얼굴에는 섭섭한 표정이 사라지지 않자 당 노인은 바늘방석에 앉는 기분으로 자책했다.

'쩝. 은근슬쩍 들은 적이 있다고 할 것을……. 너무 고지식하게 대답하여 신비스럽기 짝이 없는 청년고수의 마음을 상하게 했군. 이런 분위기라면 뭘 더 알아낸다는 것은 다 틀린 셈이구나. 쯧쯧.'

당 노인이 내심 혀를 차며 자운엽의 의도대로 화제를 돌렸다.

"그럼 자넨 이제 어쩔 것인가? 다시 자네 동료들이 있는 표국으로 돌아갈 것인가?"

"그래야겠지요."

자운엽은 회심의 미소를 삼키며 얼른 답했다.

"그곳이 낙양이라면 우리와 같이 가는 게 어떠한가? 우리도 남궁세가로 가는 길이었다네. 자네가 가는 곳까지는 동행하며 길동무나 해

봄세."

당 노인이 여전히 신비감 어린 눈길로 자운엽을 바라보며 말했다.

"그렇게 하지요. 어차피 같은 방향이니……."

당 노인의 눈길이 좀 부담스럽긴 했지만 자신의 허전한 주머니를 생각한 자운엽은 힘없이 답했다.

"하하! 그러시게. 이젠 식구도 불었으니 마차도 구해야겠네. 그러니 자네는 아무 부담 갖지 말고 내 집처럼 편하게 지내며 같이 가기로 하세."

당 노인은 자운엽의 얼굴에 가득 어렸던 섭섭한 표정이 사라진 것을 보고 어린애처럼 좋아했다.

'순진한 구석이 많은 노인네군! 잘 구슬리면 피독주 하나는 얻을 수도 있겠어!'

자운엽은 오랜만에 자신 특유의 미소를 지으며 발걸음을 옮겼다.

객점에서 아침을 먹고 종리 노인의 대장간으로 다시 돌아온 당가 사람들은 종리재정과 당유화의 거취에 대해서 의논을 했다. 이젠 당가 사람이 되었으니 종리재정이 당가 사람들을 따라가야 하지만 여태껏 흑살에 잡혀 있다가 이제 겨우 집에 와 부친을 뵌 지 하루 만에 또 헤어지려니 도저히 발이 떨어지지 않는 것이다. 그것을 감안한 당 노인은 당유화를 이곳에 놔두고 남궁세가의 잔치가 끝나고 돌아올 때 데려가겠다는 제안을 하였다.

"그 무슨 당치 않는 소리요! 이곳에 저 아이가 기거할 만한 곳이 어디 있다고……. 당문의 사람이 되기로 한 이상 저놈은 이제 당문 사람들과 한 치도 떨어져서는 안 될 일이오."

종리 노인이 단호하게 말하고는 아들을 쳐다보았다.

"네 녀석은 손재주만 뛰어났다 뿐, 다른 세상 물정에 대해서는 천치나 마찬가지이니 앞으로는 저 아이 곁에서 한 발자국도 떨어지지 않도록 해라. 그렇지 않고는 또 언제 가는 줄도 모르고 저승으로 가게 될지 모른다."

"아버님!"

종리 노인의 말에 종리재정이 눈물을 흘리며 부친을 쳐다보았다.

"못난 놈!"

종리 노인이 한숨을 쉬고는 당유화를 바라보았다.

"아가야, 이젠 너만 믿는다. 저놈이 사람답게 살아갈지 말지는 모두 네 손에 달린 바, 부디 잘 가르쳐서 쓸모있는 사람으로 만들려무나."

주저하며 당유화의 손을 잡은 종리 노인의 눈에서는 한없이 자애로운 시아버지의 눈빛이 뿜어져 나왔다. 자고로 며느리 사랑은 시아버지인 것이니……

"아무 걱정 마십시오, 아버님. 내년 이맘때쯤이면 아버님을 뵈러 오겠습니다. 그땐 누구보다도 행복한 부부가 되어 있을 것입니다."

당유화도 종리 노인을 바라보며 눈물을 흘렸다.

"흐흠! 이거 시아버지와 며느리 간의 이별 장면이 너무 애틋해서 발길이 떨어지지 않을 것 같구려!"

당 노인이 너스레를 떨자 종리 노인이 당유화의 손을 놓고 종리재정을 당가 사람들 쪽으로 떠밀었다.

"네놈을 옳게 사람 취급 해줄 곳은 이세상 천지에 당문뿐이니라. 그리고 네가 한순간이라도 빨리 그곳으로 가는 것이 나에게는 걱정을 덜어주는 것이다. 그러니 그곳에서 네 능력을 마음껏 발휘하거라. 그리고 당문의 이름과 함께 누구도 무시하지 못할 정도로 네놈의 이름을 날리거라. 이제 다시는 어느 누구도 네놈을 짐승 취급 하지 못하도록……. 내 그 소식만을 학수고대하며 기다리겠다.”

“아버님… 반드시… 반드시 그리하겠습니다!”

만난 지 하루 만에 다시 부친과 헤어지게 되자 의기소침해지던 종리재정이 부친의 당부를 듣고 입술을 굳게 다물며 서서히 눈빛을 빛냈다. 그 눈빛은 더 이상 순박 무지한 대장간 청년의 눈빛이 아니었다. 대장간의 불화로보다 더 뜨거운 열기가 그 눈빛에 담겨 있었다.

“흐흠.”

당천의가 고무된 표정으로 종리재정의 그 눈빛을 놓치지 않고 있었다. 오랫동안 이루지 못했던 당가의 숙원이 자신이 가주로 있는 자신의 대에 이루어진다는 것은 자손 대대로 영광일 것이다. 방금 뿜어졌던 종리재정의 눈빛에서 충분히 그 가능성을 읽을 수 있었다.

“칼이 무디어지면 언제든 들르게. 내 열 일을 제쳐 놓고 자네 칼을 손질해 주지.”

종리 노인이 마지막으로 자운엽을 보고 미소를 지었다. 그 미소는 마치 자식에게나 보일 수 있는 그런 미소였다.

“글쎄요? 사천당문에 노인장보다 몇 배는 더 솜씨 좋은 사람이 있는데 이곳으로 올 이유가 있을까요?”

자운엽이 심드렁하게 답하자 종리 노인의 미소가 더 짙어졌다.

“그런가? 그럼 지나는 길에 술 생각이 나거든 들르게. 자네와 말을 하다 보면 배울 것이 많다네.”

“그건 그렇게 하지요.”

자운엽이 가볍게 답하고는 등을 돌렸다.

마차 한 대를 빌려 자운엽과 당가 일행이 낙양으로 향했다. 자운엽은 그 어느 때보다 홀가분한 마음으로 마차에 앉아 바깥 풍경을 감상했다.

그동안 지속적으로 신경을 자극했던 흑살의 무리들을 깨끗이 지워 버렸고 또 가슴속에 빚으로 남아 있던 종리재정의 문제도 해결이 되었다. 이젠 정말 홀가분하게 자신의 문제에 신경을 쓸 차례가 된 것이다.

'생각보다 훨씬 신중한 놈들이다.'

자신의 문제를 곰곰이 생각하던 자운엽은 내심 답답함을 느꼈다.

공차표행을 떠나고 놈들의 심기를 여러 차례 긁어놓았는데도 놈들은 쉽사리 움직이지 않는 것이다.

제일 처음 금성표국의 담을 넘은 흉수들 열 명을 처단하고, 또 그들이 보낸 듯한 놈을 온갖 자존심을 긁어 돌려보냈다. 그 후 표행길에서 세 명의 노괴들을 해치웠고, 이곳 낙양 땅에서 사해표국을 장악하려 하는 놈들도 쓸어버렸다. 그 정도 했으면 놈들의 움직임이 본격화되고 그로 인해 놈들의 몸체를 파악할 수 있으리라 생각했는데 놈들은 여전히 움직이지 않는다.

이제껏 그들이 제대로 자신에게 무력을 쓴 것이라고는 노괴 세 사람을 보낸 것뿐이었다. 물론 그 노괴들이 결코 평범한 사람들은 아니었고, 혼자서 상대했다면 이렇게 멀쩡히 살아 있는지도 모를 만큼 무서운 인간들이기는 했다. 하지만 그들만으로는 놈들의 정체를 파악할 수 없었다. 금성표국과 인연을 맺기 전, 야율사한이란 이름을 파헤치면서 관련이 있기에 조사해 본 천룡표국에서나, 사해표국을 무너뜨리려 진유택 공자를 납치했던 놈들의 본거지에서도 연결 고리를 찾을 수 없을 만큼 놈들은 철저히 점조직으로 움직이는 것 같았다.

'시간이 갈수록 점점 더 거대하고 무서운 집단이란 생각이 드는군. 젠장!'

답답한 마음에 자신도 모르게 미간이 찌푸려졌다.

"왜 그러나? 자네 무슨 걱정거리라도 있는가?"

당 노인이 자리를 옮겨와 자운엽의 옆 자리에 앉았다.

'휴우~ 귀찮은 노인네. 또 무슨 꿍꿍이를 풀어놓으려나?'

자운엽은 얼른 거북한 표정을 지으며 고개를 돌렸다.

"아까 먹은 점심이 잘못되었는지 속이 거북하군요. 아마도 마차 멀미를 하는 모양입니다."

자운엽이 만사 귀찮다는 표정을 지었다.

"그, 그런가?"

당 노인이 멈칫하며 자운엽의 안색을 살폈다.

"무슨 말씀이세요? 자 공자는 이제껏 여러 날을 금성표국의 마차를 타고 표행을 하지 않았나요? 그런데 마차 멀미라니요?"

당유화가 의미심장한 눈빛을 반짝이며 반박했다. 그녀는 요 며칠 자운엽과 행동을 같이하며 자운엽의 수법을 적지 않게 파악하고 있는 상태였다.

'저 여우를 생각 못했군.'

자운엽은 뜨끔하며 과장했던 표정을 슬며시 지웠다.

"그렇다면 마차 멀미는 아닌 게로군. 그럼 얘기나 좀 하세?"

당 노인이 다시 몸을 움직이며 바짝 다가앉았다.

'저 여우 때문에 앞으로는 순진한 늙은이 떼어내는 일도 쉽지가 않겠구나.'

자운엽은 가볍게 한숨을 내쉬었다.

"어허, 젊은 사람이 웬 한숨인가? 그리고 내 어젯밤 곰곰이 생각해 보았는데 자네 사부이신 태을신군 말일세……. 한 삼십년 전에 언뜻 들은 적이 있는 사람이더구먼. 너무 오래되어서 기억이 안 났던 것이야, 어제는."

당 노인이 은근히 목소리와 눈빛으로 자운엽을 쳐다보았다.

"그렇습니까? 그렇겠지요. 우리 사부님이 어떤 분이신데 어르신 같은 노협사께서 모르실 리가 없지요. 참, 그런데… 삼십 년 전이라 하셨나요?"

자운엽이 기대 가득한 눈빛으로 당 노인을 쳐다보자 당 노인이 옳다구나 싶어 얼른 답했다.

"그렇다네! 그쯤은 족히 되었을 것이야. 그러니까 기억이 가물거리지."

"그런데 좀 이상하군요. 제 사부님께선 올해 세수 마흔이 갓 넘으셨는데 삼십 년 전이라면 열 살이 겨우 넘었을 것인데, 그때 어찌 어르신께서 별호를 들으셨단 말인가요?"

자운엽이 정말 궁금하다는 눈빛으로 당 노인의 눈을 응시했다.

"그, 그런가? 허어, 그것참! 그럼 내가 그때 다른 사람의 별호를 착각한 것인가? 이런 실수를……. 그러니 늙으면 죽어야 한다니까……."

당 노인이 낭패한 표정으로 땀을 흘렸다.

'쩝! 오늘도 실패군!'

실망감이 가득 번져 가는 자운엽의 표정을 바라보며 당 노인이 바짝 다가 세웠던 상체를 뒤로 물렸다.

그 뒤로도 몇 번은 더 노고수의 집요한 공격이 있었으나 번번이 비슷한 식으로 나가떨어지자, 보다 못한 당유화가 가세함으로써 일방적인 대결이 차츰 균형을 이뤄 나갔다. 그리고 결국은 자운엽으로부터 몇 가지 사문의 비밀(?)을 알아내기도 했다.

"그럼 자네는 장법(掌法)뿐만이 아니라 검법(劍法)도 그만한 수준으로 익혔단 말이군. 그것참! 보통 사람이라면 한 가지라도 그만큼 익히기 힘든 것인데 자네는 어떻게 검과 장을 그렇게 동시에 고강한 수준으로 익힌 것인가?"

'정말 끈질긴 노인네야!'

자운엽은 내심 입맛을 다셨지만 당유화가 한시도 눈을 떼지 않고 자신과 당 노인의 대화를 듣고 있으니 술수를 쓸 수도 없게 되었다.

"사부님께선 장법과 검법을 똑같이 가르쳐 주셨습니다. 맨몸으로 하는 무공이든, 칼을 가지고 하는 무공이든 그 뿌리는 같은 것이니 양자 균형을 이루어 수련을 하여야 상승의 효과를 얻을 수 있다고 하시며……."

자운엽은 점점 얼굴이 근질거리는 기분이 되었지만 기호지세의 형국이 된 지 오래였다.

"어허! 정말 무공의 극의를 깨우친 기인이로세. 아무리 보검을 들고 싸움에 임한다고 하더라도 결국 무공은 내력을 조절하고 인간의 몸을 움직여야 하는 것, 내력의 조절과 몸을 움직이는 기초가 뒷받침되지 않으면 천하보검이 무슨 소용이 있겠는가? 그런 면에서 검법과 장법을 조화롭게 가르치신 자네 사부님이야말로 기인 중 기인일세. 자네 같은 사람을 길러낼 만한 분이면서도 속세에 발을 담그지 않는 것을 봐도 어떤 사람일지 짐작이 가는구면."

당 노인이 입에 침이 마르게 칭찬하자 당천의를 비롯한 당가의 다른 식구들과 종리재정마저도 자운엽의 사부에 대한 공경심을 내비쳤다.
'있지도 않은 사부가 그리워지는군!'
자운엽은 애써 고소를 삼키며 태음토납경속을 남긴 노인을 떠올려 보았다.

너무나 허약하게 태어나서 강함을 추구하는 데 모든 것을 바쳤다…….

황씨 할아버지가 사십여 년 전 그 노인을 만났을 때, 벌써 호호백발이었으니 지금쯤은 부토(腐土)가 되어 흩어졌을 가능성이 높은 노인네였다. 그 노인이 남긴 책 한 권이 지금의 자신을 있게 한 모태가 됐다면, 그 노인을 스승이라 불러야 하는 것일까? 하고 자운엽은 잠시 생각에 잠기며 자문해 보았다.

당가의 사람들과 동행한 이틀째 날, 저녁 식사를 마치고 숙소에 들어 잠이 들락 말락 하는 중 문밖에서 당천의의 목소리가 들렸다.
"들어오시지요."
자운엽은 약간은 의아한 표정으로 방문을 열었다.
방문 앞에는 당천의와 당유화, 그리고 종리재정이 서 있었다. 그동안 꽤나 귀찮게 했던 당 노인이 보이지 않은 것만으로도 자운엽은 안심이 되었지만 이들 세 사람의 이런 방문 역시 의문을 자아내게 하기에 충분했다.
"이런 늦은 시간에 결례를 하게 되어 뭐라 할 말이 없구먼. 하지만 내 조카사위 될 저 아이의 마음이 하도 확고하고 간절한지라 부득이 늦은 시간임에도 불고하고 자네를 찾았네."

당천의의 말이 잠시 멈춰지자 자운엽이 종리재정에게로 눈을 돌렸다.

어두운 대장간 안에서 하루 종일 망치만 두드리며 성장한 청년이었기에 필요한 말 외에 다른 말은 일체 하지 않고, 묵묵히 자신의 내면으로만 침잠(沈潛)하는 사람이었다. 이젠 중원세가의 한곳인 당가의 사람이 되어 한껏 날개를 펼치게 될 처지이지만 마차 속에서 동행한 이틀 내내 그런 모습은 변하지 않았다. 때때로 당유화의 곰살궂은 관심에도 아직은 어색한지 비슷한 표정과 행동을 하였다. 그런데 당천의의 말을 들어보면 이들이 자신을 방문한 목적은 바로 종리재정의 뜻에 따랐다는 것이 아닌가?

자운엽의 의구심이 한층 더 강해질 즈음, 다시 당천의가 설명을 이어갔다.

"저 아이가 말을 조리있고 길게 하는 성격이 아님은 자네도 잘 알 터이니 여기로 오기 전, 저 아이가 떠듬거리며 내게 한 말을 내가 대신 정리해서 들려주겠네."

당천의가 잠시 말을 멈추었다가 다시 계속했다.

"저 아이 말인즉, 자네가 아무리 칼을 얻은 보답으로 저 아이를 구했다고 하지만 저 아이에게 있어서 자네는 생명의 은인에다 또 우리 당가와 인연을 맺게 해서 날개를 달아준 사람일세. 저 아이 입장으로서는 당연한 생각이지. 짐작이 가는가?"

당천의가 조용한 눈빛으로 자운엽을 바라보았다. 귀찮은 노인네에 비해서 훨씬 과묵하고 신중한 사람이었다.

"그렇게 생각할 수도 있겠군요. 하지만……."

"더 들어보게."

자운엽의 말을 끊으며 당천의가 다시 입을 열었다.

"난 저 아이의 심정이 충분히 이해가 가네. 쇠를 두드리는 사람들은 대체로 저런 성격들이 많지. 그리고 인정할지 안 할지 모르지만 자네도 저 아이의 성격과 비슷한 구석이 많이 있다네. 고집이 세고 자신의 일에 대해서는 누구에게도 굽히지 않지. 그리고 사람을 좀처럼 사귀지 않는다네. 자신이 주무르는 쇠에 비해서 인간이란 존재들이 너무 부실해 보여서 그럴지도 모르지. 하나, 자신이 마음을 열고 받아들이는 사람에겐 그야말로 쇠사슬보다 더 강하게 정을 준다네……."

"……."

"서론이 너무 길었구먼. 이만 본론으로 들어감세."

당천의가 종리재정을 한번 쳐다보고는 본론을 끄집어냈다.

"우리가 동행한 이틀 동안 저 아이는 하루 종일 눈을 감고 한 가지 생각만 한 모양이더구먼. 그것이 뭔고 하니……. 저 아이는 자네를 의형(義兄)으로 모시고 싶어한다네. 그것이 이 시간에 우리가 자네를 찾은 이유일세."

당천의의 말이 끝나자 자운엽이 뭘 잘못 들은 것은 아닌가 하며 멍하니 당천의를 쳐다보았다.

"방금 뭐라 하셨습니까? 의형이라 하셨습니까?"

한참 더 당천의와 종리재정을 바라보던 자운엽이 반문했다.

"그렇다네! 저 아이는 생명의 은인인 자네를 형제로 생각하고 싶은 모양일세. 하지만 자네가 어떻게 생각할지 몰라 이틀 동안 속만 태우며 뒤척이다 오늘 저녁 나에게 땀을 뻘뻘 흘리며 자신의 생각을 털어놓더구먼."

말을 마친 당천의가 이젠 자신이 할 바를 다했다는 듯, 묵묵히 자운엽을 쳐다보며 몸을 의자에 파묻었다. 이젠 모든 것은 자네 생각에 달렸다는 말이었다.

'이런 어처구니없는!'

자운엽은 몽둥이에 맞은 듯, 멍한 표정으로 이리저리 눈동자를 굴리다 종리재정을 쳐다보았다. 티끌만큼도 다른 생각이 어리지 않은 종리재정의 시선이 자운엽의 시선을 마주쳐 왔다.

자기가 바라는 한 가지 생각 외, 그 어떤 다른 잡생각이 어리지 않은 아이 같은 눈이 강한 염원을 띠고 자운엽을 쳐다보고 있었다.

오장육부를 샅샅이 훑어내는 듯한 감숙설가의 큰공자 설수범의 눈빛도 이렇게 어렵지는 않았다. 그러기에 큰공자가 자신을 형이라 불러달라 했을 때 일언지하에 거절할 수 있었다. 그리고 도귀 엄한필의 제안도…….

그러나 이 눈빛은…….

자운엽은 종리재정의 눈길을 피해 천장을 쳐다보며 어이없는 헛바람을 내쉬었다.

"내가 보기에는 자네가 저 아이보다 한두 살 더 많은 것 같네. 그러니 저 아이의 소원대로 의형이 되어주게. 그렇게 한다면 저 아이는 평생을 가슴 한구석에 꺼지지 않는 불꽃 한 개를 태우며 살아갈 것이네. 그러니……."

"그만 되었습니다. 난……."

자운엽이 거칠게 거절의 답을 하려는 순간 종리재정의 입술이 움직였다.

"저는… 스스로 한 마리… 짐승이라 생각했습니다. 그리고 그렇게 죽으려 했습니다. 하지만 형님께서… 제 발목의 사슬을 끊어주는 순간,

저는… 한 인간으로 다시 태어났습니다.”

“누가 네 형님이야!”

자운엽은 마침내 고함을 꽥질렀다.

“이제 당가로 가면 넌 누구보다 사람 대접받고 살 수 있다. 그러니 헛소리 집어치우고 이 방을 나가라. 난 형제니 부모니 하는 것들은 거추장스러운 사람이다.”

“자 공자님, 제발…… 저 사람의 청을 들어주십시오. 단 한 번도 사람 대접을 받지 못하고 살다 자 공자님으로부터 강한 형제의 정을 느꼈나 봅니다. 그리고 형제의 정리로 평생을 살고 싶어서…….”

“그만두시오!”

자운엽은 당유화의 말을 가로막고는 거친 숨을 내쉬며 종리재정을 쳐다보았다. 너무도 순박한 어린애 같은 눈이 자신을 응시하고 있었다.

“흑살에서 집으로 돌아오는 동안 형님께선… 아무 말도 하지 않았지만… 형님의 옆에 있으며 평생 처음, 전 외롭지 않았습니다. 형님의 몸에선 절 외롭지 않게 해주는… 냄새가 풍겨 나왔습니다. 아무리 당가의 사람이 되고 가정을 이루어도 형님이 안 계시면 전 평생 외로울 겁니다. 형이라 부르게 해주십시오!”

마침내 종리재정의 두 눈에 눈물이 가득 고였다. 그리고 양 볼을 타고 주르륵 흘러내렸다.

텅 빈 허공 같은 눈에서 구릿빛 얼굴을 타고 흘러내리는 두 줄기 굵은 눈물은 피보다 더 진하게 느껴졌다.

“빌어먹을!”

자운엽은 한소리 외침과 함께 갑자기 바닥을 박차고 몸을 날렸다.

비조처럼 창문을 박차고 밖으로 날아온 자운엽은 객점 뒤뜰 큰 소나무 아래로 내려섰다.

좌르르—

연검이 허끝을 날름거리며 자운엽의 가슴속에서 풀려져 나왔다.

휘익—

휘익—

파르르르—

교교히 흐르는 달빛을 가르며 춤을 추는 연검 끝에, 푸르게 매달려 있던 소나무 잎들이 가루가 되어 사방으로 흩어졌다.

의형제의 연을 맺자고?

바보 같은 놈!

아무 거리낌 없는 고아의 자유를 네놈은 모르는구나!

어디든 갈 수가 있고, 무슨 짓이든 내 마음대로 할 수 있는, 그 자유를 네놈이 구속하려 하는구나!

형제니 혈육이니 하는 것들이 얼마나 거추장스러운 것인지 네놈은 알 리가 없겠지?

그런 구속이 얼마나 사람을 약하게 만드는지 네놈은 모를 것이다.

어머니란 소리를 외쳐 보고 싶어도, 그 말을 내뱉는 순간부터 모래 인형처럼 허물어질 것 같아, 이를 악물고 억지웃음을 떠올리며 살아왔다.

그리고 칼바람 속에 모든 것을 날려 버렸다.

그런데 네놈이 나에게 바보 같은 짓을 하게 강요하는구나.

…죽이고 말리라!

모두 베어버리리라!

앞으로 누구든 네놈 털끝 하나라도 다치게 하는 놈은 지옥 끝까지라
도 따라가서 모두 죽이고, 모두 베어버릴 것이다.

설사 그것이 하늘이다 할지라도…….

파르르르―

파파파파팍―

연검의 검광(劍光) 속으로 자운엽의 신형이 완전히 사라졌다.

〈제3권 끝〉